中国のはなし

中国故事

田舎町で聞いたこと

閻連科

Yan Lianke

飯塚容・訳

河出書房新社

目次

中国のはなし

——田舎町で聞いたこと

第一章

私はエッセイ集『父を想う』と『彼女たち』の中で、私と母の誕生日は正確でないという話をした。生活に追われて余裕を失い、私たちは誕生日を忘れてしまった。その後、何かを祝うためだったか、家族愛のためか、あるいはただの偶然か、適当な日を選んで私と母の誕生日と決めた。かくして毎年、母の「誕生日」に、私は可能なかぎり北京から帰省する。親戚や友人が集まって、百人ほどが十いくつのテーブルにつき、賑やかに飲み食いするのだ。いまどきの習慣を見習って、母のために「ハッピー・バースデー」の歌も歌う。準備に数日をかけ、一日大騒ぎをすることで、生命に対する世俗的な愛を示すのだ。それは、飲んで食べて排泄《はいせつ》することに対する世俗的な執着と同様のものである。

今年も同じで、私は母の誕生祝いのために里帰りした。町の物価は高くないので、中心街のレストランで、十二卓の宴席の予約をした。兄は多くの酒を持参した。従兄弟《いとこ》が十数人、諸々の親戚や友人、各家族の老若男女がみなレストランに集まり、盃を挙げて長寿を祝った。部屋が壊れるのではないかと思うほどの大騒ぎをして、昼どきの誕生パーティーは終わった。みんなが残った料理を持ち帰りにして、酔った人は支えられ、車や徒歩で町の中心街から西の方角へ向かった。私の家に移動し、すわったり立ったりして談笑を続け、お互いに近況を尋ね合った。その後、三々五々解散し、忙しい人たちは仕事に戻り、暇な人たちはどこかでマージャンを始めた。――マージャンは農村の冠婚葬祭に欠かせない娯楽で、親戚や友人が集まったときの恒例行事である。母を喜ばせるため、姉や甥姪《おいめい》たちはマージャンに誘った。あるいは、町の個室カラオケに行って、みんなの歌を聞こうと誘った。母は親孝行な若い世代の誘いに乗って出かけた。私と兄夫婦は家に残り、雑談をした。彼らは用事があって県都に帰るので、ここで別れなければならない。

　兄嫁と兄を門の外まで送り、戻ってきた私は、家にいるのは自分一人だと思っていた。しばらく、横になって休むつもりだった。ところが戻ってみると、中庭に若い男がすわっていた。痩《や》せて背が高く、髪は七三分け、二十数歳だろう。襟先《えりさき》のとがった新しいデザインの、皺《しわ》加工の黄色いシャツを着ている。あか抜けていて、なかなかのイケメンである。凡庸で無頓着な田舎の青年とは、まったく違う。私が門を入るのを見ると、立ち上がってうなずき、済まなそうな、それでいて卑屈ではない笑みを顔に浮かべた。親戚や隣人のように私を「おじさん」とは呼ばず、「閻先生《えんせんせい》」と呼びかけた。――私は故郷を離れて数十年、毎年何度か里帰りしたが、村人から「閻先生」と呼ばれたのは初めてだった。それはちょうど、一年に四季があり、毎年訪れる春の盛りに、寒い冬にしか咲かないロウバイの花を見たようなものだ。あるいは、寒さの厳しい師走に、春の初めにようやく咲く黄色い迎春花を見たようなものだった。

　私は中庭の手前で立ち止まり、その男の出現に驚いていた。名前を尋ねようとしたが、親戚同様の間柄の知り合いだろうと思い、よそよそしい態度を見せるわけにいかず、曖昧《あいまい》な笑顔で挨拶をした。彼は大らかで、私の困った表情を見て、すぐに自分から名乗った。ぼくの家は町の東の表通りにあって、あなたの従弟《いとこ》はぼくの大親友です。昼のお母さんの誕生パーティーにはその親友と一緒に出席しましたが、別の部屋のテーブルだったので、直接お会いできませんでした。ほかの人たちがいなくなるまで、この家で静かに待っていたのは、あなたに相談があるからです。それはきっと、あなたがぜひ知りたい、ぜひ聞きたい話に違いありません。その話をほかの人が聞いたら、唾を飛ばして罵声《ばせい》を浴びせるでしょう。でも、あなたが聞けば、罵声を浴びせないどころか、理解し同情を寄せてくれるはずです。その話が気に入って、ぼくに何か褒美《ほうび》をくれる——例えばお金で買い取ってくれるかもしれません。

　ここまで語ると、彼は私の家をキョロキョロ見回し、ほかに誰もいないことを確かめた。中庭に彼と私しかいないという静かな状況を保つため、彼は私のそばを離れ、門を閉めに行った。これによって、私の家と外界は隔てられた。戻ってくると、主客が転倒し、彼は小さいテーブルを木陰になっている中庭の中央に移動させ、さらに背の低い椅子を二つ並べた。慣れた様子で、母屋の給水機まで行き、水を二杯持ってきて、テーブルの両端に置いた。私をすわらせると、彼も席に着き、「声なきところに驚雷を聞く」〔出典は魯迅の詩の一句〕ような話を始めた。

「ぼくは、これをあなたに売ってもいいですよ」

「何を？」

「お話ですよ」

　そう言うと、彼は笑いながら私を見つめた。私も驚きの目を彼に向けた。しばらくお互いに沈黙しているうちに、西の空の落日は中庭を薄い赤色に染めた。そよ風が運んでくる透明な光は、薄絹によって濾過《ろか》されたかのようだ。母が中庭に植えた草花や野菜も、静かに私たちの話に耳を傾け、私たちを見ている。時間の歩みは遅くなった。中庭で二十数年、生長を続けてきた二本のポプラと桶よりも太い一本のチャンチンの木は、息を止めて動こうとしない。

　こうしてしばらく時間が過ぎたあと、彼は私を見て言った。「話を始めましょう。——あなたは聞いて後悔するはずがありませんよ」その後、私の同意を得ることなく、彼は微笑《ほほえ》みながら、抑揚をつけて休むことなく話を続けた。急いで商品を売ろうとする人が、買い手がうなずく前に、次々に品物を相手のポケットに入れたり、車の荷台に積んだりするようなものだ。その熱意と弁舌は、商品よりも珍しく貴重である。しかも、彼は話の途中で、絶えず速度とリズムを調整する。私だけを相手に話しているというより、舞台の上に立って演説や演技をしている感じで、私は彼を崇拝する観客の一人になったような気がした。

　私は彼の演説と演技に驚き、その不思議な物語に引き込まれた。真っ盛りの春が、天地に響き渡る冬の雷に打たれて、凍りついてしまったかのようだった。


　ぼくは静かなときは静かですが、話を始めると神経質になることがあります。神経質になると、漢詩の文句が鳥の巣をつついたように押し寄せてくるんです。いま、またやってきました。――閻先生、笑わないでください。本当に、やってきています。――「不忠の人は殺すべし。不孝の人は殺すべし。不仁の人は殺すべし。不義の人は殺すべし。不礼、不智、不信の人は、大西王〔張献忠〕の命により殺す、殺す、殺す」*1、「待ち到る春日の四月八、我が花開きし後、百花殺《やぶ》る*2」

　これらの漢詩が思い浮かぶと、親父を殺したくなります。親父を殺したくなると、これらの漢詩が思い浮かびます。信じてください。ぼくは、こんな人間なんです。親父を殺そうと思ったとき、ぼくの全身の血はドクドクと流れ、雨季に増水した北方の谷川のようでした。ときには、もっと激しく、増水した長江や黄河のようでした。少し大げさなようですが、実際にそうだったのです。「日出《いで》て江花《こうか》紅《あか》きこと火に勝り、春来たりて江水《こうすい》緑なること藍《あい》の如し*3」

　あのときは、そんな心境でした。町は朝、わっと目覚め、光と血に満ちた世界になりました。村落は海に浮かぶ島のようです。町は大きい島、村落は小さい島、人は波に洗われる小さな岩礁《がんしょう》でした。我が家の庭に出て見ると、村の入口は百年前に廃棄された波止場のようで、至るところにゴミが落ちています。どこもかしこも、この時代に捨てられ、哀れな表情を見せていました。歩き回っている人たちは、波に揺れる船のようです。

ぼくはあらゆる凶器を用意しました。ナイフ、金槌《かなづち》、ジクロルボス〔殺虫剤〕、そして毎年薪割りに使っている斧です。斧の刃は鋭くありませんが、頭から振り下ろせば、スイカを叩き切るときのような力が出ます。ジクロルボスは、大瓶一本の量がありました。コップに半分か、ひと口飲めば効果があるでしょう。世間の話によれば、ひと口で死に至るようです。ぼくはコインを投げて、表が出れば親父を殺す、裏が出たら見逃してやることに決めました。

コインは回転しながら落ちてきます。

なんと、表が出ました。

「待ち到る春日の四月八、我が花開きし後、百花殺る」

もう一度、コインをもっと高く投げ上げ、今度は裏が出たら親父を殺す、表が出たら見逃してやることに決めました。東から家の庭に照りつける陽光は、空を転がってきた血の玉のようです。コインは落下したあと、その玉にぶつかり、銃弾が水を打つような音がしました。銃があればよかったのです。銃さえあれば、ぼくの人生は変わっていたでしょう。

家の庭には、レンガが敷きつめられています。町に残っていた国営商店の建物が取り壊されまし

＊1　張献忠『七殺碑』。「忠に欠ける者は殺せ。孝に欠ける者は殺せ。仁に欠ける者は殺せ。義に欠ける者は殺せ。礼、智、信に欠ける者は王の命令により殺せ、殺せ、殺せ」

＊2　黄巣『不第の後、菊に賦す』の「待ち到る秋来の九月八、我が花開きし後、百花殺る」をもじっている。「待ちに待った春の四月八日、私の花が咲いたとき、ほかのすべての花を皆殺しにしてやる」

＊3　白居易『憶江南』。「日が出ると河辺の花は火よりも赤くなり、春が来ると河の水は藍のような緑色になる」

た。南方では高層ビルがニョキニョキと建ち、市街地にずらっと並んでいます。摩天楼がひしめく一帯は、まるで密林のようです。ぼくの大学があった広東は、そんな感じでした。北方は違います。四、五年前、改革の波がようやくぼくたちの皋田鎮《ガオティイエンジエン》にもやってくると聞きました。大時代の到来という新しい歴史段階に入ったことを証明するため、町の交差点に信号機を設置するはずでした。しかし、四、五年が経ったにもかかわらず、あそこには街灯も設置されていません。「枯れ藤に老樹、昏《くれ》の鴉《からす》。古き道に西風、痩せ馬」[*1]で、さびれたままです。

　でも、街の商店はポツポツと断続的に開業しています。——「借問す、酒家は何《いず》れの処にか有る。牧童、遥かに指す、杏花村」[*2]というところでしょうか。靴屋、衣料品店、床屋、食堂などが、女郎屋の前に列をなす遊客のように並んでいます。

　親父の鼻は、大時代の到来の前触れを嗅ぎつけました。町の国営商店が取り壊された跡地には、ビルが建つことになっています。親父から見れば、その現場は宝の山でした。瓦礫《がれき》がすべて、ダイヤモンドのように輝いて見えます。木材の切れ端も拾ってきて、垂木《たるき》や桁《けた》にして、家を建てるつもりなのです。廃棄物の中からレンガを持ち帰り、我が家の庭はレンガ敷きになりました。廃棄された扉や窓も拾ってきて、家を建てるときには新しくペンキを塗り、すり替えを図ろうと考えています。

　信じてもらえるかどうかわかりませんが、これは一つの真理を証明しています。チャンスをつかむことが、人生の近道なのです。この世には特殊な紙があり、それを裁断して加工すれば、どこでも使える通貨になります。そうじゃありませんか。信じてもらえるかどうかわかりませんが、これは確かなことです。

　ぼくは家の門の前のレンガの上に立ち、落ちてくるコインを見つめました。投げ上げたときは老牛が引く荷車のようにゆっくりでしたが、落ちてくるときは町の金持ちが買った自家用車がクラクションを鳴らして街路を疾走するかのようです。コインは最終的に、ぼくの目の前に落ち、チャリーンと音を立てて、半欠けのレンガの上を転がります。ぼくの耳には、現実が額を叩く音が残りました。

誰も運命の支配を逃れることはできません。それは、季節が巡るのを避けられないのと同じです。

今度はコインの裏が出ました。

裏が出たのだから、殺すことになります。

「待ち到る春日の四月八、我が花開きし後、百花殺る」それ以上、何も言う必要はありません。躊《ちゅう》躇《ちょ》する必要もありません。「会《かなら》ず当《まさ》に絶頂を凌ぎ、一覧すべし衆山の小なるを」*3、「飛流直下三千尺、我即ち銀河の九天より落つる」*4という決意です。手を下すべきときが来ました。しかし、何と言っても、自分の親父です。仁義の限りを尽くしてからでなければ、手を下せません。そうであれば、最後にもう一度、孝行の気持ちを示しましょう。

ぼくはもう、コインで父の生死を決めることをしません。地面から青っぽい小石と赤っぽい小石を拾い、両手を背中に回して、二つの小石を手の中で転がしました。そこで動きを止め、左手に一つ、右手に一つ、小石を握ります。両手を目の前に持ってきて、水平を保ち、手の甲を天空と銀河に向けました。信じてもらえるかどうかわかりませんが、これはぼくが親父に与えた最後のチャンスです。もし、左手の中の小石が赤だったら、親父は血まみれで死ぬことになります。もし、左手

*1　馬致遠『天浄沙・秋思』。「枯れた藤、老いた木、黄昏の鴉。古い道、西風、痩せた馬」

*2　杜牧『清明』。「居酒屋はどこかと尋ねると、牛飼いの少年は、はるか先の杏の花咲く村を指さした」

*3　杜甫『望岳』。「いつか必ずこの山の頂上に登って、周囲の小さな山々を見下ろしてみよう」

*4　李白『廬山の瀑布を望む』の「飛流直下三千尺、疑うらくは是れ銀河の九天より落つるかと」をもじっている。「滝の水が三千尺をまっすぐ流れ下るように、私は銀河の真上から落ちて行く」

の中の小石が青だったら、春が訪れ万物が生長するという意味で、親父の人生はまだ緑あふれる春の段階にあり、秋の刈り入れの季節を迎えていないのです。小石はごつごつして、手のひらが痛くなりました。汗もかいていたので、水たまりを握っているような気がします。

手の甲に浮き出た血管は、縦横に流れる山間の谷川のようでした。

目を覚ましたスズメが、ぼくの頭の上でチュンチュンと鳴いています。うるさいので、ぼくは木の上に飛び上がって、スズメの頭を踏みつけてやろうかと思いました。

背後で、戸が開く音がしました。

ぼくのお袋が起きてきて、朝食の用意を始めようとしているのでしょう。慌《あわ》てて左手を開きました。朝日に照らされた小石は、鍋に入れたばかりでまだ火が通っていない肉のようです。真っ赤な血が、にじんでいました。もう親父を殺すしかありません。これは運命なので、誰も親父を救うことはできないでしょう。――父さんはもう新しい家の作業に出かけたよ。おまえはまだ、ここに立っていたのかい。お袋はそう言いながら、井戸へ顔を洗いに行きました。その足取りは、風に吹かれて田野を転がる落ち葉のようです。ぼくはお袋のほうを振り向こうとせず、返事もしませんでした。

ぼくの胸の中で、大きな音がしました。まるで南方の都市で古い建物が取り壊され、埃《ほこり》が舞い上がったあと、静かな廃墟が現れたかのようです。この廃墟を前にしたぼくは、親父を殺すしかありません。「千秋の功罪、誰の過ちか、それは天のみぞ知る」です。「時運は斉《ひと》しからず、命運は舛《そむ》くこと多し。馮唐《ふうとう》は老い易く、李広《りこう》は封じ難し。賈誼《かぎ》の長沙に屈するは、聖主無きに非ず。梁鴻《りょうこう》の海曲に竄《かく》れるは、豈《あ》に明時乏《とぼ》しからんや」[*1]

運命の支配を逃れられる人はいません。生死の定めに逆らえる人もいません。誰も見ることのできない運命は、誰も見ることのできない神なのです。日が昇り日が沈むのも、雲が様々に形を変えるのも、神が衆生を操り、人生を歩ませることの現れなのでしょう。
ぼくは脇部屋の戸口まで行き、そこに立てかけてあった斧を持ち出しました。門の前で足を止め、ふと見ると、お袋は満腹したことのないニワトリのように背中を丸めています。自分自身のため、そしてお袋のために、ぼくは親父を殺すつもりで、村はずれの新しい家へ向かいました。陽光が空全体を真っ赤に染めています。足取りは軽く、手綱を振り切った馬のようです。胸の鼓動と歩くリズムに合わせて、手に持った斧が揺れます。目の前に、この斧を振るったときの血に染まった光景が浮かび、流れ続ける血の濃厚な匂いも漂ってきました。

「碧玉《へきぎょく》 妝《よそお》い成りて一樹高し、万条垂下緑絲縧《しじょう》」[*2]、「幾処《いくしょ》の早鶯《そうおう》か暖樹を争い、誰が家の新燕《しんえん》か春泥を啄《ついば》む」[*3]、四月の朝の霧は、まだ消えておらず、東の山から顔を出した陽光に染められて、赤い網のように見えます。ぼくは目を覚まし、鳥も目を覚ましました。樹木と家屋も、春の暖かさの中で朝を迎えています。しかし、街路にはクソを拾う老人の姿があるだけです。ほかの人たちは、まだ家のベッドでグズグズしています。南方ではこの時間、あちこちで工場の機械がもう運転を始めていました。ところが北方のこの落ちぶれた町では、クソを拾う老人が海辺に打ち寄せられる死んだ魚のように、とぼとぼ歩いているだけなのです。町の外の田野には、麦の青臭い匂いが漂っていま

＊1　王勃《おうぼつ》『滕王閣《とうおうかく》序』。「運命の巡り合わせは人それぞれで、ままならないことが多い。前漢の馮唐や李広は大人物だが、前者は老齢であり、後者は任官に不適格だった。賈誼が長沙に左遷されたとき、すぐれた君主がいなかったわけではない。後漢の梁鴻が海辺の僻地で困窮したときも、太平の世でなかったわけではない」

＊2　賀知章『詠柳』。「碧玉を身につけたかのような高い柳の木が、無数の緑色の葉を垂らしている」

＊3　白居易『銭塘湖春行』。「あちらこちらでウグイスが春暖の木の枝を奪い合い、どこかの家の軒先に渡ってきたばかりのツバメが泥で巣作りをしている」

す。麦の苗の間に広がる静寂の気配も感じられます。別の路地からは、井戸の水を汲む音が聞こえてきました。まるで、静寂が静寂に耐えられず、泣き声を上げたかのようです。

町はまだ、完全に目が覚めない寝ぼけた状態でした。

まさに人殺しには、うってつけの時間です。ぼくは人殺しによって、町が目を覚ますことを願いました。南方の町が昼も夜も、眠らずに賑わっているのと同様になります。ぼくの足音は太鼓を叩いているかのようです。呼吸も激しくなり、北方の人たちが食事を作るときにまだ使っている鞴《ふいご》のような音がします。ぼくが手に持つ斧は、大地に食い込む掘削機の刃先のように揺れていました。

ついに、このときが来たのです。

ぼくは、このときを十五年も待ち続けました。

五歳のときにもう、ぼくは親父に殺意を抱いたのです。五歳のある日、ぼくは村の入口の木の上にあったスズメの巣をつついて、タマゴを手に入れ、家に持ち帰りました。家に着くと、門が閉まっていました。家の戸も閉まっています。ぼくは初めての興奮を覚えながら、戸を押し開けました。そして、戸口で呆然としてしまいました。土間に敷かれたムシロの上にお袋が横たわり、親父はその体の上にのしかかっています。彼らは一糸まとわぬ丸裸でした。二人とも、全身に汗をかいています。誰かが彼らの体とムシロに、水を浴びせたかのようです。

ぼくが、バケツ一杯の井戸水を二人の体にかけてしまったのでしょう。

村も町も、世界もぼくの家も、その瞬間、窒息死してしまいました。

片足を戸口の中に、片足を戸口の外に置いた状態で、ぼくの喉《のど》は太い棍棒でふさがれたかのようでした。呼吸が荒くなり、汗が顔に噴き出します。服の前身ごろで包んでいたスズメのタマゴが滑り落ちました。戸口一面に、割れたタマゴの液が広がっています。出て行け——親父がこのとき振り向いて、ぼくを怒鳴りつけました。親父はお袋にのしかかったまま、足先で戸を蹴ったので、ぼくは戸口の外へ弾き飛ばされると同時に、本能的に身を引きました。額に大きなたんこぶができています。閉じた戸の隙間から、お袋の声が漏れてきました。ぼくの幼名を叫んでいます。ぼくは額に手を当てながら、お袋が家の中から飛び出してきて、ぼくを抱きしめるだろうと思いました。しかし、お袋は出てきません。しばらく待ちましたが、やはり出てきませんでした。家の中から伝わってくるのは、静寂と空虚の気配だけです。

ぼくは、親父がお袋の口をふさいでいるのだろうと思いました。

親父は、お袋の体を押さえつけているのでしょう。

お袋は親父に口をふさがれ、押さえつけられて、死んでしまったに違いありません。

ぼくは家の庭で、静寂に圧倒されていました。これ以降、ぼくは親父に殺意を抱いたのです。殺意の火種がぼくの心の中に、日ごとに蓄積されていきました。――「怒《ど》髪《はつ》冠を衝《つ》き、瀟瀟《しょうしょう》たる雨歇《や》む。天を仰ぎ長嘯《ちょうしょう》すれば、壮懐は激烈たり。十五の功名は塵與土《ちりと》、八千里の路は雲和《と》月。長車に駕し、賀蘭山《がらんさん》を踏破して缺《こぼ》たん。壮士は飢えしとき胡虜《こりょ》の肉を餐《さん》し、笑談して渇きしとき匈奴《きょうど》の血を飲む*1」

世界が静かになれば、ぼくは岳飛の鋭い叫び声を耳にすることができます。戸の隙間から漏れてくるお袋の助けを求める声も聞こえました。静けさは、ぼくの殺意が殻を破り、生長を遂げるための土壌であり陽光でもあります。殺意が芽生えてから生長する過程で、ぼくは毎日親父の顔を見ました。どんぶりを手にして戸口で飯を食っているときも、畑で種をまいたり草をむしったりしてい

＊1　岳飛『満江紅・写懐』。「十五の功名」は「三十の功名」のもじり。「怒りのあまり髪が逆立ち、冠を突き上げる。降りしきっていた雨が止んだ。天を仰いで声を上げると、心の奥底の激しい感情が湧いてくる。十五歳までの功績は取るに足らないものだが、昼夜を問わず、八千里の道を歩いてきた。戦車に乗って賀蘭山の峠を越えよう。勇壮な兵士は、腹が減れば敵の肉を食らい、談笑し、喉が渇けば敵の血を飲む」

るときも、お袋と何か話しているときも、ぼくの心の中の殺意は檻《おり》に閉じ込められたウサギのように暴れ回っていたのです。

ついに、この年の四月八日がやってきました。ついに「我が花開きし後、百花殺る」ときが来たのです。ぼくは古い家を出て、五歳のときの気持ちに戻りました。当時の村の道は、いまと同じで、どこにも人影がありません。静けさが天地を覆い、どこまでも広がっていきます。その静寂の中で、ぼくは村に背を向けて歩き出しました。広大な世界へ歩み出したのです。田野は宇宙となって、目の前に展開しています。田野の背後の山々は、堯《ぎょう》と舜《しゅん》〔中国古代の帝王〕のように、宇宙の中で直立していました。どこへ行こうとしているのか、ぼくにもわかりません。ただ、ぼんやりと歩き続け、ふと気づくと田野の中に立ち尽くしていました。

ぼくは堯と舜の目の前に立っています。

堯と舜は突然、ぼくに気づかせてくれました。まだ親父を殺していないのだから、どこへも行けません。

ぼくは両手に力を込め、小さい握りこぶしを作りました。そのとき、親父を殺そうと決めたのです。それによって、ぼくはこの村、この町を離れ、広大な外の世界へ行くことができます。はるか遠くの世界へ行き、この村と町の知り合いが一人もいない場所に住むのです。どこへ行き、何をするかは重要ではありません。重要なのは、ぼくが大人になり、ついに親父を殺して、ここを脱出するということです。

ここを脱出するのは、なんと重要なことでしょう。ぼくは親父を殺し、ここを離れて、どこか遠いところへ行かなければなりません。地球の裏側、地球の裏側にあるアメリカへ行くのです。中学生になったその日から、ぼくは天国が東洋にはなく西洋にあることを知りました。大学に入ったその日から、南方が北方よりすばらしいこと、外国が中国よりすばらしいことに気づきました。そうでなければ、あんなに多くの広東人が香港へ密入境するはずがありません。福建人は必死で南の海を渡り、シンガポールやマレーシアに移住しています。

現在は、また新たな時代がやってきました。人々は満員の劇場で芝居を見るように、アメリカやヨーロッパに目を向けています。若い人たちはみんな、アメリカやヨーロッパに行きたいのです。最低でも隣国の日本や韓国に行きたいと思っています。ぼくは、どうしてもアメリカへ行かなければなりません。その前に親父を殺し、五歳のときに立てた誓いを果たさなければなりません。

親父を殺す理由はそれだけなのか、あなたは疑問に思われますか？　実を言うと、それだけではありません。あの火種が年々大きくなってきて、親父を殺さなければならないときを迎えたことも理由の一つです。なぜ親父を生かしておくことができないのか、あなたは疑問に思われますか？ぼくの親父は、この世で生きて行くべきではないと感じるからです。親父が生きているかぎり、ぼくはここから脱出できません。ビザを取得し、飛行機のチケットを購入して、アメリカへ飛び立つこともできません。

信じてもらえるかどうかわかりませんが、ぼくの人生において親父は目の上のたんこぶなのです。ぼくの人生や運命をずっと邪魔しています。もし、ぼくが村長の家に生まれていたら、この町の町長の家に生まれていたら、あるいは洛陽から鋼材を町に運んできて高値で売っている商人の家に生まれていたら、またあるいはセメントの卸売りの権利書を財布から取り出して誰かに売りつけるブローカーの家に生まれていたら、ぼくはいま、古いレンガや木材を持ち帰ることでしか家を建てられない親父のようにはならず、アメリカのどこかの州の大学の教室で、English を学ぶ学生になっていたでしょう。

この町の言葉は、クソの山です。英語こそが、この世の王道で、花のように美しい言葉だと言えるでしょう。ぼくは親父がクソのような方言を口にするのを聞くと、その顔に唾を吐きかけたくなります。開いている口に向かって、唾を吐きかけたくなります。ぼくの唾を大雨のように町の上空から降らせ、村や町、中原《ちゅうげん》*1全体を埋没させたくなります。皐田という落ちぶれた町で、人々は「午前」のことを「昼まえ」、「午後」のことを「昼すぎ」と言います。「太陽」のことは「お天道様《てんとうさま》」、「仲間」のことは「連れ」、「生活」のことは「暮らし」と言います。あなたはもう、ここから脱出したので、これらの聞き苦しい言葉を耳にしないで済むでしょう。ここに残っているぼくが毎日、これらの言葉を聞いてどんなにつらい思いをしているか、あなたには理解できません。しかし、幸いなことに四月八日になりました。「我が花開きし後、百花殺る」ときが来たのです。ぼくも、あなたと同様、ここから脱出できます。

　この町の四月の朝をあなたも経験しているでしょう。そう、必ず経験しているはずです。まだ冷気が残っているとは言え、ぼくは全身が燃えるように熱くなっていました。ご存知のように、町の外との境界線は町をぐるりと取り囲んでいるよどんだ排水溝です。腐った雨水がたまり、近くの住人が石炭灰とゴミを捨てています。使えなくなった古いスコップ、赤や青の割れたポリバケツ、落として壊れた食器類、殺して食べてしまったニワトリの毛や豚の毛、そして犬の骨などが浮かんでいました。

　あなたは南方へ行ったことがあるでしょう。南方の海は真っ青で、まるで絹布のようです。海水はこちらの岸から、沖の彼方へと広がって行きます。あなたは、あのころの町のよどんだ排水溝を見たことがありますか？　めったに帰省しないから知らないでしょう。家畜の毛や骨は雨水を腐らせ、どろどろの赤黒い液体に変えます。その赤黒いものが、水の表面に層を作るのです。ぼくは排水溝の腐った水を見て、思い切り痰を吐きかけてやりました。そして、排水溝の一部を埋め立てて作られた堤の上を歩いて、町の外へ出たのです。

　町の外には、ポツンポツンと家があります。三間の家から出てきた男が、尿瓶《しびん》の中の液体を門の前の排水溝に捨てました。ぼくはその男を見て、急にムカつき、まずこいつを斧で叩き殺して排水溝に落としてやりたいと思いました。ところが、男はぼくをチラッと見て、すぐに門の中に入ってしまったのです。門を閉める音を聞くと、ぼくは歯がむずむずして、何かに噛《か》みつきたくなりました。

　ぼくは男の家の前を通り過ぎました。土壁に瓦屋根《かわらやね》の家の門扉《もんぴ》はボロボロで、ニワトリや犬が出入りできるほどの大きな穴があいています。さらに前に進むと、新築の瓦屋根の家がありました。赤いレンガの壁、青い瓦の屋根。赤いペンキが塗られた鉄の門扉には、まるで芸術的センスのない龍と鳳凰《ほうおう》が描かれています。それを見て、ぼくはムカつき、嫌悪感から逃れるように足を速めました。腕を大きく振ると、持っていた斧が風を起こします。

　赤いレンガ造りの家の角を曲がって百メートルほど先にあるのが、我が家が昨年、分配された新しい住宅用の敷地です。村の党委員会の規定によると、十八歳になった男子は二分《フエン》半〔分は面積の単位、一分は約六十六平米〕の宅地の使用権を与えられ、結婚して子供が生まれ、生活していきます。しかし我が家は、ぼくが二十歳になってようやく宅地の分配を受けました。その前に、ぼくは大学から親父に手紙を書いて、借金をしてでも村長にタバコと酒を贈るように言いました。あるいは、米を一袋、村長の家に届けるだけでもいいのです。ところが、ケチ臭い親父は村長の家に青菜とネギの束しか届けませんでした。その結果、我が家に分配されたのは、とても辺鄙《へんぴ》な町はずれの宅地になったのです。

　ほかの人たちが分配された宅地は、町の東に新しくできた公道の両側や長距離バスターミナルの予定地の近くでした。そこは将来、町の中心に位置する繁華な商業地区になるはずです。都会のセ

＊1　現在の河南省を中心とする黄河の中流・下流の地域。

ンター街のようになるでしょう。そこに家を建てれば、将来は賃貸に出してもいいし、何か商売を始めることもできたと思います。ところが、ネギと青菜の束のせいで、我が家の宅地は町はずれの貧民窟のような場所に追いやられてしまいました。

――家を建てるのはやめておこうよ。

――どうしてだ。

――そのお金で、ぼくを外国へ行かせてほしい。

――外国じゃなくて、天国へ行け。おれが生きているかぎり、そんなことを考えるな。

これは前の夜に、ぼくが親父と交わした最後の会話です。その言葉によって、ぼくの出国の道は閉ざされました。同時に、親父の生きる道も閉ざされました。十五ワットの電球は、イタチの目のようです。古いベッドと机、ペンキの剝《は》げた木箱、脚が一本取れた腰掛け、縁の欠けた湯飲み。親父は、ぼくの向かい側にすわっています。お袋は、ぼくたちの間の少し後方にいました。壁に貼ってある古新聞と両親の顔の色は同じです。両親の顔とぼくの沈んだ心も、同じ色でした。

ぼくも親父も、もう話すことがありません。二人をつなぐ最後の架け橋が断たれました。室内の空気は重苦しくて、雨が降り出す前のようです。暴風雨と大洪水がやってきます。親父を殺そうという衝動が、どんどん強まりました。――おれが生きているかぎり、そんなことを考えるな。――「蒼天に問う、誰れ是れ英雄の世の為に用う。須《すべから》く早く青雲をして路を得さしむべし。万頃《ばんけい》の洪流は大海に通じ、我れ天地の浮沈を主《つかさど》る＊1」

――おれが生きているかぎり、そんなことを考えるな――親父が歯の隙間から漏らしたこの言葉によって、殺意がぼくの心の中で爆発したのです。ぼくはすわっていた腰掛けを持ち上げ、力いっぱい親父の頭に叩きつけたくなりました。腰掛けは、頑丈な楡《にれ》の木でできています。座面はレンガのように厚く、レンガ二つ分の面積がありました。重量はレンガ一つ半、すなわち三キロはあるでしょう。四キロあるかもしれません。ぼくは二十歳で、身長が百八十センチあります。そのとき、右手は腰掛けの前脚をつかんでいました。さっと立ち上がって、右手で腰掛けを振り上げ、落下させるだけでいいのです。腰掛けが落下すれば、すべてが丸く収まり、すべてが片付きます。

ぼくはそのとき、またお袋のほうに視線を向けました。お袋の表情には、ぼくが外国に行くことに賛成する様子も、親父が家を建てることに賛成する様子も見られません。四十歳のお袋の顔は、四十年にわたって風雨にさらされてきた壁のように黄ばんでいました。泣いて訴えるような目で、ぼくと親父が喧嘩や殺し合いをしないことを願っています。その目つきを見て、ぼくは腰掛けをぐっと握った手の力を緩め、何も言わずに部屋を出ました。中庭を抜け、西側の離れにある自分の部屋に戻り、ベッドに横たわりました。

横になっても眠れません。

ぼくはその夜、ずっと起きていました。

ひと晩じゅう頭に浮かんでいたのは――おれが生きているかぎり、そんなことを考えるな――という言葉です。大学のあった海辺の風景、ガジュマルの木と恋人のことも思い浮かべました。まだ行ったことのない、アメリカのどこかの州の時計台と教会、緑の芝生が広がるキャンパス、そして英語を話すクラスメートたちまでが目の前に現れたのです。ひと晩じゅう、ぼくはベッドの上で、寝返りばかり打っていました。もはや、親父を殺さないわけにはいきません。親父を殺せば、アメリカのどこかへ行くことができて、ぼくの前途が開けるのです。

ひと晩じゅう眠らずに親父を殺そうと考えていたぼくは朝、親父に起こされました。親父は、一

＊1　姚勉『賀新郎・京学類申時作』をもじっている。「青空に向かって尋ねる。英雄として生まれてきたのは誰か。早く出世の道を見つけるべきだ。大洪水の流れは大海に注ぐ。この世の運命を操るのは私だ」

緒に新しい宅地へ行き、山積みになっているレンガで家の基礎を築くのを手伝えと命じたのです。

——おい——目が覚めたか？　早く起きて、おれと一緒に新しい宅地へ行くんだ。親父の声は、牛飼いが牛を叱りつけているかのようでした。そのあとも、親父は中庭で怒鳴り続け、ぼくを急《せ》き立てます。その声を聞きながら、ぼくはどうやって親父を殺すかを考えていました。

鉈《なた》を使うか、斧を使うか、金槌を使うか。あるいは、親父が水を汲みに行ったとき、後ろから井戸に突き落とすか。親父が請け負っている山の上の畑に行ったとき、崖から突き落とすか。どうやって殺すか、ぼくはひと晩じゅう方法と時間と場所を考えていました。そして、まだ方法や場所を決めかねているとき、一度門の外に出た親父はまた中庭まで戻ってきて、ぼくの部屋に向かって叫びました。——斧か鉈を持ってこい。レンガについているセメントを叩き落として、家の基礎を築くんだ。

最後のひと言を聞いて、ぼくは斧を持って行くことに決めました。「斧を持ちて遠揚《えんよう》を伐《き》り、鋤《すき》を荷《にな》いて泉脈《せんみゃく》を覘《うかが》う」＊1

王維《おうい》は、すばらしい詩人です。『春中田園の作』には、鳥の鳴き声も杏《あんず》の白い花も出てきます。春が冬眠から目覚めるのです。気候は寒くも暑くもありません。大地はゆったりとして、新緑に染まっています。こんなによい季節に、斧を持って桑の木の剪定《せんてい》に行かないはずがありません。鋤を担いで地下の水脈を調べに行き、種まきをしないはずもありません。

親父が赤や緑のレンガのそばにしゃがんだとき、思い切り斧を振り下ろせば、水脈を探り当てたように血が噴き出すはずです。これで、樹木の剪定と畑の水やりができます。王維の詩と同じように、春の日差しが大地にあふれるでしょう。

異臭のする排水溝を後にして、赤いレンガ造りの家の角を曲がったとき、ぼくの心は弾んでいました。急がなければならないという気持ちが強く、足取りは南方への水路を進む北方の船のようです。外国への道を急ぐ中国人の足取りのようでもありました。

我が家の新しい宅地が見えました。――どうか、口を挟まないで、ぼくの話が終わってから質問してください。新しい宅地には、家の高さの半分ほどのレンガの山がありました。親父が引いてきた荷車は棺桶のように、レンガの山の脇に放置されています。空気は、湧き水あるいは春の苗のように新鮮です。ぼくは足を速めました。この世は間もなく赤い血で染められます。この町に大事件が起こるのです。ぼくは手のひらに汗をかきました。斧を持つ手が滑ります。ぼくは近くの土塀に手をこすりつけました。汗が拭われ、斧の柄を握った右手はもう滑りません。

すぐ前の屋敷は野菜農家の男の家です。ぼくは顔を合わせれば「おじさん」と挨拶しますが、陰では「野菜じじい」と呼んでいます。この野菜じじいは丸々と太っていて、口を開くと笑い話や頓《とん》智話《ちばなし》がよどみなく出てきます。野菜を売るときは、八両〔一両は五十グラム〕を一斤〔五百グラム〕の値段で売りつけるのです。野菜を五斤買った人は、四斤しか渡されていないのに得をしたような気にさせられてしまいます。

野菜じじいは門から出てくると、目や顔をこすり、東の空の日の出を見ました。――若造、早起きだな。彼は大声で、ぼくに尋ねます。早起きすると、お天道様の光は黄金に変わって、おまえの家に降ってくるのかい？　笑いながら彼は荷車を押してきて、門の前に立てかけてあった荷台の板を車の上に置きました。畑へ行って野菜を収穫したあと、町へ行って客を騙《だま》し、売りつけるつもりでしょう。誰かが一斤買えば、八両しか渡しません。ぼくは彼と話をする気になれませんでした。ぼくは、こういう世間をあざむく盗人を軽蔑します。しかし、ぼくが通り過ぎようとすると、必ず

＊1　王維『春中田園の作』。「斧を持って出かけ、伸びた枝を切る。鋤を背負って出かけ、泉の湧き出る水脈を見つける」

彼はしつこく話しかけてくるのです。

　彼は言いました。おまえは、この町で貴重な大学生だ。おまえの親父が裏の敷地で、大学生の息子のためにレンガを叩いたり積んだりして、家を建てようとしていることは知ってるぞ。レンガを叩く音は、でっかいな。河に橋をかけようとしてるみたいだ。一家揃って、河の向こうへ引っ越すつもりか。地上から天国へ、移り住むつもりか。その後、彼は目を細めて、ぼくを見ました。ぼくが手に提《さ》げている親父を殺すための斧を見て、彼は河を泳いで渡ろうとしたときに突然、前方に橋があるのに気づいたかのようでした。

　――ちょうどいい、おまえの斧を貸してくれ。

　彼はそう言いながら近づいてきて、ぼくの手から斧を奪おうとしました。そのとき、ぼくは本当に彼が斧を借りたいのだと思いました。でも、その後わかったのです。実は、天の助けが親父に味方したのでした。ぼくは斧を貸したくありません。でも、彼は扇のように大きな手を伸ばしてきます。その手は、ひび割れだらけです。ひび割れだらけの手を見て、ぼくは斧を渡しました。

　彼は斧を持つと、荷車の板の緩んだ古い釘を叩き始めました。その音は、ぼくが親父の頭を斧で打ったときの音を連想させます。彼が釘を叩くとき、斧が立てる大きな乾いた音には、うるおいや詩情が少しも感じられません。でも、ぼくが斧の刃で親父を叩き切るのではなく、斧の背で叩きつぶすとしたら、うるおいと詩情を感じさせることがきっとできるでしょう。降り積もった赤い花びらの小山を拳で打ったような音です。舞い上がった花びらは、花吹雪となって降り注ぎます。「零落して泥と成り、碾《ひ》かれて塵と作《な》るも、只香りは故《もと》の如く有り」*1、「草樹は春の久しく帰らざるを知り、百般の紅紫は芳菲《ほうひ》を闘わしむ」*2

　ぼくは、野菜じじいが何度も斧を振り上げるのを見つめていました。そのおかげで、ぼくは親父を斧の刃で叩き切るのではなく、斧の背で叩きつぶそうと決めることができました。トントントンという音は、キツツキが古寺の樹木の上で虫を啄んでいるかのようです。緩んだ釘を叩き終わると、野菜じじいは斧をぼくに返しました。――外国へ勉強に行きたいんだってな。ぼくの顔を真剣に見ながら、彼は言いました。行けばいいさ。外国に行けば、この町で一生、生きてるのか死んでるのかわからないような暮らしをしないで済む。

ぼくは彼の手から斧を取り戻しました。彼の声は大きくて、まるでマイクを使ってしゃべっているかのようです。――おれにも、おまえのような息子がいればよかった。おまえのような息子がいれば、家も土地も売り払って、外国に留学させるだろう。外人は、すげえな。鼻は高いし、目は大きいし。飯を食うのに使うのは箸《はし》ではなく、ナイフとフォークだ。外国に行って、向こうで嫁さんを見つけたら、絶対に帰ってくるなよ。外国の首都に家を構えるんだ。

そう言いながら、野菜じじいは、財布を失《な》くしたような人生の悔いを残して、向きを変え家に戻って行きました。彼は外国へ行こうとしているぼくを励ましてくれました。親父を殺して、この町を出て行こうとしているぼくを励ましてくれました。でも、もっと明確に何か言ってもらいたいと思ったとき、彼の姿は屋敷の中に消えていました。

ぼくは再び、我が家の新しい宅地へと向かいます。斧を右手に提げて、数歩進んだとき、野菜じじいがまた突然、戸口から頭を突き出しました。――おい、アメリカの大統領は、おれたちの国が嫌いらしいぞ。アメリカに留学したなら、国のために斧で大統領の頭をかち割ってやれ。彼の冗談半分の言葉は、ぼくの目の前を風のように漂って行きます。ぼくは返事をせずに足を止めましたが、

＊1　陸游『卜算子・詠梅』。「花が散り地面に落ちて泥となり、ひきつぶされて塵となっても、ただ香りだけはもとのままのようだ」

＊2　韓愈『晩春』。「春が去ればしばらく帰ってこないことを草木はみな知っている。だから赤や紫の多彩な美しさを競い合っているのだ」

振り返ったとき、彼の口と声は再び戸口の中に消えていました。

まさにこのとき、ぼくは気づきました。野菜じじいは、ぼくが親父の頭に斧を振り下ろすように励ましてくれたのではなく、親父を救おうとしたのです。野菜じじいの家をあとにして歩き出したぼくは、意外にも親父が荷車を引き、新しい宅地からやってくるのを見ました。親父の顔は、古いレンガや瓦の埃で汚れています。太陽の光の中で、土埃の塊が揺れているかのようでした。黒い服、黒いズボン、そしてぼくが履かなくなった青い運動靴という恰好です。頭のてっぺんにも、白い汚れがついています。実際は四十五歳なのに、五十歳か六十歳に見えました。四角い顔には、深い皺が刻まれています。髭《ひげ》も剃っていない顔は、刈り入れが済んだあと放置された麦畑のようでした。

親父は荷車を引いて、急いでやってきました。赤いレンガの粉がついた顔に、笑みを浮かべています。――遅いじゃねえか。親父は文句をつけたあと、興奮気味に言いました。町の国営商店の倉庫も昨日、取り壊された。古いレンガや木材は、売り渡されたらしい。親父は現場にいま人がいないので、急いで行って扉や窓や鉄筋などを拾ってこようとしていました。――おまえもレンガで基礎を築く作業が終わったら、国営商店の倉庫のあった現場に来い。

そう言いながら、親父は大股で近づいてきました。あと十歩、あと八歩、あと六歩。時間が迫るにつれて、ぼくの手は釘を握ったように痛みます。とうとう、親父はあと二歩、一歩のところまで来ました。そして結局、平然と目の前を無事に取り過ぎて行ったのです。すれ違うとき、ぼくは親父に道を譲りました。なぜ、そうしたのか、自分でもわかりません。道を譲ったことに気づいたとき、ぼくの頭の中は、人っ子一人いない荒山のように空っぽでした。

その瞬間、陽光が二人の中間に落ちてきて、灰がまだくすぶっているようなパチパチという音を立てました。親父がかいた黒っぽい汗は臭くて、前方の排水溝の水と同じです。親父が通り過ぎて行く間、ぼくは手で斧の重さを確かめていました。でも、ぼくが斧を持ち上げたとき、親父と荷車はもう遠ざかって、荷台の後ろの部分しか目の前にありませんでした。親父はこうして立ち去ったのです。魚が目の前の海に逃げ込むように、消えてしまいました。

そこで突然、気づきました。野菜じじいはさっき、ぼくの足を止めさせ、親父を救ったのです。野菜じじいと話をしなければ、ぼくの斧を貸さなければ、ぼくは数分早く、新しい宅地に着いていたでしょう。親父は敷地内にしゃがんで、古いレンガのセメントを鏝《こて》で落としていたはずです。きれいになったレンガで家の基礎を築くつもりでした。そのとき、親父はしゃがんで、古びた鏝を使うことに集中していました。セメントを削る音で、ぼくの足音はかき消されてしまいます。ぼくが背後からそっと近づいて行き、斧を振り上げて親父の頭を一撃すれば大成功です。すべてカタがつきます。

親父は斧が迫ってきた瞬間、突然あっと声を上げたり、おおっと叫んだりしたあと、そのまま地面に倒れたかもしれません。両目でぼくをまじまじと見つめ、片手を空中に上げますが、何も言わないうちに、その手はまた下がって行くでしょう。一方、ぼくはそのとき、厳しい表情で立ち尽くし、顔を曇《くも》らせ、唇を噛み、鼻をフンと鳴らします。——こうなることはわかっていたんだから、最初からあんな態度を取らなければよかったのに。ぼくは、そう言うかもしれません。あるいは、こう言うでしょう。——親父、悪く思わないでくれ。親父がここで眠っている間に、高飛びさせてもらうよ。もし親父の息が絶えていなければ、ぼくは心を鬼にして、さらに何度か斧をお見舞いします。もし死んでいれば、斧を捨てて、その場から意気揚々と立ち去るでしょう。

アメリカに渡り、新たな人生の第一歩を踏み出すのです。

地面には、噴き出した血が流れています。血の色は黒または赤で、砂地に水がしみ込むような音が聞こえました。あたり一面が血なまぐさく、静寂に包まれています。その血を照らす太陽の光は火のようです。赤い絹布が舞っているようにも見えます。周囲の四月の春風も、赤く染まっていました。ぼくは、その光の中で宿願を果たしたのです。ぼくの新しい人生、新しい運命がここから始まります。

——闇先生、どうしてそんな顔で、ぼくを見るんですか？　ぼくの話が信じられないんですか？　それとも、恐怖を感じたんでしょうか？　安心してください。ぼくの体にまで、血が飛び散ることはありません。ぼくの服に血がついたとしても、ぼくはそれをレンガの山の上に脱ぎ捨てたでしょう。その血がついたシャツはまるで、硝煙たなびく戦場の高い位置に掲げられた焼け焦げの跡がある旗のようです。その後、ぼくはヒマワリが太陽のほうを向くように、堂々と歩き出しました。

しかしいま、ぼくの親父は平然と無事に通り過ぎて行きました。野菜じじいが肝心なときに、親父を救ったのです。ぼくは人殺しの好機を逃してしまいました。追いかけて行って斧で襲うのは、しゃがんでいる親父を叩き殺すのと大きく違います。人殺しは置時計のネジのような精密さが必要です。一ミリでも「ずれ」があってはいけません。まして、親父は体が丈夫です。レンガを積んだ荷車を柴草を載せているかのように引いて行きます。

親父は前方の角を曲がり、姿を消しました。

その場に立っていたぼくは急に、斧を振り上げて東の空のまだ昇りきっていない太陽に切りつけたくなりました。野菜じじいの家の門も叩き壊したい。この町も、この世界も叩き壊したいと思いました。

二分半の土地は、欧米の面積の単位で言えば、一六六平米に相当します。三間の母屋の基礎は、すでにレンガと石で築かれようとしていました。これがケチ臭い親父の野望です。町のあらゆる建て替え工事の現場から、まだ使えそうなレンガや鉄筋、扉や窓を拾ってくれれば、家を建てる材料はすべて揃います。あとは、セメントと石灰を少し買えば十分です。二分半の土地のあちこちに、古いレンガが積み重ねられました。三間の母屋の基礎の中には、拾ってきた古い木材、扉と窓、そして様々なサイズの曲がった鉄筋が置いてあります。それらの鉄筋を溶接すれば、瓦ぶきの家の柱が完成するでしょう。この家を建てるために、親父は貯金をしていました。そのお金があれば、ちょうどアメリカ留学の初期費用に充《あ》てられます。

　この一年、町は十数年前の南方を見習って、建物の改築を進めているようです。役所の古い瓦ぶきの建物は、取り壊されて赤いレンガのビルになりました。病院の一九五〇年代の土壁の建物も、取り壊されてビルになっています。町はずれのセメント工場と肥料工場の宿舎も、取り壊されてレンガ造りの瓦ぶきの建物になりました。国営商店も取り壊され、ショッピングセンターになる予定です。豊かになるためには、まず道路を作らなければなりません。公道は市街地から町の外に延びています。道の両側にはもう、いくつか会社や商店がオープンしました。いま建設中なのは、製薬工場、プラスチック工場、木材加工場、家具製作会社などです。

　中国全体が巨大な工事現場だと言う人もいます。南方は確かに、完成間近の大きな工事現場でしょう。一方、この町は古い建物が解体されたばかりの小さな工事現場にすぎません。もう一つの違いは、南方の工場がすでに操業を開始していることです。それに対して、北方の中原に位置するこの町の雑然とした工事現場では、将来何を生産すればいいのかもわかっていません。

　親父はこの廃墟のような、掘り返されている工事現場で材料を拾ってきて、こっそりと三間の新しい瓦ぶきの家、さらにはもっと大きな二階建て以上の家を手に入れようとしているのです。当初は、三間の瓦ぶきの家を手に入れることだけを考えていました。その後、町で絶えず建て替え工事が行われている状況を見て、親父は二階建ての家に目標を改めます。さらに、町の人たちが二階建ての家を建てたのを見て、三階建ての家を建てようと決めたのでした。

親父の野心は、海綿が水を吸うようにふくらんでいきます。一方、ぼくはただ、ここを出て行きたいだけなのです。どうしても、西半球のアメリカに行きたい。親父がこの町で瓦ぶきの家を建てようが、二階建て三階建ての家を建てようが、ぼくの知ったことじゃありません。二階建てにしても、三階建てにしても、親父のろくでもない虚栄心を満たすためのものです。それとぼくの理想は、まったく関係がありません。あるとしたら、一本の木と空を飛ぶことに疲れた鳥の関係です。その木は鳥に休む場所を提供し、そのあと鳥は飛び立って行きます。木は生まれ育った土地を離れませんが、鳥は生まれてすぐに青い空へ飛び立ちます。鳥が枝の上で休むのは、いつかもっと高く、もっと遠くへ飛んで行くためなのです。

それだけのことでしょう。

違いますか?

あなたは、ぼくが村や木や家に縛りつけられたままでいられると思いますか? 親父は前方の角を曲がりました。ぼくはがっかりして、野菜じじいの家の前から新しい宅地へと向かいます。敷地内には、青や赤のレンガが積まれていました。親父がレンガから削り取った石灰やセメントや砂が、あたり一面に落ちています。古いレンガは、積み上げられても古いレンガのままです。新しいレンガの硫黄《いおう》の匂いは、まったくしません。空気の匂いは、砂と石灰が入り交じったものです。前方の家の基礎の上に置かれている古い扉と窓は赤いものもあれば、青いものもあります。ペンキが剝げていないものはありません。あったら不思議です。

鉄パイプ、山形鋼、ビニールパイプ、あちこち錆《さび》だらけの排水管、朽ちた垂木、数本の古い桁、工事現場で埃にまみれていた棚板。ここは、まるでゴミ捨て場でした。親父はこの町のゴミの帝王です。問題は、このゴミとゴミの帝王の関係にあります。町の人たちは親父を見かけたら、鼻を押さえて距離を取り、近づかないのが当然でしょう。もともと農民だった住人たちは最初のうち、親父が古いレンガや木材や鉄筋を拾い集めているのを見て、多少軽蔑の目を向けていました。でも、親父が半年で新しい宅地にゴミの山を作り、これらの材料でレンガ造りの家を建てようとしていることを知ると、軽蔑する人はいなくなりました。町の隣人や通行人は、羨ましそうに見ています。そのまなざしは、この季節に家々の庭から塀の外にはみ出して咲いている桃や杏の花を見ているかのようです。

　これがまさに、ぼくがこの町を軽蔑する理由の一つなのでした。彼らは目先の利益しか見ていません。彼らの見識は、雨のあとの道にできた水たまりのように浅いのです。ぼくは、ここに留まることはできません。たとえ死んでも、こんな場所に留まるつもりはありません。人殺しをしてでも、ここから出て行くつもりです。理由は聞かないでください。とにかく、ここを離れたいのです。なぜ、アメリカに行きたいのかも聞かないでください。とにかく、アメリカに行きたいのです。なぜ、人を殺すのか、自分の親父を殺すのか、その理由と根拠も聞かないでください。ぼくが五歳のときに、もう実の親を殺そうと思ったことは話しました。

　ぼくは親父が家を建てようとしているのに協力するつもりはありません。親父の計画のために、レンガ半分も瓦半分も付け加えるつもりはありません。特定の環境の中で、やむを得ず親父に協力する演技をするときだけは例外ですが。親父はぼくに、昨日拾ってきた古いレンガについている泥とセメントを落として積み上げるように言いました。でも、もし親父の頭をかち割ろうという気がなければ、ぼくは斧を持ってゴミだらけの新しい宅地へ行かなかったでしょう。ぼくは処理を待っている古いレンガの山のそばに立ち、しばらく呆然としていました。その後、ぼくは古いレンガの山に向かって唾を吐き、心の中で親父を罵倒したのでした。

　ぼくが唾を吐き、罵《ののし》ったせいで、太陽はボールが弾むように、急に空高くまで跳ね上がりました。陽光は石灰のような匂いを漂わせています。その匂いが顔にかかると、針で刺されたような感じがしました。新しい宅地の南隣の住人は教師で、高校で国語を教えています。授業中、その先生は唐詩や宋詞をよく朗読して解説しました。そのおかげで、ぼくも唐詩や宋詞を暗唱できるようになったのです。いま、先生は教科書を小脇に挟み、日差しを浴びて、学校へ行こうとしています。ぼくを見て、先生は笑いながら立ち止まりました。

――よう、大学生。おまえもレンガの整理に来たのか。

先生の笑顔には、「春江水暖」の七言絶句〔蘇軾「恵《え》崇《すう》の春江晩景」のこと〕に描かれたような温かさがありました。瓦ぶきの家を建てるのには十数万元かかるが、おまえの家は内装を含めても、せいぜい数万元だろう？　国語の先生は、ぼくに尋ねました。しかし、どう答えればいいのでしょう。先生はからかっているのか、嫉妬《しっと》しているのか、よくわかりません。でも、ぼくは先生が立ち去ったあと、その話しぶりから、ぼくの家に対する嫉妬と羨望を読み取りました。ぼくは、親父とゴミの山を羨望と嫉妬の目で見る人たちを軽蔑します。親父とゴミの山を見下すすべての人を尊敬します。

セメントを削り落とすのを待っているレンガの山に唾を吐いたあと、レンガたちの頭や首を踏みつけ、その上に登って東の空に目を向けると、陽光の中に希望が見えました。ぼくを照らしている太陽は十二時間後に、ぼくがあこがれている国を同じ光で照らすのでしょう。日差しを受けている東の山は深緑色で、その中に力を秘めています。山裾の村落と樹木は雑然としていて、誰かが大地にこぼした墨汁のようです。

目の前の町は、野菜じじいの家によってさえぎられています。もう一方は、国語の先生の家でさえぎられています。ぼくは村落と家屋と樹木に取り囲まれていました。樹木は楡とエンジュと桐で、魚もエビもいない河の水のように単調です。家々の屋根の上には青い瓦が並び、麒麟《きりん》や龍や蛇を模した鬼瓦が飾られています。

ぼくが見たいのは、一軒の家ほど大きい南方のガジュマルの木です。枝から垂れ下がった髭のような根が雨季に成長し、幹を取り囲んで森を作ります。鳳凰木の花は、燃え盛る火のようです。ブーゲンビリアの花は、ゴッホの絵を彷彿とさせます。冬が来ても至るところに色とりどりの花が見られるのが南方で、それがぼくの理想です。ぼくは南方へ行き、そこの大学で学びました。いま、ぼくはさらに遠い国へ行こうとしています。ここでグズグズしているわけにはいきません。死んでも、こんな町にはいられません。

　ぼくは、この町を憎んでいます。親父をずっと憎んでいるのと同じことです。

　野菜じじいが、収穫したばかりの青菜の束を抱えて、近くの畑から帰ってきました。丸木橋を渡るように、あぜ道を歩いてきます。ぼくはセリと香菜〔パクチー〕の刺激的な匂いを嗅ぎました。ぼくは北方のセリが嫌いです。イモっぽい女の子が嫌いなのと同じように。南方の女の子は、水中の魚のように生き生きしています。北方の女の子は、まるで泥の中で育ったヨモギです。

　野菜じじいの足取りは、トンボが水面に浮かぶ柳の葉に止まるときのように慎重でした。中高年女性のダンスみたいで滑稽《こっけい》です。彼は太っていて、もう六十過ぎですが、見た目の年齢はぼくの親父と大差ありません。彼を見ているうちに、ぼくは何かを思い出し、トンボが羽をばたつかせて飛び立つように心が揺れました。

　空に飛び立ちました。

　高い空に飛び立ちました。

　はるか遠くのあこがれの場所へ飛んで行きました。

　レンガの山の中から、親父の頭を打つことができなかった古い斧を拾い上げ、ぼくはまた野菜じじいの家のほうへ向かいます。太陽に照りつけられ、ぼくは目を細めました。野菜じじいは、抱えてきたホウレン草とニラの束を荷車の上に並べています。彼の嫁さんが、昨日あるいはおととい売れ残ったチンゲン菜、セリ、香菜、そして町の人が好んで食べる荊芥《けいがい》〔薬草の一種〕を抱えてきて、荷台に並べたり整理したりしました。彼女は盥《たらい》の水も運んできて、青菜の上に撒いています。しなびないようにしていると言えば聞こえがいいですが、実際は重さを増やして売りつけようとしているのです。

野菜じじいは家の中から麺棒《めんぼう》ほど太い家畜用の注射器を持ち出しました。注射器にたっぷり水を入れ、束にしたホウレン草、セリ、ニラ、荊芥に注入します。ぼくは家の門の前で足を止め、観察していました。嫁さんはまた盥に半分水を入れて運んできて、ゴマ油を少し注ぎます。彼らは荷台に置いてあったチャンチンの葉の束を持ってきて、ゴマ油を加えた盥の水の中にしばらく浸しました。

ゴマ油の爽やかな匂いが、彼らの家の前に広がります。ぼくは立ったまま、笑いたくなりました。野菜じじいは振り向いて、厳しい声でぼくを怒鳴りつけました。何を見てるんだ。人に言ったら、もう二度と「おじさん」とは呼ばせないぞ。ぼくは持っていた斧を差し出して、荷車の修理に使うかどうか尋ねました。彼は不思議そうな顔をして、頭を振ります。――家に帰って飯を食え。彼はぼくを見ながら、実の伯父のように言いました。もう大人だし、大学を出てるんだから、せいぜい親父の手伝いをしろよ。

嫁さんが盥と家畜用の注射器を持って家に戻ったあと、ぼくは背筋を伸ばして、姿勢を整えました。

――おじさん、相談したいことがあるんだ。

彼は目を細めて、ぼくを見つめました。

――お金を貸してくれないかな。

彼はまた、別のところへ視線を向けました。

――いくらだ？

——おじさんがもし、アメリカ留学の資金を出してくれたら、ぼくは卒業後、二倍三倍にして返すよ。

言い終わると、ぼくは期待の目で彼を見ました。彼も驚いた表情で、ぼくを見ています。ぼくが借金を申し込むとは思っていなかったのでしょう。お金を貸すのは、自分の背骨を抜かれるようなものです。このとき、野菜じじいは暗い顔をして、ぼくを横目で見ていました。留学の資金はいくらなのか、数年後にぼくが二倍三倍にして返す金額はいくらになるか、計算していたのかもしれません。太陽に照らされて、彼の顔はもみくちゃにされた計算用紙のようでした。

彼が計算している間に、ぼくはアメリカに行ったら、経管を学ぶつもりだと言いました。経管は経営管理の略称です。ぼくは言いました。アメリカは現在、世界一の軍事大国、政治大国であるだけでなく、世界の警察、警察長官です。さらに重要なことに、アメリカは世界一の経済大国でもあります。経済大国でもなく、お金もない国は、どんな願望や理想を語っても無駄でしょう。

ぼくは彼に言いました。中国も改革開放によって、経済大国の道を歩まなければなりません。将来、経営管理は中国でいちばん旨《うま》みのある職業になり、大儲けできるでしょう。ぼくは勉強を終えて帰国したら、祖国のために尽くし、大金を稼ぎます。二倍三倍どころではありません。ぼくは十倍二十倍にして、留学の資金を返済します。

ぼくは野菜じじいに言いました。そうなったら、おじさんはもうこの町で野菜を売って、わずかばかりの利益を上げるために苦労しないで済みます。ぼくはおじさんのために、銀行に巨額の口座を作ってあげますよ。ひと月の利息だけでも、おじさんの一年分の野菜の売り上げより多いはずです。

野菜じじいは、ぼくの話を真剣に聞いていました。彼はすでに、ぼくに投資して利益がどれくらいになるか、計算できたのでしょう。顔に浮かんだ金粉のような笑みが、二人の間にこぼれました。

——おれに国外留学の資金を借りたいと言うんだな。

ぼくは、うなずきました。

——しかし、おれはおまえの親父じゃない。実の伯父でもない。おれたちは家族でもないし、親戚でもない。

顔の笑みを消し、彼は真剣にぼくを見つめました。

なのにどうして、おまえの留学の費用を出すんだ？　何が経営管理だ。おれは小学二年までしか学校に行ってないが、それなりに商売を管理してるぞ。県の商業局長をやれと言われれば、あの局長と大差ない仕事がきっとできるはずだ。

そう言いながら、彼はまた奇妙な笑みを顔に浮かべ、口元を震わせました。「家に帰って飯を食え。食い終わったら、親父の手伝いをするんだ。留学したいなら、親父に相談しろ。資金を出してもらって、将来大金を稼いだら、親父とお袋に巨額の銀行口座を作ってやればいい。そうすれば、おまえの家を建てるために毎日、町で古いレンガや瓦や木材を拾い集めないで済むだろう」

言い終わると、彼は家に帰って行きました。足取りは力強く、地球に穴をあけようとするかのようでした。

ぼくは、彼の家の外に取り残されました。ほかに残っているのは、荷車の上の水が滴る野菜です。チャンチンの葉には粘り気のあるゴマ油がついていて、その匂いがぼくの鼻先に漂っています。自分の目でチャンチンの葉がゴマ油を入れた水に浸されるところを見ていなかったら、誰もがこのチャンチンの葉を鼻先に持って行って——いい匂いだ——いい匂いだと言うでしょう。野菜じじいは称賛と感嘆の声を浴びて帰って行きます。赤いペンキを塗った鉄製の敷居をまたぐとき、彼は高々と足を上げました。

彼のあとについて敷居をまたぐとき、ぼくも足を特に高く上げました。

——おじさんはアメリカのレーガン大統領が嫌いですか？

彼は呆然として立ち止まり、振り返ってぼくを見ました。

――おじさんがぼくをアメリカ留学に行かせてくれたら、ぼくは大統領を見かけたとき、この国とおじさんのために、必ず背後からレンガを大統領の頭にぶつけてやります。

――坊主、やめておけ。それより銀行を襲って、支店長の頭にレンガをぶつけたほうがいい。

そう言うと、野菜じじいは台所のほうへ歩いて行きました。

ぼくは彼の家の中庭にしばらく立っていましたが、やがてそこを出て帰りました。帰宅する途中、ぼくの全身は失望と憎悪で満たされていました。季節はずれの寒の戻りで、冷気が服の中に入り込んでくるのを感じます。前方のレンガ塀の角を曲がろうとしたとき、ぼくは道端の石を思い切り蹴飛ばしました。その拳ほどの大きさの石は、排水溝の中へ飛んで行き、表面の汚れた水が揺れ動きます。汚水の臭いは、チャンチンの葉とゴマ油の匂いよりずっと強く、濃い茶色を呈して、ぼくの周囲の世界に広がってきました。

――父さんが賛成しないんだから、あたしゃどうしようもないよ。

これが、お袋の口癖です。こう言うときもあります。父さんがそうするって言うんだから、あたしゃどうしようもないよ。そう言うときのお袋の顔は、いつも無表情です。お袋はこんな態度で親父に嫁ぎ、こんな態度でぼくを産んだのでしょう。お袋は一生、親父の言いなりです。

十五年来、ぼくは親父を殺そうと思いながら、なかなか手を下せませんでした。その理由の半分は自分の成長を待つため、半分は親父が死んだあとのお袋の生活を心配したためです。仕方ありません。ぼくは人一倍、他人のことを思う性格なんです。「人の病《やまい》を病《や》み、人の憂いを憂う」[*1]という

＊1　白居易『策林』。「他人の病苦のために心を痛め、他人の憂いのために思い悩む」

言葉は白居易が出典だったと思います。「好事は須《すべから》く相譲り、悪事は相推《お》すこと莫かれ」*1という対句もありますが、出典を忘れました。出典はどうでもいいでしょう。とにかく、ぼくは親父を殺したあと、お袋が生活の拠りどころを失い、暗い後半生を送ることを心配しました。

ある日、お袋が食事を親父の前に差し出すと、親父はひと口食べてすぐ、碗《わん》を土間に叩きつけました。――塩を入れ過ぎたな。親父が怒鳴ったので、お袋は慌てて味を確かめたあと、青白い顔で台所に行き、食事を作り直しました。

また、ある日、親父は靴を片方失くしました。片足だけ靴を履いて部屋じゅうを捜しましたが、見つかりません。親父は履いていた靴を脱いで、お袋に投げつけました。お袋はベッドの下からもう片方の靴を見つけ出し、親父の臭い足に履かせてやりました。

それから、もう一度。いや、十数回も二十回も、数十回も百回も、同じようなことがありました。お袋は、なぜ碗を親父の顔に叩きつけないのでしょう。なぜ臭い靴を親父の口に押しつけないのでしょう。女性解放なんて、口先だけの話です。女性の独立とか、女性の権利とかいうのは、大学の女性教師たちが論文を書くときにやっと思いつく新しい言葉にすぎません。

新しい宅地から家に帰り、門を入るとすぐ、お袋はぼくに言いました。早く町へ行って、父さんが古いレンガや戸や窓を拾うのを手伝いなさい。火事を消しに行けとでも言うような、慌てた声でした。ぼくのことを家でブラブラして無駄飯を食っている居候《いそうろう》だと思っているのでしょう。

――あの家を建てなければ、父さんは生きていられないのかな？

門のところに立ち、斧を手に持ったぼくは口を滑らせてそう言ったあと、自分でも驚きました。幸い、お袋はその言葉に隠された意味に気づかなかったようです。怯えた様子で、台所の戸口に立っています。――父さんが家を建てると言うんだから、あたしゃどうしようもないよ。お袋はまた、そう言いました。同じようなことをもう一万回は言ったはずです。でも、今回はいつものありふれたひと言ではありません。天地が引っくり返るような大きな意味を持っています。
——親父を殺せば、お袋を救うことになる——そう考えると、ぼくはうれしくなりました。名付けようのない快感が、河の流れのように体じゅうを駆け巡ります。親父を殺す理由をお袋に見出したのです。その意義は山よりも高く、海よりも深いと言えます。一九四九年の新中国誕生、一九七六年の文化大革命終結、一九七八年の土地請負制の実行に匹敵するでしょう。

ぼくは持っていた斧をゆっくりと塀の脇に置き、お袋のほうへ歩み寄って言いました。最後にもう一度、父さんに話してほしい。どうしても外国に留学したいんだ。話してくれたかい？

——話したよ。

——父さんは何て言った？

——留学なんか、あきらめろって。

——じっくり相談してくれたのかい？

——今度同じことを言ったら、父さんはあたしを食っちまうって。

「食っちまう」という表現は方言ですが、殺してやるという意味を含んでいるのは確かでしょう。まさに、ぼくが求めていた言葉です。まったく意外ではありません。親父は、ぼくが町を出てアメリカに留学することに、絶対反対なのです。親父の考えは、よくわかります。この瓦ぶきの母屋は十数年前に建てられました。南向きで、扉は両開き、窓は片開き、周囲の壁は日干しレンガです。夜になると、月光が壁の隙間から差し込み、机やベッド、そして反対側の壁を照らします。雨が降れば、盥や桶で雨漏りの水を受け止めなければなりません。雪が降れば、雪片がひらひらと屋内に舞い込みます。西の脇部屋は東向きで、雨漏りはしません。冬になっても、雪が舞い込むことがあ

＊1　王梵志《おうぼんし》『好事は須く相譲る』。「良いことは互いに譲り合い、悪いことは互いに押し付けたりしない」

りません。しかし、脇部屋は茅《かや》ぶきです。二年ごとに、麦わらや茅草を屋根に敷かなければなりません。

　このような家から大学生が出たのです。郵便で合格通知が届くと、町や村のほぼ半数の人たちが、お祝いにやってきました。親父は通りや庭を埋め尽くした人たちの羨望のまなざしを見て、ようやくぼくが大学に行くことを許したのでした。そのとき、誰もが我が家の未来の財産は脇部屋の屋根の上の茅草よりも豊かになると思ったはずです。しかし、親父はぼくが大学で学んでいた間、ぼくの生活費や学費にいくらかかるかだけを気にしていました。そして、ぼくを大学に行かせたことを後悔し、恨みに思って、春先や晩秋の雷鳴のような怒りを爆発させたのでした。

　こんな人間は、生かしておく必要がありません。生きていれば、この世に多大な損害を与えます。お袋が今度、ぼくの留学の話をしたら、親父はお袋を食い殺すでしょう。親父は、ぼくに留学をあきらめさせたいのです。親父は言いました。この町を出たいなら、おれを殺してからにしろ。

　お袋は西の脇部屋にある台所の前に立っていました。ぼくは、お袋のすぐ前に立っています。急に気が軽くなって快感を覚え、ぼくは思いました。親父を殺すのは、この世のためです。お袋のためでもあります。お袋を食い殺すと言っているのですから、先に手を下さないわけにはいきません。これまで、ぼくは何とか親父を殺す理由と根拠を見つけようとしてきました。いま、お袋は十分な理由と根拠を与えてくれたのです。親父はお袋を食い殺そうとしているのに、どうして傍観していられますか。

　殺意は一瞬で生まれるものではありません。一瞬で生まれるのは、一つの理由と契機だけでしょう。重要なのは時間と場所と環境が、ぴったり合うことです。瓶と蓋《ふた》の関係と同じで、どちらかが違えば、隙間ができて閉めることができません。

　三十分前、ぼくは親父の頭を斧で叩くチャンスを逃したので、帰宅する途中、親父を殺そうという決心と勇気が多少弱まりました。改めて殺さなければならない理由を見つけて、弱気の虫を克服しなければなりません。いま、お袋のためという理由ができて、この弱気は消えました。

そこで、なぜか思い出したのはこの詩です。――「小男は餌《えさ》を供え、婦《よめ》は絲《いと》を搓《よ》る。榼《さかだる》に香る醪《にごりざけ》溢れ、接罹《ずきん》を倒《さかさまに》す。日出《いで》て、両竿の魚は正に食すべし。一家歓笑して南池に在り」*1 子供は魚の餌を作り、母親は釣り糸を用意し、父親は酒を準備しました。一家が池の畔《ほとり》で団欒《だんらん》している光景が思い浮かんだのは、何とも皮肉です。

お袋を誘導して親父を殺す理由を言わせたのが、ぼくかどうかは重要ではありません。重要なのは、親父を殺す新しい理由をお袋が与えてくれたことです。

野良仕事に出かける人が、家の前を通り過ぎて行きました。街角でよい場所を占めて、露天の店を出そうとする商売人も、家の前を通り過ぎて行きます。親父は、これらの人たちが往来する中で死ぬのです。街で市《いち》がある日に、死のうとしています。ぼくはお袋に尋ねました。親父は本当に、そう言ったのかい？ お袋が「何のこと？」と聞くので、ぼくは「今度、留学の話をしたら、母さんを食っちまうっていう話だよ」と答えました。

お袋は他人事のように「うん」と言っただけで、向きを変えて台所へ行き、赤いプラスチックの弁当箱を取ってきました。そして高く昇った太陽を見上げ、ぼくに言いました。――早く町へ行って、父さんと一緒にレンガや戸や窓を拾いなさい。ついでに、父さんの朝ご飯を持って行っておくれ。その場で食べれば、往復の時間を無駄にしないで済むからね。

＊1 李郢《りえい》『南池』。「幼い息子は魚の餌を準備し、妻は糸をねじり合わせて釣り糸にする。酒樽には濁り酒がたっぷりある。夫は頭巾を逆さまにかぶっている。太陽が高く昇ったら、次々に釣れた魚が食べられるだろう。一家は南池の畔で楽しそうに釣り糸を垂れている」

お袋の視線をたどって、ぼくも空を見上げました。今日は少し暑くなりそうです。ぼくは言いました。朝ご飯のほかに、飲み物も持って行くよ。

お袋は少し怪訝《けげん》そうに、ぼくを見つめています。ぼくが親父に気遣いを示したことに驚いたようです。ぼくは言いました。自分の父さんなんだから。いくら冷たくされたって、こっちまで父さんに冷たくするわけにはいかないさ。

お袋は笑いながら、親父の弁当を用意しに台所へ向かいました。

ぼくは母屋へ行き、親父がいつも使っている茶色の水筒を捜しました。その水筒はどこから来たものか、誰も知りません。おそらく、ゴミの山の中から拾ってきたのでしょう。どんぶり半分ほどの飲み物が入ります。蓋には黒い紐がついていました。飲み物を入れたあと、吊り下げて持って行くことができます。水筒は母屋の机の上にありました。魔法瓶も机の上にあります。ぼくは魔法瓶の白湯《さゆ》を水筒に半分以上入れるとすぐ、西の脇部屋に戻りました。自分の部屋に入る前に、ぼくは台所のほうを見ました。お袋は弁当箱にご飯を詰めています。ぼくが親父を殺そうとしていることは、誰も知りません。

ジクロルボスの瓶は、脇部屋の扉の後ろの壁にあけた穴の中にありました。ご存知のように、このあたりでは家を建てるとき、扉の後ろの壁に穴をあけ、その中に釘や金槌、縄や紐などを入れています。いずれも、田舎暮らしの必需品です。これらの必需品のほか、我が家では恐ろしいことに、ジクロルボスの瓶も入れてありました。ジクロルボスは、農薬の中でいちばん強い殺虫剤です。この町では、これまでの経験から、ひと口飲めば命がない薬だということが常識になっていました。元気いっぱいの人でも、イチコロです。

瓶は五百ミリリットル入りで、病院のブドウ糖の瓶に似ています。色は親父が使っている水筒と同じ、茶色でした。ジクロルボスの瓶には、全体を覆い包むように説明書が貼りつけてあります。

ぼくは、それを何回も繰り返して読みました。使用時の注意書きだけでも、十二項目あります。でも、いちばん目立つのは、その十二項目ではありません。ウズラのタマゴよりも大きな髑髏《どくろ》のマークです。髑髏の上には、交叉した二本の骨も描かれていました。ぼくは急いでジクロルボスの瓶の蓋をあけ、親父の水筒に半分弱注ぎます。恐怖と少し甘い匂いが漂う中、瓶に蓋をして、もとの場所に返しました。ぼくは親父の水筒を手に提げて、出かけたのです。

　お袋は親父に届ける弁当箱を持って、中庭でぼくを待っています。親父の訃報を静かに待つかのようでした。

　いわゆる村とは、家が寄り集まったところです。いわゆる村の通りとは、家々が寄り集まったためにできた、ひび割れです。いわゆる町とは、家がもっと多く寄り集まり、ひび割れがもっと多く幅広くなったところです。一間の家が屋敷になり、屋敷が建ち並んで村の通りになるという時代は、もう終わりました。村も町も猛スピードでふくれ上がり、猛スピードでひび割れができています。

　村の裏道から通りに出ると、正面に新しいスローガンが見えました。「改革開放は宝だ、支持する者は豊かになれる」スローガンは古いレンガ塀に、赤いペンキで書いてあります。朝日や流血のように真っ赤です。ぼくは片手に親父に届ける赤いプラスチックの弁当箱、片手にジクロルボスを入れた水筒を提げていました。村じゅうの人が、ぼくの提げているもの、特に右手に提げている親父を死に至らせる水筒を見つめているような気がします。

　しかし、村の人たちは、野良仕事に行くにせよ、水を運んでいるにせよ、のんびり戸口に立って太陽を見上げているにせよ、ぼくが何をしに行くかに関心がありません。ぼくが手に何を提げているかにも関心がありません。ぼくがどこから来て、どこへ行くか、今日は何をして、明日は何をするか、その結果はどうなるか、そんな問題は単純すぎて、意味がありません。たらふく食べれば、腹が満たされるという問題と同じことです。

　ぼくはジクロルボスの入った水筒を手に提げているので、人に出会うたびに自分から挨拶をしました。四月の太陽はぼくの謙虚さに感動し、日差しがますます明るく透明になりました。太陽はどんなに長い物差しでも測れないほど、地平線から高いところにあります。ぼくは、あの血のように赤いスローガンの前に近づいて行きました。近所の人が、南方産のサトウキビを積んだ荷車を引きながら、ぼくの背後から追いかけてきて、声をかけました。——大学生——大学生、こんなに早くから、市に行くのかね。

　——父さんに朝飯を届けに行くんです。

答えると同時に、ぼくは弁当箱を持ち上げて見せました。

それから手を下ろし、町の大通りに足を踏み入れました。

大通りは、盛んに人が往来しています。この町に一台しかないあの赤いサンタナも、クラクションを鳴らして走って行きました。みんなの視線が、その車に集まります。車に乗っているのは、おそらく町長でしょう。町長と知り合いになれれば、大したことです。町長と話ができたら、それは名誉なことに違いありません。しかし、車は停まることなく、走り去ってしまいました。人々は、失望のまなざしを浮かべています。

　村の通りは人が少なく、ほとんどが知り合いです。町の大通りは人が多くて、知り合いはわずかでした。——静寂は一種の死であり、喧騒もまた一種の死である。静寂も喧騒もないところにこそ、生があるのではないか？——これは、何かの本で読んだ言葉です。いま、その言葉が頭にひらめいて、ぼくは口元に笑みを浮かべました。早朝、親父は静寂の中で死を免れましたが、ぼくはいま賑やかな町の大通りにいます。今度こそ、のうのうと親父を生かしておくようなヘマはしません。親父の命はもう、これまでです。喧騒が静寂に飲み込まれるように、あるいは静寂が喧騒にかき消されるように、終わりを迎えるでしょう。

ぼくは陽光に向かって歩いて行きます。日差しを浴びて、ぼくは体も心も温かくなり、この世界に対する強い愛着を感じました。親父が水筒の白湯を飲んだら、ぼくはこの町を出て行くことになります。高飛びして、太平洋の向こう側へ行かなければなりません。この町はぼくと縁を切り、ぼくもこの町と縁を切ります。この小さな町にいくらしがらみがあっても、ぼくの足を引き留めることはできません。

ぼくは、冬眠から覚めて洞穴《ほらあな》の前でとぐろを巻いているヘビのように、暖かい春の到来を心待ちにしていました。

話をしなければならない隣人や知人に出くわさないように、ぼくはできるだけ道の端のほうを歩きました。ところが、交差点まで来たとき、やはり意外なことが起こったのです。突然、疾風のように襲ってきた面倒なことに、ぼくは巻き込まれてしまいました。

またしても、野菜じじいです。

野菜じじいは交差点の好位置を占めて、野菜を売っていました。そこに前方の家電屋の店主が、出勤したばかりの税務署の署長を引き連れて、文句をつけにやってきたのです。店主の家の家政婦が朝、ニラを買って帰り、昼食の水餃子を作ろうとしたとき、二斤あるはずのニラが一斤半しかないことに気づきました。――少なすぎるじゃねえか。家電屋の店主は、大声を上げました。署長を連れて行って、庶民の敵をこらしめてやる。野次馬が集まってきました。家電屋の店主は、両手を太い腰に当てています。税務署の署長が野菜じじいの野菜を振ると、大量の水が出ました。野菜じじいは言います。野菜の鮮度を保つためには、水が必要なんだ。家電屋の店主が怒鳴りました。――ほかの連中を騙《だま》すのはまだいいが、同じ町や村の知り合いまで騙すつもりか。野菜じじいは、不服そうに言います。――誰も騙しちゃいねえ。あの女が、あんたの家の家政婦だとは知らなかった。田舎の人が家政婦を雇うなんて、聞いたことがなかったからな。家電屋の店主は、野菜じじいの秤《はかり》に仕掛けがあると疑っていました。税務署の署長が野菜じじいの秤を調べようとしたとき、ぼくが通りかかったのです。人垣に隠れて通り過ぎようとしたのですが、野菜じじいは飛び出してきて、ぼくを人垣の輪の中に引き入れました。

——この人は大学生だ。わしを信用できなくても、大学生なら信用できるだろう。

みんなの視線が、ぼくに向けられました。

——大学生、わしが人を騙して野菜を売っているかどうか、やつらに説明してくれ。わしが育てた野菜をタダで人に配っていること、新鮮な野菜を食べさせていることを証明してくれ。

ぼくは人垣の真ん中に立ち尽くしていました。その瞬間は、親父を殺すためのジクロルボスを持っていることも忘れて。税務署の署長は、この町の人ではありません。なぜか知りませんが、この町に配属されてきたのです。きっと学識があるのでしょう。かけているメガネは、彼が上品すぎて署長の仕事に向いていないことを物語っていました。それでも、彼は署長です。彼と署員はよく、家電屋の店主の家を訪れ、酒や料理を振る舞われていました。

家電屋の店主は四十代で、背が低く太っていて、まるでゴムまりのようです。でも、彼は町いちばんの金持ちでした。町の人は誰でも、テレビや電子レンジ、ラジオやレコーダー、電球や電気コードやコンセントを買うとき、必ず彼の「紅光《ホングアン》電気」という店の世話になります。噂《うわさ》によると、彼は不動産を除いた貯金だけでも、数十万元持っているらしいです。数十万元どころか、百万元以上だと言う人もいます。百万元以上持っているなら当然、野菜じじいが売った二斤のニラが一斤半しかなくても気にしないはずです。彼は正義のために、この町に誠実な商売の手本を見せようとしたのでしょう。

しかし、野菜じじいは、ぼくの家の親しい知り合いです。新しい宅地の隣人なのです。ぼくは彼にアメリカ留学の資金を借りたいと思っています。野菜じじいは、ぼくに証言を求めました。彼は公正かつ善良で、気前のいい人だと言ってほしいのです。みんなの視線がぼくに向けられています。ぼくは、この町で最初に大学に入った貴重な数人のうちの一人でした。税務署の署長は、ぼくを見つめています。家電屋の店主も、ぼくを見つめています。人垣を作っている野次馬も、通りの両側に店を広げてこの市の日にひと稼ぎしようと思っている商売人たちも、ぼくを見つめていました。

太陽も、ぼくを見つめています。

世界じゅうが、ぼくを見つめていました。

——その通りですよ。おじさんは、いつも家の前で、野菜をタダでみんなに配っています。

ぼくが言い終わると、みんなの視線は署長と店主のほうへ移りました。

——秤をおれによこせ。

署長がそう言うと、野菜じじいは悠然と秤を差し出しました。署長は秤の分銅と竿を調べています。彼は荷台からホウレン草の束をつかみ取り、重さを量りました。店主に確認させたあと、彼はカバンの中から電子秤を取り出し、もう一度ホウレン草の束を量ります。重さは同じでした。事実は雄弁に勝ります。みんなの前で実演してみせたことで、野菜じじいの秤が公正であることが証明されました。

家電屋の店主は、戸惑いの表情を見せています。野菜じじいはニラの束をつかんで、店主に持たせました。——兄貴、このニラを持ち帰って、昼の餃子に入れてくれ。あの女の子があんたの家の家政婦だと知っていたら、わしは一銭ももらわなかっただろうよ。

これで一件落着です。ビルが崩れるような自然の成り行きでした。

ビルが建つような自然な成り行きと言ってもいいでしょう。

野次馬は解散しました。

家電屋の店主はニラを手にして、見下すように五十元札を取り出し、野菜じじいの荷車の上に放り投げて立ち去りました。その五十元は、野菜じじいの丸一日の売り上げに相当する金額です。——やめてくれ——やめてくれ。彼はそう言いながら、店主を追いかけて行き、その手に紙幣を握らせようとしましたが、結局、紙幣は地面に落ちてしまいました。ガランとした通りに横たわっている紙幣は、まるで隕石のように光っています。散って行った野次馬たちが振り返って、その紙幣を見つめました。みんな拾いたいのですが、誰一人その勇気が出ません。

ぼくはようやく、弁当とジクロルボスを持っていることを思い出しました。そして手を上げた拍子に、さっき野菜じじいがぼくを人垣の中に引っ張り込んだとき、ぼくの手の中に押し込んだ、ずっしり重い磁石に気づきました。彼は野菜を売るとき、その磁石を秤の下に押しつけていたのです。使わないときは、どこかに隠しておきます。こうして彼は、一斤と見せかけて八両の野菜を売りつけていたのでした。

ぼくは野菜じじいのこんな子供騙しを軽蔑します。このケチ臭くて見識のない小さな町を軽蔑します。人が見ていない隙に磁石を野菜じじいの車の荷台に投げ入れるとすぐ、ぼくは立ち去りました。前方にはまだ、ぼくを待っている使命があります。親父が前方で、ぼくを待っています。毒殺が前方で、ぼくを待っているのです。急いで弁当を親父に届けなければなりません。水筒を親父の前に置き、食事のあと、ジクロルボスの入った白湯を飲ませるのです。

ぼくは、このときを待っていました。道がふさがれたあと、新たな道ができるのを待つように。

ぼくは交差点から東のほうへと歩いて行きました。

通りの両側の店は、すべて開いています。店内で商品を並べている人もいれば、店の外に広告板を出している人もいました。広告板の写真はみな女性アイドルですが、顔も服も日にさらされて色あせています。でも、アイドルたちの笑顔は依然として魅力的です。ぼくは、北方のこの町を軽蔑していきます。ぼくは早足で進んで行きました。ジクロルボスの入った水筒が揺れて、海水が岸を打つような音を立てます。昨夜、取り壊された国営商店の倉庫の廃墟まで、もうすぐです。このとき、野菜じじいが背後から、ぼくの名前を呼びながら追いかけてきました。まるで、彼の品物をぼくが盗んだかのようです。

ぼくはまた足を止め、振り返って彼を見ました。

――おまえは本当に、この町を出て行きたいのか。

野菜じじいは言いました。わしらの町は、どんなにすばらしいか。どこかへ行くより、自分の家にいたほうがいいぞ。ぼくは彼を相手にしませんでした。「燕雀《えんじゃく》いずくんぞ鴻鵠《こうこく》の志を知らんや」[*1]です。「星垂れて平野闊《ひろ》く、月湧いて大江流る」[*2]、「黄河天より落ちて東海に走り、万里写《そそ》いで胸懐《きょうかい》の間に入る」[*3]

野菜じじいは町の外の世界、その世界の外の世界を知るはずがありません。彼は一生、この町で野菜を育て、野菜を売るのでしょう。県都へ一回行ったことが、彼にとっては大変な遠出なのです。そんな人間とぼくの間に、会話は成り立ちません。世の中でいちばん煩わしいのは、話が通じない相手と話をしなければならないことです。

――こうしよう。野菜じじいは、ぼくの顔を見つめて言いました。金を借りたいなら、おまえの親父をわしのところに頼みに来させろ。勉強は大事なことだ。それほど大事なことなら、おまえの

＊1　司馬遷『史記』。「小人物には大人物の考えがわからない」

＊2　杜甫『旅夜懐《おも》いを書す』。「満天の星が広大な平野に降り注ぐ。月の光に照らされて、大河の水は流れて行く」

＊3　李白『裴《はい》十四に贈る』。「黄河が天から下り、万里にわたって東の海に向かうような勢いを胸の中に秘めている」

親父は借金の証文を書くべきだ。野菜じじいは言い終わると、向きを変えて立ち去りました。日差しが山並みを照らすように、彼の肩に落ちていました。

親父に借金の証文を書かせるなんて、親父にナイフを与えて自殺させるより難しいことです。

野菜じじいは向きを変えて立ち去りました。ぼくは、井戸の底に映った月のように手の届かない彼の後ろ姿をじっと見つめていました。


東西に延びる町の通りは、五百メートルほどあります。三百メートルほどのところで路地に入り、いまどきの華麗な外観の二階建てのショッピングセンターを過ぎると、その裏が瓦礫の山積した廃墟になっていました。ここが親父の墓場です。自分で選んだ埋葬の地となります。ここにはもともと、町の国営商店とその倉庫がありました。町の住人と近隣の農民が日用品を調達するところです。しかし、時代は変わりました。いまは、あの時代とは違います。個人営業の店が一夜にして、雨後のタケノコのように現れました。服や靴、布地や毛糸を売っています。調味料、野鳥や山菜を専門に扱う店もあります。誰でも自由に商売ができるようになりました。

国営商店は軒並みつぶれ、個人商店が、どっと進出しています。国営商店は建物を売って、職員たちに給料を支払わなければなりません。表の店舗を売ったあと、裏の倉庫も売ることになりました。そうしなければ、年老いた旧職員たちは死んでも葬式代が出せません。倉庫は売られて取り壊すはずでしたが、なぜかまだ一棟、手つかずで二年間放置されていました。住民は倉庫がポンと残っていることに慣れていましたが、昨日の夜、突然ブルドーザーが建物を押し倒したのです。親父は倉庫が取り壊されたと聞いて、急いでここに駆けつけ、砕けていないレンガを拾いました。残された戸や窓の木材と山形鋼も拾いました。

確かに親父は来た甲斐がありました。

確かに絶好の墓地を見つけました。目の前の一面の瓦礫は、厳しい冬の寒さを耐えてきて、歳月の経過による老朽化と腐蝕《ふしょく》を際立たせます。しかし、いちばん奥にあった倉庫のレンガはまだ新しく、断面が色鮮やかで、まるで焼きたてのような硫黄の匂いがします。状態のよい木材とまだ使える戸や窓は、夜のうちに解体業者が持ち去っていました。残りはすべて親父のものです。垂木が数本、古い板の山、それに長い鉄筋が何本か、崩れた建物の下敷きになっていました。

　ぼくは、その廃材の山に近づいて行きます。頭の中では、どうやってジクロルボスの入った白湯を親父に渡すか、あるいは気づかれないように親父のそばに置くかを考えていました。時間は、朝の八時過ぎごろでしょうか。野良仕事に出ていた人たちが、作業を終えて朝ご飯を食べに帰ってきます。食事を作り終えた各家の女主人たちが、戸口まで出てきて家族の帰りを待っていました。

　この季節の日差しは、暖かそうな錯覚を与えます。綿入れを着ると少し暑く、単衣を着ると少し寒く感じました。セーターを着れば、暑くもなく寒くもなく、快適なはずです。ぼくはセーターを着ています。タートルネックのセーターが流行っていたので、ぼくもそれを着ていました。襟は下あごのあたりで折り返してあります。セーターを着れば、暑くも寒くもないはずなのに、ぼくは全身に汗をかいていました。特に茶色の水筒を提げている手からは、汗が流れ落ちています。

　路地に入ったときは手が汗にまみれ、路地を進んで瓦礫が散乱する現場に着いたときには、背中も汗びっしょりでした。親父が板を担いで廃材の山のほうへ歩いているのを見たときには、全身汗だくで足の力が抜けました。とにかく、人を殺そうとしているのです。親父を殺そうとしているのです。生きている人間は、ほとんど人殺しの経験がありません。汗が引くのを待つため、また心を落ち着かせるため、ぼくは一面の砕けたレンガの上で立ち止まりました。そして手の汗をズボンで拭い、しばらく太陽を見上げていました。

　風に揺れていた木が静まるように緊張と不安が収まり、両足も震えなくなったので、ぼくはまた親父に近づいて行きました。親父がいるところまで、あと十数歩です。白髪交じりの親父の頭髪は、薄汚れた綿花に見えます。すらっと背が高く、怒り肩で背筋がまっすぐなので、上質な木材のようです。体型は申し分ありません。

　親父の体の隣に、コノテガシワの老木があります。少なくとも樹齢二十年でしょう。幹は桶ほどの太さがあります。二階建ての家ほどの高さの樹冠には、埃が積もっていました。スズメが枝に止まり飛び立つと、埃が落ちてきます。左側は民家で、塀が高いため、梯子を持ってこなければ乗り越えられません。右側は新しく建設された窓枠や戸枠の加工工場で、塀はさらに高く、梯子を持ってきても乗り越えられないでしょう。正面は以前からあった数百平米の空き地で、人がさんざん掘り尽くしたあとの古いレンガや瓦礫が積み重なっています。その奥が、新たに倉庫が取り壊された廃墟で、親父が拾い集めた鉄筋と木材、そして脚のない古いテーブルがありました。

　さらにその先は、爽やかで静かな林です。何軒かの家があり、そのうちの一軒から犬が出てくるのが見えます。犬はこちらに向かって走ってきましたが、ぼくを見ると警戒して立ち止まりました。ぼくはレンガを持って、犬を見つめます。犬は何度か激しく吠えたあと、向きを変えて林のほうへ駆けて行きました。そこで、またぼくは詩を思い出したのです。「斜光墟落《きょらく》を照らし、窮巷《きゅうこう》牛羊帰る。野老牧童を念《おも》い、杖に倚《よ》りて荊扉《けいひ》に候《ま》つ＊1」この詩と目の前の景色は、一致しません。それでも、ぼくは心の中でこの詩を暗唱しました。

　もう一つ、「田舎は清江の曲《くま》、柴門は古道の旁。草深くして市井迷い、地僻《へき》にして衣裳に懶《ものう》し＊2」ぼくは、これらの詩をそらんじながら、進んで行きます。そのうちに、心が落ち着きました。手足の動きも自然です。手に提げているのはジクロルボスではなく、砂糖水であるかのようでした。

　親父は犬が吠える声を聞いて、ぼくを見つけました。集めた廃材の山の上に担いでいた板を置き、立ったまま目を細めています。

——弁当を届けに来たのか？
——母さんに頼まれたんだ。資材を拾いに来ている人が多いだろうから、往復の時間がもったいないって。
——人なんかいねえ。親父は少し落胆した様子で腰を曲げ、何かを拾ってまた廃材の山のほうへ投げました。使えそうなものは、みんな解体業者が持って行っちまった。残ったのは誰も欲しくない廃材の山だ。親父が大声で話すのを聞きながら、ぼくは一面のレンガの上を歩いて行きます。ごつごつしたレンガの破片が足の裏に当たり、マッサージを受けているかのようでした。町の通りにはマッサージ店があります。その店のマッサージ嬢はすべてよそ者で、南方の女の子もいると聞きました。南方の女の子が地元で働かず、こんな北方の田舎町に来るというのは怪しい話です。親父は手についた埃を払い、ぼくが四月の春の風をもたらすのを待つかのように、弁当を待っています。

カラスが一羽、頭上を西から東へ飛んで行きました。

後方の大通りの喧騒は、しだいに遠ざかり、音が小さくなっています。

ぼくは親父の前へ行き、足を止めました。先に左手に持っている弁当を渡すべきでしょうか、それとも右手に持っている水筒を渡すべきでしょうか。今日は市の日だな。突然、親父が言いました。ぼくは振り向いて、今日が市の日であるかどうかを確かめるふりをしました。市が始まろうとする町では人々が往来しているはずですが、ここから振り向いても、ショッピングセンター以外のものは見えません。それでも、ぼくはやはり親父に調子を合わせて言いました。もうすぐ市が始まるか

＊1　王維『渭川《いせん》の田家』。「夕日が村落を照らし、貧しい村の路地を牛や羊が帰って行く。老農夫は牛飼いの少年を心配して、杖を突きながら、粗末な家の戸口で待っている」

＊2　杜甫『田舎』。「私の田舎家は清らかな河の畔にある。柴の門が古い道路に面している。草が深く茂り、かつて市場がどこにあったのかわからない。僻地なので、服装に気を遣うのが面倒になる」

ら、人が大勢出ているよ。

親父も、ぼくの背後の大通りのほうに目を向けました。通りを行き来する大勢の人たちが見えたかのようです。弁当をよこせ。親父は、ぼくのほうに手を伸ばしました。おまえ、家に帰って飯を食ったら、ノコギリを持ってきてくれ。親父は振り向いて、近くのコノテガシワの老木を見ながら言いました。――建物が取り壊されたんだから、この木の持ち主はいない。飯を食ったあと、切り倒して持ち帰ろう。

――この木を切るの？

――コノテガシワで棺桶を作れば、虫に喰われない。持ち帰って売れば、いい金儲けになるぞ。

なんと、コノテガシワは棺桶の板に最適なのでした。地下に埋めても虫に喰われず、腐食もしません。ぼくは視線を親父の背後のコノテガシワに向けました。枝は東側が茂っていて、西側はまばらです。半空に掛かっているその姿は、唐代か宋代の中国画のようでした。本当に、この木を切ってもいいの？　ぼくは尋ねながら、弁当を親父に手渡します。視線は棺桶の資材になるコノテガシワの木から離しませんでした。何もまずいことはないだろう。親父は言います。この世の中、大胆なやつは腹がはちきれそうになるが、小心者は飢え死にする。この町でも、監獄に入ったことのある大胆なやつは、闇取引で大金を稼いでいる。

親父の話を聞いて、ぼくは家電屋の店主を思い出しました。あの男はこの町で公共物の窃盗罪を犯し、七年の刑罰を受けましたが、なぜか二年で出所したのです。その後、ラジオやテレビを仕入れてきて、ひと儲けしました。そして、この町の家電を一手に商う店主になったのです。ぼくは親父の顔を見つめました。掘り出された、まだ腐っていない棺桶を見つめるかのように。捨てるのは惜しいけれど、残しておいても意味がありません。どんな言葉が、親父の生死を決めるためのキーワードになるのでしょう？　それは、ぼくが次に取るべき行動に力を与えてくれるはずです。

――野菜おじさんは、いい人だよ。

ぼくは突然、そう言いました。親父は怪訝そうに、ぼくを見つめています。

――野菜おじさんは、ぼくのアメリカ留学を応援してくれる。父さんが頼みに来れば、ぼくの学費を貸してくれるって言ったんだ。

親父は目を大きく見張りました。

――借りたら返さないとならんだろう。

――返すことは返すけど、おじさんは急がないと言ってるよ。

――誰が返すんだ？

――ぼくはアメリカで経営管理を学ぶから、将来きっと大金を稼ぐようになる。

――おまえが言わなくても、わかってる。また数万元、十数万元を一気に使うつもりだろう。親父はぼくの顔を見つめました。ぼくの顔が棺桶の板であるかのように。おまえ、数万元、十数万元あれば、この町で何ができるか、わかってるのか？　数万元で、三間の新しい瓦ぶきの家が建つ。十数万元あれば、家が建つだけでなく、家具や家電が全部揃うぞ。

ぼくたちは立ったまま、お互いに相手の顔を棺桶の板のようだと思って見ていました。日差しが二人の間に降り注ぎ、湖水のように見えます。光の中を漂っている塵は、水中を泳いでいる小魚のようです。もう何も言うことはありません。ぼくは仁義を尽くしたので、もう一度、心の中で親父を罵りました。野菜じじいが親父を借金の申し込みに来させろと言ったとき、ぼくはこういう結論になると思いました。こうなっても、まったく驚きません。もし、こうならなかったら、むしろどうしていいかわからなくなっていたでしょう。

いま、ぼくはどうすべきか、わかっています。どの角度から見ても、ぼくが親父を殺すというより、親父がぼくに自分を殺すように仕向けているのです。親父を殺すのは、この木を切るのと同じことでした。「柏風は茵露《いんろ》を吹き、翠湿の香り裊裊《じょうじょう》たり」[*1]、「孔明の廟前に老柏有り、柯《えだ》は青銅の如く根は石の如し」[*2]

市が始まり、ぼくの背後の大通りから賑やかな音が聞こえてきます。仲春〔陰暦二月〕の太陽は火のように燃えていますが、貧しい家の台所には煮炊きの薪もありません。ぼくの額と背中には、また汗が吹き出します。しかし、心は氷のように冷たいのです。ぼくは、この場を立ち去るべきでしょう。親父をここに残して、死んでもらいます。すべての準備は整いました。条件が揃えば、事は順調に運ぶはずです。

押し倒された建物の裏のレンガの壁は、半分しか崩れていません。窓はもうないのですが、窓台がまだ壁の上に残っています。壁の下に、ちょうどよい二尺ほどの深さの排水溝がありました。用意された天然の墓穴のようです。ぼくは歩いて行って、その排水溝をまたぐと、ジクロルボスの入った水筒を窓台の上に置きました。——うちに帰って朝ご飯を食べたら、ノコギリと斧を持ってくるよ。この水筒に白湯が入っているから、弁当を食べ終わったら飲んでね。ぼくは振り返って親父を見ながら、話を続けました。白湯に砂糖を入れたから甘いよ。ここに来るまでの間に、ちょっと飲んでみたんだ。

親父は、かすかにうなずきました。その顔は、もう棺桶の板の色ではありません。やさしくて親孝行な息子を見て、少し赤らんでいます。ぼくは古いレンガが散乱した廃墟を後にして、町の大通りのほうへ向かいました。生気あふれる世界へ、華やかな未来へ向かって行きました。

親父と一面の廃墟を後にしたとき、ぼくは墓場から出て行くような気分でした。親父と少し会話を交わし排水溝をまたいで、崩れかけた窓台の上に水筒を置いただけなのに、気力も体力も限界です。ぼくは数日、何も食べずに遠い道のりを歩いたような疲れを感じました。足を上げれば、体がふらついて、倒れそうになってしまいます。早く大通りに出て何かおいしいものを食べ、気力と体力を補充しなければなりません。

　空は黄金色に輝いていますが、ぼくの心は乱れて、混沌としています。この町と世界は、朝食の時間を迎えていました。わずか百メートルしかない路地から出て、すでに賑わいを見せている街角に立つと、通りの両側の店はすべて営業中で、早くも行き来する人影があります。ぼくは別世界からやってきたかのように、目を細めて陽光と通行人を見て、呆然としていました。

　突然、この町と世界に対する名残《なごり》惜しさが湧いてきます。親父があの少し甘い味のする白湯を飲んだら、ぼくは親父の葬儀を済ませ、この町に別れを告げるのです。うちの全財産を持って、高飛びします。はるかに豊かで、文明の発達した国に行くのです。この中原に位置する北方の町は、ぼくのものではなくなります。ぼくも、この町のものではなくなります。完全に縁が切れて、別々の道を歩むのです。どんな未練も、ぼくを引き留めることはできません。

　通りには似たような二階建て、三階建ての家が不規則に並んでいます。どの建物もみな、南方の公衆便所のように、壁に白いタイルを貼っていました。道端には、コンクリートの電柱が立っています。その上に張り巡らされた電線は、縦横に空を区切っていました。男たちはみな、黒または紺の服を着ています。女たちの服の多くは、薄い赤、濃い赤、または青緑でした。この世界は、なんと退屈なのでしょう。南方ではいまどき、女の子はみんなスカートを穿《は》いています。でも、ここでは誰かがスカートを穿くと、笑われたり罵られたりするのです。

＊1　蘇軾『杜介に贈る』。「柏の木を吹き渡る風が草の露に当たり、しっとりとした匂いをあたり一面に漂わせている」。原詩は「柏」ではなく「松」。

＊2　杜甫『古柏行』。「諸葛孔明を祭る廟の前に、柏の古木がある。太い枝は青銅のように、根は石のように固い」

ぼくは大通りに沿って、さっき来た方向に数十歩ほど戻りました。そこに、おいしい牛肉と羊肉のスープの店があります。店先では、こんがり揚がった油条《ヨウティアオ》〔棒状の揚げパン〕も売っていました。油条を揚げる鍋は平底で、道端に設置した台の上にあります。揚がった油条は竹竿の枝の部分に吊るされていました。油条がずらっと並んだ竹竿が、半空に伸びているのです。

ぼくは油条が食べたくなりました。

牛肉のスープも飲みたくなりました。ぼくは毎朝、お袋が作るトウモロコシのお粥《かゆ》を食べたくないとき、街へ行って牛肉のスープを買います。ついでに、油条やお焼きも買いました。この町に何か未練があるとしたら、この牛肉スープと油条です。ところが、ぼくが油条を買って、牛肉スープの店に入ろうとしたとき、問題が起こりました。恐るべきことが突然、降って湧いたのです。何ということでしょう――お袋が、こちらに向かってきます。青白い顔をして、あの町に一台しかないセダンが無人の道を疾走するように速い足取りです。お袋が先にぼくに気づいたのか、ぼくが先にお袋に気づいたのかはわかりません。二人とも道の真ん中で、驚いて立ち止まりました。何ということでしょう――お袋は近づいてくると、ぼくの幼名を呼びながら、強引にぼくを道端に連れて行きました。

――おまえ、脇部屋の扉の後ろの穴に置いてあった瓶に触ったかい？

――何の瓶？

――ジクロルボスの瓶だよ。

――どうしたの？

――中身が半分くらいになってる。

ぼくの気持ちは、少し落ち着いてきました。さっきまでは手の中で震えていた油条も、しっかりと握られています。ぼくは、わざと油条をひと口かじり、何でもない様子を装いました。――興味があったから、開けてみて、ネズミの穴に少し注いだのさ。ぼくは、お袋に説明しました。あの薬でネズミが死ぬかどうか、試したんだよ。毎晩、チューチュー鳴いて、眠れないからね。そう言いながら、油条を飲み下します。さらに、わざと油条が喉につかえたふりをしました。お袋は、ぼくを見つめています。青ざめていた顔に赤みが戻り、中年女性特有の黄ばんだ色になりました。

——それならいい。おまえが父さんの水筒にジクロルボスを入れたのかと思ったよ。

——何を言うんだ。曲がりなりにも、自分の父さんだよ。

お袋は、顔にわずかな笑みを浮かべています。そして、ポケットから紙幣を取り出し、機嫌を取るかのように、ぼくのポケットに押し込むと、黙ったまま帰って行きました。その足取りは、来たときよりゆったりしています。痩せた後ろ姿は、やはり掘り出された腐った棺桶の板のようでした。お袋はいつも、こっそりぼくにお金をくれます。こっそりぼくに、おいしいものを作ってくれます。恨みに思うときもありますが、十五年間ずっと親父を殺そうと考えているのと違って、ぼくは一度もお袋を殺そうと考えたことがありません。ぼくは、お袋を愛しています。哀れんでいます。顔立ちは端整だし、教養もあるのに、どうして親父のようなやつに嫁いだのでしょう。

お袋の実家は近隣百里〔中国の一里は五百メートル〕四方の県に知れ渡っている九儒《ジウルー》村です。清末に、その村から二人の進士〔科挙の最終試験の合格者〕、三人の挙人〔科挙の地方試験の合格者〕、四人のトップ合格の秀才〔科挙の予備試験の合格者〕が出ました。それで、その村は九儒村と呼ばれるようになったのです。お袋の祖父は牧師で、父親は九儒祠堂の堂守でした。その後、なぜかお袋は父親と仲違いして、すべてを捨てて隣県からぼくたちの県に嫁いできたのです。ぼくは二十歳になりました。お袋と親父は、結婚して二十一年になりました。でも、親父が死ねば、お袋は未亡人になります。未亡人になったら、ぼくはいまの何倍も、お袋に尽くすでしょう。どのように尽くすかは、すぐに思いつきませんが、とりあえずアメリカへ行ったあと、毎月必ずお袋にドルを送金するつもりです。

ぼくは道端に立って、お袋が帰って行くのをずっと見つめていました。

お袋の姿が見えなくなってから、ぼくは店に入り、五元払って牛肉スープを買いました。また、三元払って牛肉の赤身を数両買い、スープの中に入れました。けれども、この牛肉入りのスープと二本の油条は、かつて食べたものほどおいしくありません。ぼくは油条とスープに旨みを感じませんでした。結局、お袋の出現で、ぼくは何か意外なことが起こりそうな予感を抱いたのです。


早々に食事を終え、ぼくは急いで親父の様子を見に戻りました。

盗人のように足音を忍ばせて、車も通る路地に入って行きます。二十数歩も離れた崩れた壁の後ろに立って眺めると、親父はまだコノテガシワの木の下で、マントーを手にしていました。箸で弁当箱の漬物をつまみ、粟《あわ》のお粥を飲んでいます。あの茶色の水筒は、崩れかけた壁の窓台の上に置かれたままです。日差しを受けて、きらきらと光っています。ぼくは安心しました。ボルトとナットが嚙み合うように、計画は順調に進んでいます。お袋の出現には肝を冷やしましたが。「笑う莫《な》かれ農家の臘酒《ろうしゅ》の渾《にご》れるを、豊年客を留めて鶏豚《けいとん》足る。山重なり水複《かさ》なって路《みち》無きかと疑うに、柳暗く花明らかにして又《ま》た一村*1」

ぼくは急に笑いたくなりましたが、それを何とかこらえました。親父は、大食いの上、よく嚙んでゆっくり時間をかけるので、毎回の食事はまるで人生を振り返っているかのようです。雑穀のマントーからも、人生のすばらしさを感じ取ることができます。親父は自分の人生、この世界が大好きなのです。ほかの人は三十分で食べ終わるのに、親父が食べるとたっぷり一時間かかります。親父、ゆっくり食べるがいいさ。食事で生きることの喜びを感じるのも、これが最後なんだから。あんたの息子であるぼくは、急き立てたりはしない。あんたが食べ終わって、喉が渇いていたら、あの窓台の上の白湯を飲め。お袋が用意したお粥を飲んで、渇きが癒《い》やされたのなら、食後はしばらく休んでもいい。太陽を見上げてから、水筒の白湯を飲め。あるいは、少し仕事をして汗をかいたあと、あの白湯を飲むんだ。

親父、選択はすべて、あんたに任されている。

急かすつもりはない。そんなに焦る必要はない。あんたは食事が終わったら、斧とノコギリが届くのを待つだろう。それまでの間、大通りのほうを見てため息をつき、廃墟で木材や鉄筋を拾い集めるはずだ。あるいは、壁塗りの職人が使う鏝で、古いレンガのセメントや石灰を削り落とすだろう。そうやって、レンガ造りの二階家を建てるための材料を揃えるのだ。四月の太陽は、もう少しで夏に足を踏み入れようとしている。いまは春の盛りだけれど、しばらくすれば夏のように日差しが強まり、みんな服を脱ぐだろう。親父はまだ薄手の綿入れを着ている。その恰好で日差しの下、しばらく仕事をすれば、顔にも体にも汗がにじむだろう。どんどん汗が出るにつれて、あんたは喉が渇く。当然、窓台の上の水筒のことを思い出すはずだ。

あの少し甘い白湯をゴクゴクと飲みさえすればいい。その後は？　その後は、すべてにケリがつく。あんたが家を建てるために貯め込んだ金を持って、高飛びできる。新しい人生が始まる。大学の同級生だった恋人が、すでにアメリカで待っているんだ。金さえあれば、彼女の指示に従ってビザを申請し、飛行機のチケットを買うことができる。慌てることはない。あんたは、ゆっくり食べて、ゆっくり仕事をして、ゆっくりあの少し色のついた白湯を飲むんだ。太陽はまだ、空高く昇っていない。市にやってくる農民たちは、ようやく家を出て町へ向かったところだ。まだ、十分に間

＊1　陸游『遊山西村』。「農家が冬に仕込んだ酒がどぶろくなのを笑わないでほしい。豊作だったので、客をもてなす鶏肉や豚肉はたっぷりある。山は重なり、河は複雑に入り組んで、道が途切れたかと思ったとき、柳がほの暗く茂り花が明るく咲いた先に、また一つの村があった」

に合う。あの水筒は無事に、窓台の上に置かれている。太陽はしだいに熱を強め、仕事をしている人は汗をかくようになった。

あんたが休まずに働いて、汗をかいてくれればいい。

たくさん汗をかけば、水筒の白湯を飲みたくなるはずだ。

ぼくはまた、国営商店の倉庫が取り壊された廃墟を出ました。大通りは、あっという間に賑やかになっています。商店はみな門を開けて、営業を開始していました。いちばん近くにあるのは、都会風の服を売っている洋品店です。彼らは洛陽や鄭州から品物を仕入れてきます。わざわざ、江蘇《こうそ》や浙江《せっこう》、あるいは上海まで行くこともありました。その店の屋号は「老上海」です。その先には靴屋がありました。どこからか仕入れてきた牛革の靴、あるいは羊革の靴を売っています。牛革、羊革と言っても、実は模造品です。ちょっとした加工のおかげで、本物の牛革や羊革のような光沢があります。日常生活も同じでしょう。生活とは、模造品の牛革や羊革のようなものです。

　至るところで話し声が聞こえます。喧嘩かと思うような話し方でした。日本人の話し声は、とても小さいらしいですね。ぼくはまだ、実際に日本人と話をしたことがありませんが。ぼくが最初に行くのは、アメリカのニューヨークです。でも、いつかは東京にも行くでしょう。パリ、ロンドン、そしてイタリアのローマにも行きます。世界がぼくを待っています。まばゆい日差しが、ぼくの頭を照らすように。

　ぼくは大通りの東へと向かいました。前方にはこの町の長距離バスターミナルがあります。ターミナルの前の道は拡張工事中でした。——豊かになるためには、まず道を作らなければならない。このスローガンは、南方の大小の通りに掲げられていましたが、ぼくたちの町の道路工事現場の両側の壁にも書いてあります。いつか、このバスターミナルの周囲は、この町の商業の中心地になるのでしょう。嗅覚が鋭い人は、早くもここにビルを建てて賃貸に出しました。町に一軒しかない家電屋が、もう前方で営業を始めています。ぼくが家電屋に行こうと思って歩いていると、突然背後で奇妙な声が聞こえました。陽光のように、花のように優美な声です。

——ねえ、大学生。

ぼくは振り向きました。

ぼくの背後には、秀髪佳容《シウファージアロン》という理髪店がありました。入口の前の塀には、都会の理髪店とまったく同じサインポールがあります。サインポールが回ると、まるで絹布が旋回しながら空へ、そして天国へ昇っていくようです。そのサインポールの下に立っていた、愛らしい女の子が、ぼくに笑いかけました。季節外れの花が咲いたような笑顔です。彼女は、ぼくに手招きしました。——おいでよ、大学生。そう言いながら、手を枝のように宙に舞わせています。ぼくは少しためらったあと、体の向きを変えて彼女を見つめました。——ぼくを呼んだのかい？——ほかに誰がいるの。この町で、大学生は珍しいんだから。ぼくはもう向き直るしかありません。足が勝手に、向き直っていました。日差しが強まり、回転しているサインポールを見ると、目がチカチカします。ぼくはその場に立ち尽くし、目を細めました。

——何か用？

——洗髪はいかが？　気持ちいいわよ。

——昨日、家で洗ったばかりだ。

——全然違うわ。水は使わない。マッサージ付き。南方で流行しているやり方よ。今日、最初のお客さんだから、特別料金で、半額にするわ。通常は一回十五元だけど、七・五元でいい。

ぼくは立ち止まったまま、躊躇していました。市に行く人たちが通り過ぎます。

——五元にしてあげる。あなたは大学生だから、お金をくれなくてもサービスするわ。

彼女と店に入るしかありません。どうせ、しばらくはやることがないのですから。最新流行の南方の洗髪です。南方は時代のリーダーで、万華鏡のような世界を見せてくれます。土地にしがみついている農民が想像する都会のビルや公園のようなものです。

　理髪店の中は狭く、部屋じゅうに様々な髪型のカラー写真が貼ってありました。壁の鏡に映ったぼくは、青白い顔をしています。――顔色がよくないわね。彼女は華やかな声で、ぼくに言いました。でも、心配いらない。洗髪とマッサージが終わったら、顔色もよくなるわ。このとき、脇の小さなドアから、別の女の子が出てきました。ぼくと一緒にいる女の子と顔を見合わせ、微笑んでいます。目配せをしたあと、遅い朝ご飯を食べに出かけて行きました。店の中に残ったのは、彼女とぼくだけです。部屋全体に、濃厚な安い香水の匂いが充満しています。居心地を悪くさせる匂いでしたが、しばらくすると逆に快適になりました。彼女の体からも、部屋の空気とは違う匂いがします。部屋の空気の匂いは菊の花のように刺激的ですが、彼女の体の匂いは肉感的です。北方のロウバイが雪の日に放つ白い花の匂い、肉感的な白い花の匂いでした。

　彼女の正確な年齢はわかりません。ぼくより少し年上かもしれないし、年下かもしれない。背丈はぼくの肩くらいなので、高いとも言えないし、低いとも言えないでしょう。痩せてはいないけれど、太っているわけでもない。丸顔で、肌艶がよいのは、化粧のせいかもしれません。彼女の美しさは、人工的な感じがしました。睫毛がとても長いのです。もう少し短ければ、本物らしく見えるのですが。しかし、確かに睫毛は長いほうがきれいです。化粧をしたほうが、しないよりも美しく見えます。ぼくの恋人も化粧をしますが、化粧したあとも、彼女ほど美しくありません。メイクの仕方が下手なのでしょう。彼女は、この道のプロです。客商売をしているのですから。

　大通りからは、賑やかな音が聞こえてきます。彼女は半分強引に、ぼくを理髪用の丸い椅子にすわらせました。椅子の高さは、彼女が足で調整できます。白いエプロン、赤いタオル、そして伸縮自在の紙が、ぼくの首を絞め付けました。陽光が戸口から差し込んでいます。鏡に映る彼女の顔は、狂い咲きしているボタンかシャクヤクの花のようでした。彼女はぼくの頭の上でドライシャンプーの泡を立てます。頭に雪が積もったかのようです。ぼくは彼女に尋ねました。時間は長くかかるの？　調整できるわ。この町で私が会った大学生は、あなただけなんだから。彼女はまたそんなことを言いながら、十本の指を泡の中に突っ込み、リズミカルにぼくの頭皮をマッサージしました。ときどき、指を小さい金槌のようにして、ぼくの頭をトントンと叩きます。もともと、ぼくの頭皮には凝《こ》りと緊張があったのですが、彼女のマッサージのおかげで、ほぐれました。長旅をしてきた人が、すわって休憩したときのような心地よさです。マッサージを受けたのは頭部ですが、全身がリラックスしました。足の裏や足の指にも、しびれるような気持ちよさを感じます。

　気持ちいい？　彼女が尋ねました。

　とても気持ちいい。ぼくは、そう答えたあと続けて言いました。きみは地元の人じゃないね。南方よ。彼女はぼくの頭の泡が消えると、手を拭いて、今度は首と肩を揉んでくれます。ぼくは南方と聞いて、なぜかときめきを感じました。南方のどこ？——教えない——彼女が笑うと、鏡の中に南方の鳳凰木の花が咲いたかのようです。鳳凰木はこの季節、葉がないのに、真っ赤な花が満開になります。ぼくは、葉が出るより先に花が咲く樹木を初めて見ました。あの南方の有名な町では、海辺にも街路にも、左右至るところに植物が育っています。どこもみな清潔で、北方人が石鹸《せっけん》で顔を洗ったかのようでした。そこはマカオが近く、海を隔てて眺めると、すぐ目の前に見えます。海水は空と同様に真っ青でした。色とりどりの花が咲いていて、まるで大雨とともに水彩絵の具が降ってきたかのようです。ぼくの同級生の家は、海辺のその町にありました。繁茂するブーゲンビリアの花が、その家の門をふさいでいます。中に入るためには、花の廊下を抜けて行かなければなりません。

　ぼくは振り向いて、彼女を見ました。彼女は再度、ぼくを椅子に押さえつけます。——動いちゃダメ。さっきまでの声とは違って、ブーゲンビリアのようなトゲがあります。――肩がカチカチに凝ってるわ。力仕事では、こんな風にはならない。毎日、机に向かって勉強ばかりして動かないから、こうなるのよ。彼女の手は、意外に力がありました。指はピアニストかと思うほど細く、まだ育っていないニンジンのようなピンク色で柔らかいのです。しかし、マッサージを始めると、体に触れたとたんにペンチのような力が指先に入ります。――こんなに力が強いとは思わなかったよ

――奥の部屋のベッドで、全身マッサージをしてあげるわ――もういい、用事があるんだ。彼女は振り返って外を見たあと、顔を上げて向かい側の壁の掛け時計を見ました。

――三十分だけ、マッサージしましょう。さもないと将来、頸椎《けいつい》症になるわよ。

――高いんだろう。驚くような値段を吹っ掛けないでくれよ。

――あなたの言い値でかまわないわ。この半年、私がこの町で初めて相手する大学生なんだから。

ぼくは、その理髪店の小部屋に入るべきではないと思いましたが、結局のところ、入ってしまいました。理髪店によくある大きな鏡だと思ったものが、押すと実はドアだったのです。そこは外の部屋よりさらに狭く、二人が入っただけでほぼいっぱいでした。電灯は明るくて、部屋の隅の塵や砂粒まで見えます。壁は真っ白でした。奥にセミダブルのベッドがあり、白いシーツが敷かれています。枕元の棚に、様々なマッサージ用の液体の小瓶が置いてありました。ベッドの前に、腰掛けがあります。室内の空気は暖かく、乾燥していました。空気中には何か異質なものが交じっていて、この部屋にいかがわしさが充満していることを感じさせます。

ぼくは部屋に入ったあと、戸口で呆然としていました。彼女は帰ってきたもう一人の女の子と言葉を交わすと、ドアを閉め鍵をかけたのです。そのせいで、ぼくは呼吸が荒くなり、不安を覚えました。室内の空気が薄くなったような気がします。彼女は開襟シャツを着ていて、暑くなったのか、襟元のボタンを外しました。豊かな乳房がのぞいています。奥の壁の上のほうに、タオルのような

形の小窓がありました。窓は閉まっていて、ガラスに紙が貼ってあります。ぼくは額に汗をかき、映画の中で馬が一斉に嘶《いなな》くように胸が高鳴りました。「我が東閣の門を開き、我が西閣の床に坐り、我が戦時の袍《ほう》を脱ぎ、我が旧時の裳《しょう》を着ける」[*1]

彼女はじっとぼくの顔を見つめています。色っぽく、物怖じしない笑顔を見せていました。——ベッドに上がって。ぼくは言われた通りにしました。——全身マッサージにする？　それとも半身マッサージにする？　ぼくは、どちらもどういうサービスなのか見当がつきません。ポカンとしたまま、ベッドの縁にすわり、彼女に戸惑いの視線を向けました。死を前にして、彼女に助けを求めるかのようです。電灯のきらきらした光の粒が躍っています。あちらこちらに、花びらのような塵が浮かんでいました。南方で八月に咲くモクセイの花の香りが、四月の北方の町のこの部屋に漂っています。「百花未だ芳菲の信を報じずとも、一枝春風の近きを深く得ん」[*2]

彼女は微笑を浮かべながら近づいてきて、枕元の棚から液体の入った瓶を取りました。液体を手に出そうとして、彼女は動きを止めます。

——マッサージは初めてなんでしょう。

ぼくはうなずきました。

——人生は短いんだから、楽しみましょうよ。

ぼくは、ぼんやりと彼女の顔を見つめました。彼女の下あごには、ゴマ粒ほどのほくろがあり、ダイヤのように光っています。その美しさは、人を殺そうとする剣のようです。——何を楽しむん

＊1　無名氏『木蘭詩』。「我が家の東の楼閣の門を開き、我が家の西の楼閣の寝台にすわり、軍服を脱いで以前の服に着替える」

＊2　晁端礼《ちょうたんれい》『菩薩蛮』。「多くの花がまだ咲き匂う前に、一本の枝を渡る風が春の訪れを感じさせる」

だ？　訳がわからず尋ねると、彼女は奇妙なまなざしでぼくを見つめました。あなたは南方の大学を出たんでしょう？　逆に彼女が尋ねます。南方にいたんなら、何を楽しむのか知らないはずがないわ。彼女の顔から笑みが消えました。電灯に照らされた床板のように硬い表情です。ぼくは口を閉ざし、下唇を嚙みました。彼女が言う楽しみが何のことか、わかりました。シャワーを浴びたばかりのように、顔からも体からも汗が噴き出します。室内の空気が足りません。ぼくは壁の上の小窓を見てから、理髪店の表の部屋に通じるドアを見ました。安全だから、心配いらないわ。彼女はそう言ったあと、持っていた瓶を置き、ぼくの手を取りました。彼女の手は、すべすべしていて、まるで玉石のようです。ぼくはベッドに腹這いになり、つないでいた手を放しましたが、そのあとまた彼女と手をつなぎました。

——きみは本当に南方人らしいね。

——だって、私は南方人だもん。

自分が南方人であることを証明するため、彼女は笑いながら湖南方言らしき言葉を口にしました。しかし、その言葉には広東語の響きもあります。ぼくには聞き取れません。南方のあでやかな花を見ても、名前がわからないのと同じです。彼女が南方人であることは、間違いありません。ぼくがいくら南方人の言葉をまねしても、しょせん北方人であるように。

——南方の生まれで、顔もきれいなのに、どうしてこんな商売をしているんだ？

——何が悪いの？　よい暮らしをするために働いているんだから。

——一回いくら？

——ほかの人は五百元だけど、あなたは大学生だから四百元でいいわ。あなたが好きになったから、三百元でもかまわない。

ぼくは起き上がりました。

彼女もベッドの縁にすわって、体を接近させてきます。

ぼくは立ち上がり、彼女を抱き寄せました。彼女は従順に、ぼくの胸に抱かれています。きみも大学を出てるの？――ぼくは下あごを彼女の頭に乗せた状態で尋ねました。彼女の髪はシルクのように滑らかです。――大学を出ていたら、この町に来て、この商売をしてるはずがないでしょう。彼女は鼻で笑いました。大学を出ていたら、とっくに北京か上海か広州へ行って、商売をしていたはずよ。彼女は顔を上げて、学生が本を読むように、ぼくを見つめました。アメリカへ留学するんだ――ぼくは真面目に、彼女に告げました。いま考えているのは、まさにアメリカ留学で、きみとこういう行為をすることじゃない。

ぼくは胸に抱いていた彼女の顔をまじまじと見つめました。かつてアメリカ合衆国の地図を調べたときのように、彼女の目、彼女の鼻と口をじっくり眺めました。彼女は本当にきれいです。農機具と田畑、公園と樹木、山脈と河川、四季と気候の関係のように、きちんと五官が整っています。すべてがあるべき場所にあり、育つべきところが育っています。ぼくは初めて目にした唐詩や宋詞に対するように、彼女を観察しました。

――あなた、お金を持っていないのね。

彼女はズバリ指摘しました。お金がないんなら、正直に言いなさいよ。地球の反対側の話を持ち出す必要はないわ。そして、清々しい笑みを浮かべたあと、真剣な口調で言いました。もし本当にお金がないなら、もっと安くしておくわ。今日はツケにしてもいい。とにかく、あなたはこの町で唯一の大学生なんだから、ツケを踏み倒すことはないでしょう。

このあとは二人とも、黙ってしまいました。棺桶の中にいるかのような静けさです。外から物音と話し声が聞こえてきます。耳元を空気が移動して行く音さえ感じられました。電灯が壁に当たって跳ね返ってきた光と、電灯そのものの光がぶつかる音もします。商談がここまで進んだら、話をまとめるしかありません。ぼくはしばらく考えたあと、真面目に言いました。ぼくは本気でアメリカ留学を考えてるんだ。恋人がもう、向こうで待っている。

彼女は驚きの目で、ぼくを見つめ、失望したように下を向きました。口元が動きましたが、言葉は出てきません。

——ぼくの恋人みたいな南方なまりで「愛してる」って言ってくれたら、五十元支払うよ。数人分の洗髪の代金だ。

彼女はもう一度顔を上げ、ぼくと同様にしばらく考えてから、笑顔で言いました。——愛し——てる。彼女は巻き舌で、この言葉を絞り出したあと、笑って言いました。これは上海語よ。本当に上海語を話したようです。広東語はできないの？——ぼくは彼女に尋ねました。彼女は首を振ります。ぼくは五十元札を取り出し、彼女に渡しました。彼女はうれしそうに受け取り、電灯にかざして本物かどうか確かめてから、胸の前の小さなポケットにしまいます。ほかに、何か言わせたい言葉はある？——そう言いながら、彼女はまた顔をピンク色に輝かせました。あなた、英語ができるんでしょう？——私に教えてよ。

——Good morning. I love you. America welcomes you. I am here to meet you at Newark airport. ぼくは英語で、おはよう、愛してる、アメリカへようこそ、あなたを迎えにニューアーク空港まで来ました、と言ったあと、中国語で同じことを繰り返しました。そして、ぼくは彼女に頼みました。戸口に立って、こちらに近づきながら、いまの言葉を英語で言ってほしい。そのあと、ぼくに抱きついて頬をすり合わせてくれたら、今度は百元支払うよ。彼女は呆然と立ち尽くし、数学の問題でも見るように、こちらを見つめています。もう一度、言ってちょうだい。——ゆっくりと、子供に言葉を教えるみたいに。

そこで、ぼくはまた、ゆっくりと言いました。Good morning. I love you. America welcomes you.

I am here to meet you at Newark airport. その後、彼女は口の中で英語をつぶやきながら、戸口のところまで後退し、衣服と前髪を整えました。興奮した表情で、ぼくを見つめています。彼女は舞台俳優のように、久しぶりに再会する恋人の表情を顔に浮かべ、大げさな口調で言いました。——おはよう、愛してる、アメリカへようこそ、あなたを迎えにニューアーク空港まで来ました——言い終わると、彼女はぼくの胸に飛び込み、強く抱きついて、頬をすり合わせました。ぼくは彼女の胸のふくらみを感じます。弾力のある綿の塊を押しつけられたかのようです。ぼくは彼女に身を任せながら百元札を取り出し、彼女の目の前でヒラヒラさせたあと、あの小さいポケットに押し込みました。

それから、ぼくは彼女を抱きしめ、彼女の耳元で言いました。——国営商店の倉庫が取り壊された場所まで行ってきてくれ。そこに崩れかけた壁と窓台がある。窓台の上に、まだ茶色い水筒があるかどうか、見てきてほしい。ぼくは、小声で続けました。親父がそこで何をしているかも、見てきてくれ。痩せて背の高い、白髪頭の男だ。古い綿入れの上着を着ている。ぼくは彼女の耳元から口を離し、腕を彼女の肩に回しました。

——何を見ても、大声を上げるなよ。戻ってきたら、さらに百五十元支払う。

彼女は怪訝そうに、ぼくを見つめました。

——この町を出て、アメリカ留学へ行けるかどうかの瀬戸際なんだ。失敗すれば、学費は一銭も手に入らない。

彼女は依然として、不可解そうにぼくを見ています。

ぼくはポケットから、お袋にもらった金を取り出しました。そして、かき集めた二百元を彼女の手に押し込みました。——いますぐ、行ってきてくれ。何も聞かずに。彼女の手に金を握らせたとき、ぼくの声は上ずっていました。まるで、最後通牒を突きつけるかのようです。彼女はその二百元を受け取ったあと、舌で唇を舐め、歯で上唇と下唇を噛みました。決死の覚悟をしたのでしょう。事の重大さがわかったのかもしれません。はずしていた襟元のボタンを留め、最後にぼくをひと目見て、彼女は出て行きました。

出て行くとき、彼女はドアを閉めることを忘れませんでした。ぼくを密室に閉じ込めようとするかのように。

部屋の中に残されたのは、ぼくと電灯と静寂、そしてマッサージと接客に使われるベッドだけです。空気が室内を流れる音が聞こえます。電灯の光が壁と床とベッドに当たって揺れているのが見えると同時に、その音も聞こえます。ぼくはベッドの脇の腰掛けにすわり、彼女の帰りと事の結末と物語の終わりを待っていました。「聞かず爺娘《ちちはは》の女《むすめ》を喚《よ》ぶの声、但《た》だ聞く燕山の胡騎《こき》の啾啾《しゅうしゅう》と鳴くを」[*1]、「尋ね尋ね覓《もと》め覓め、冷冷清清、凄凄惨惨戚戚たり。乍《たちま》ち暖かく還《ま》た寒き時候《とき》、最も将息し難し。三杯両盞《りょうさん》の淡酒は、怎《いか》でか敵《かな》わん他《か》の晩来の風の急なるに。雁は過ぎ、正に心を傷《いた》ましむ、却《かえ》って是れ旧時に相《あ》い識《し》れり」[*2]

時間は建物の崩壊のように、ぼくの体を圧迫します。心は廃墟よりも乱れ、空虚でした。街はどうなっているのでしょう。このドアの外の理髪店内には、散髪あるいは洗髪の客がいるのでしょうか。ぼくはすわったまま、じっとドアを見つめていました。長い長い時間が過ぎましたが、足音は聞こえません。しかし、白い壁のようなドアを見つめているうちに、ノブが回転し、地震を思わせる音が響きました。

ついに彼女が帰ってきたのです。

ぼくは、さっと腰掛けから立ち上がりました。

彼女は入ってくると、またドアを閉めました。――窓台の上の水筒はなくなっていたわ。彼女は言いました。レンガと木材と鉄筋の山があるだけで、誰もいなかった。そう言いながら、彼女はぼくを見つめました。まるで、ぼくの顔の中に親父と水筒を見つけ出そうとするかのように。ぼくは心臓がドキドキして、手のひらに汗をかきました。あいつはもう、ジクロルボスを飲んだのです。水筒がなくなっていたのですから。親父は死んで、地面に倒れているのかもしれません。

　彼女は慌てる様子も驚く様子もなく、木の葉が地面に落ちたという話をしたかのようでした。もしくは、誰かが家を出てドアに鍵をかけたとか、農作物の刈り入れが終わって畑が空っぽになったとかいう話をしたかのようです。ぼくは少し慌てて、何も言わずに彼女の脇をすり抜け、部屋の外に出ようとしました。どこへ行くの？――彼女は大声で尋ねます。ぼくは答えませんでした。ドアを開けて部屋を出ると、理髪店のもう一人の女の子が客の洗髪をしています。その客は椅子の上で仰向けに寝ていて、腹が出ているため顔が見えません。でも、それが町の家電屋の店主だということは、ひと目でわかります。それが誰であるかに構わず、ぼくは大股で理髪店を出ました。

　大通りを照らす陽光は、朝の透明さが失われ、濁った黄色をしています。鍋に水を入れて、お粥を作ったときの色と同じです。市は盛りを迎えていました。人出の多さは、春節のあとのこの町の縁日のようでした。喧騒が急流の水音のように、耳と目に迫ってきます。慌てて空を見上げ、天の神様と対面したあと、ぼくは早足で大通りの西へ向かいました。

　事の結末が、国営商店の倉庫があった瓦礫の山のあたりで、ぼくを待っています。

＊1　無名氏『木蘭詩』。「父母が娘を呼ぶ声は聞こえず、聞こえるのはただ燕山の匈奴の騎兵がすすり泣く声だけだ」

＊2　李清照『声声慢』。「尋ね続け求め続け、冷え冷えと冴え冴えと、わびしくて痛ましく切ない。暖かいかと思うとまた寒くなるこの時期は、気を休めることがいちばん難しい。二、三杯の薄い酒で、夕暮れに吹く強い風に、どうして立ち向かうことができるだろう。雁が飛び去って行くのを見て胸が痛むのは、旧知の間柄だからなのかもしれない」

急ぎ足で人の群れの隙間を抜けて前へ進んで行くと、理髪店の彼女が追いかけてきて、背後から突然、ぼくを引っ張りました。――どうしたの、そんなに急いで。彼女は言いました。大学生、何もしないのにお金をくれて、ありがとう。ぼくが足を止め、振り返ったとき、彼女はさらに半歩ぼくに近づき、秘密めかして言いました。この町の町長も、こっそり私たちの店に来たのよ。しかも、店の女の子を連れ帰ったの。高校でいちばん真面目な、唐詩をたくさん暗唱できる先生を知ってるでしょう？　彼女は、ぼくを横目で見て尋ねます。あの先生も、毎週必ず店に来るわ。でも、あの二人はあなたみたいに気前がよくなかった。

今度は、ぼくが驚いて彼女を見つめました。彼女の穏やかな顔には、相談と懇願の表情が浮かんでいます。何か頼みたいことがあるかのようです。本当は、あなたにこんな話をするべきじゃないんだけど――彼女は口調を換えて、周囲をチラッと見ました。顔が赤らんでいます。彼女は恥ずかしそうな声で告白しました。いつも、この街に朝ご飯を食べに来るあなたを見かけていたわ。あなたは目を合わせてくれなかったけど。私が言いたいのはね、暇があったら理髪店に来てほしいの。サービスするから。半額にしてあげてもいい。

ぼくは再度、彼女のまなざしと声から逃れました。

返事をせず、余計なことは何も言いませんでした。「燕雀いずくんぞ鴻鵠の志を知らんや」[*1]です。「死し去れば元より知る万事は空しと、但だ悲しむ九州の同じきを見ざるを」、「夜台は渺渺《びょうびょう》として魂の帰る処、差《やや》勝る人間《じんかん》の路の窮まるを嘆くに」[*2]

ぼくは足を速め、彼女から離れました。関所を出て戦に赴くかのような大事が前方でぼくを待っていることを彼女は知らないのです。「客舎青青、柳色新たなり、西のかた陽関を出ずれば、故人なからん」[*3]、「野営万里にして城郭無し、雨雪紛紛として大漠に連なる」[*4]

雨が降ったあとの雲のように、あるいは強風のあとの木の葉のように、ぼくは彼女を置き去りにしました。数十メートル進み、右に曲がると、そこが国営商店の倉庫があった路地です。「商業街」という木製の標識があります。その文字はもう、かすれていました。それでも、標識はなお路地の入口の電柱に取り付けてあります。

　そこを曲がれば、ぼくは廃墟と親父の死体を目にして、大砂漠のような荒涼感を抱くことになるでしょう。

　おそらく、午前十時ごろでしょう。朝が終わろうとする、十時少し前かもしれません。国営商店の倉庫の跡地には、相変わらずレンガや瓦の破片が散らばっています。大通りは喧騒に包まれ、呼び売りの声が渦巻いていますが、「商業街」は静まり返っていました。秀髪佳容理髪店の部屋が、鏡のはめこまれたドアによって二つの世界に分断されているのと同じことです。

　カラスが数羽、廃墟を漁《あさ》って何か食べています。ぼくが近づくと、カラスはカーカーと鳴きながら飛び立ちました。コノテガシワの木に止まって、さらに賑やかに鳴き続けています。取り壊されたばかりの倉庫の壁の窓台は依然として残っていましたが、窓台の上の茶色い水筒は消えていまし

*1　陸游『示児』。「死んでしまえばすべてが空しいことは、もともと知っていた。ただ悲しいのは、天下が統一されるのを見られなかったことだ」

*2　潘崇体『絶命詞』。「永眠して魂があの世に行く夜は果てしなく暗い。だが、現世で困窮して嘆いていたときに比べれば、まだましかもしれない」

*3　王維『元二の安西に使いするを送る』。「宿の柳は青々として色鮮やかだ。西へ向かって旅立ち、陽関を越えれば、もう友人はいない」

*4　李頎《りき》『古従軍行』。「野営地が万里の彼方にあるので、城郭は遠くて見えない。みぞれが降り続き、広大な砂漠の中にいるようだ」

た。拾い集めた木材と鉄筋の山のそばに、親父の姿はありません。広大な廃墟となった敷地内に、人影はまったくありませんでした。

　ぼくは倉庫の跡地に向かって走り出しましたが、散乱しているレンガの破片につまずくことを恐れ、スピードを緩めました。古いレンガと土埃の匂いが漂い、柴草や食器の破片が落ちています。走っても歩いても、さほど状況は変わりません。とがった瓦礫に足の裏を刺激されて、マッサージを思い出し、彼女と抱き合ったことも思い出し、頭の中が混乱してきました。あらゆる事柄が浮かんでは消え、一秒たりとも頭の中に残りません。次々に現れて、タイヤが泥を撥《は》ね飛ばすように、高速で回転します。そして、すべてが頭の中から飛び出して行きました。

　ぼくは、あの窓台に近づきました。いや、窓台がぼくに近づいてきたのです。窓台の上は空っぽで、何もありません。わずかに瓦の破片が残されているだけです。大通りの賑わいが、山を越える水の流れのように押し寄せてきます。ぼくは窓台の前の空き地で、釘付けされたようになりました。窓台の上にやってきたスズメが飛び立ち、また土埃が落ちてきます。

　ジクロルボスが入った水筒は、どこかへ行ってしまいました。

　あたりには、レンガと瓦の破片しかありません。

　窓台の下にある五十センチほどの深さの排水溝は、レンガとセメントで築かれています。ぼくは親父が水筒のジクロルボスを飲んだら、この排水溝に倒れ込むだろうと予想していました。しかし、いま排水溝の中には親父の死体もないし、鳥が窓台から落とした水筒もありません。ぼくは早足で、廃材の山のほうへ歩いて行きました。そこにも生きている親父はいないし、親父の死体もありません。いったい、どこへ行ってしまったのでしょう。水筒の行方もわかりません。ぼくは慌てて周囲を捜し回り、コノテガシワの梢の先にも目を向けました。林の向こうの人家では、女が門前で洗い終わったシーツと衣服を干しています。ぼくは当てもなく、コノテガシワの木と廃材の山の周囲をひと巡りしました。――父さん――父さん――ぼくは親父が死んでしまったかのように、どこで死んだかわからないかのように叫びました。ぼくは、親父が生きていることを恐れました。こういう人気《ひとけ》のないところで死なずに、人が大勢いるところで死んでいるのも困ります。手に汗がにじみ出したので、ぼくはしきりにズボンや服に汗をこすりつけました。ぼくが親父を呼ぶ声を聞いて、シーツを干していた女は遠くからこちらを見ています。ぼくは叫ぶことをやめ、狂ったように廃墟を駆け回って、親父と水筒を捜しました。

急いで倉庫の壁のところまで行き、角を曲がったとたん、ぼくは立ち尽くしました。親父の野郎が、こちらに歩いてきたのです。肩に古い鉄パイプを担いでいます。二丈〔一丈は約三メートル〕ほどの長さの鉄パイプで、両端は麻花《マーホワ》〔小麦粉をこねて縄状により合わせ、油で揚げた菓子〕のようにねじれていました。歩きながら顔に笑みを浮かべ、凱旋してきたかのように何かぶつぶつ言っています。ぼくは死体が生き返ったのを見たかのように、倉庫の残骸の脇で呆然としていました。親父がそばを通り過ぎるとき、ぼくは思わず半歩下がって道を譲りました。

親父が担いでいる鉄パイプは、断面がクルミの木くらいの大きさで、表面が赤いのは錆ではなく、錆止めのペンキの色です。親父が何を言っているのか、ようやく聞き取れました。この水道管はまだ使えるぞ。今後、家を建てるときに役に立つ。親父はぼくに話しかけているのです。後ずさりしたとき、ぼくは親父の顔が赤らんでいるのに気づきました。まるで女と事を済ませたばかりのようで、額にかいた汗が日差しを浴びて光っています。

日が高く昇り、いまは朝ではなく午前になりました。

――あの窓台の上の水筒は――どこへ――行っちゃったんだろう。

親父が目の前を通り過ぎたとき、ぼくは鉄パイプの重圧を受けている親父の後ろ姿を見ながら問いかけました。しかし、この問いかけはぼくの口から出たものではなく、心の中で思っただけのような気もします。通り過ぎて行った親父は、担いでいた鉄パイプを廃材の山の脇のレンガの上に置きました。静寂の中、振動を伴う衝撃音が響きます。その後、親父は地べたにすわり、喘ぎながらこちらを見ました。ぼくは慎重に、一歩ずつ近づいて行きます。失望と同時に幸運に恵まれたような気持ちも、心の中に湧いてきました。仕事をしくじったこそ泥が、意外にも警官とすれ違い、不安とともに幸運を感じるのと同じです。人殺しをしくじって幸運だったのか、残念だったのか、ぼくにはわかりません。警官は頭の中から出て行きました。ぼくは去って行く警官を見るように、ぼんやりと親父を見つめています。

――おれは喉が渇いて、窓台の上の水筒を取ろうとした。

――そのとき、ちょうどおまえの母さんが来た。水筒を取ってくれと言ったら、落っことして割っちまったのさ。

「花自ら飄零《ひょうれい》して水自ら流れ、一種の相思は両処閑愁す。此の情、消し除く可《べ》き計《すべ》無く、才《ようや》く眉頭を下すも、却《かえ》って心頭に上る」[*1]これぞ李清照、さすがです。目の前の静寂は、コノテガシワの木の葉が落ちるときに空気と触れ合う音さえ聞こえそうでした。ぼくはポカンとして親父を見つめます。この男は水筒が割れたと言うときも、まったく残念そうな表情を見せません。その口調は、むしろ得意げでした。親父は額の汗を拭っています。四十五歳のときには五十歳に、五十歳のときには六十歳に見える男です。顔じゅうに、畑の用水路やあぜ道のような皺が刻まれています。凹凸があって、目鼻立ちははっきりしていました。まるで山脈のようです。親父はぼくを見ているうちに、突然、何かを思い出しました。――ノコギリを持ってこなかったのか。親父の口調と目つきには、困惑と叱責の強い感情があふれています。――やはり、この木を切るのは夜中がいいかもしれないよ。ぼくは近づいて行って、親父の向かい側にすわりました。レンガを積んで、腰掛けの代わりにします。――真っ昼間に、悪事を働くわけにはいかないから。

親父の目つきは叱責どころか、ナイフのようにぼくの顔に突き刺さりました。

——おまえ、勉強をしすぎて頭がおかしくなったな。公共物がどうなろうと、誰も気にしないさ。

——母さんは水筒をどこで割ったの？

親父は近くのレンガの山を見て言いました。——どうするつもりだ？　割れたものは元に戻らないぞ。ぼくは立ち上がり、親父が目を向けた場所へ行きます。果たして、瓦礫の山の中に茶色い水筒の破片と水に濡れた土がありました。ガラスの破片は日差しを受けて、暗く冷たい光を放っています。黒いプラスチックの蓋は、半分に割れたレンガの上に落ちていました。蓋についていた紐は、レンガの端に引っ掛かっています。ぼくは、その蓋を手に取って見ました。——残念だね。ぼくは親父に言いました。いい水筒だったのに。——大した値段じゃないさ。親父は気前のいいことを言って、また空を見上げ、乾いた唇を舐めました。

——もう一度、家に帰って飲み物を持ってくるよ。

——無駄なことをするな。

親父は起き上がり、左手前の方向を見て言いました。木材や鉄筋がまだ残っていないか見てから、荷車を引いて家に帰ろう。

——割れていないレンガを拾って、荷車をいっぱいにしてからのほうがいいんじゃないの。ぼくはそう言いながら歩き回り、欠けていないレンガをいくつか拾います。親父のところまで運ぶと、きちんと積み上げ、もう一度探しに行きました。親父は不思議そうに、ぼくを見ています。ぼくがなぜ素直になって、熱心にレンガを拾い集めているのか、理解できないのです。しかし、親父がこ

＊1　李清照『一剪梅』。「いつの間にか花は枯れて散り、河の水も自然に流れ去る。この思いはどうしても消すことができない。寄せていた眉の間を何とか広げたが、今度は心の中にわだかまりが生まれてきた」

ちらを見ている間に、ぼくはまた別の瓦礫の山へ行って、割れていないレンガを探しました。親父にとって、ぼくの背中は何だかわからない壁か板のように見えたでしょう。ぼくがまたレンガを持ち帰ると、親父は喜びと安堵の表情を見せます。親父は孝行息子を見て、すっかり若返り、口をゆがめて笑った顔は、散ってもなお美しい花のようでした。

　ぼくがレンガを運んで行くたびに、親父は顔を上げ、何とか話題を見つけようとして言いました。――そうだな。もう少し、割れていないレンガを積んでから帰ろう。そう言いながら、親父は鏝を使って、ぼくが拾ってきたレンガを調べました。セメントや石灰がついていないものを脇に置き、ついているものは鏝で削り落とします。カンカンカンという音が、このガランとした敷地に響きました。その音は、親父とぼくの間に漂っています。

　親父は、ぼくが何を考えているか知りません。でも、ぼくは親父が何を考えているか知っていました。あいつは、ぼくがまた新しい殺害計画を立てていることを知らないのです。親父はずっと、自分の息子が無口だと思っています。しかし、親父は知りません。息子は無口だけれども、父親のことばかり考えているのです。

　ぼくはレンガを運び、親父はレンガの汚れを落とします。日差しの温もりは、親父がそのとき感じていた父と息子の間の関係のようです。ぼくは親父に尋ねました。母さんはさっき、何しに来たの？　親父は言いました。昼飯は何を食いたいかって。そんなこと、わざわざ聞きに来る必要ないのにね。ぼくはそう言いながら、運んできたレンガを置き、親父のそばを離れました。そうだよな。親父はこちらを見ず、鏝でレンガをカンカンと叩いています。その声には、不満があふれていました。――ここへ来てすぐに、水筒を落として割っちまった。いい水筒だったのに。ぼくはまた五、六個のレンガを拾って、親父のところへ運びます。そして、下を向いてレンガの汚れを落としている親父の頭をじっと見つめました。

親父がレンガを叩くカンカンカンカンという音は、リズミカルに四方に広がって行きます。揺れ動く親父の頭は、水に浮かぶヒョウタンのようです。ぼくは、そのヒョウタンに赤い花が咲いているのを見ました。大きくて、明るくて、血なまぐさい花です。親父が削り落としたセメントの破片が飛んできて、ぼくの左足に当たります。それに触発されて、ぼくはまた瓦礫の山のほうへレンガを探しに行きました。

背後から親父の頭にレンガをぶつけたら、どうなるでしょう。ぼくは歩きながら、そんなことを考えます。割れていないレンガを探す間も、同じことを考えました。レンガを親父のところまで運んで行くときも、まだずっと考えていました。この考えは楔《くさび》のように、ぼくの頭の中に深く突き刺さっています。この楔を抜くためには、背後から親父の頭にレンガをぶつけるしかありません。

親父の頭のてっぺんには、すぐ近くに並んで二つのつむじがあります。そこにレンガをぶつければ、つむじは離れ離れになるでしょう。つむじがこちらに一つ、あちらに一つ、その間の裂け目から血が噴き出して、赤い雨のように降り注ぎます。もしかすると、レンガをぶつけても頭に裂け目はできず、陥没して穴ができるかもしれません。拳ほどの穴、あるいは茶碗の口ほどの穴です。血はその穴から噴き出しますが、雨となって降り注ぐことはありません。まっすぐ上に噴き出して、柱のようになります。ぼくはしきりに、空を見上げました。太陽は高く昇り、光は白っぽくなり、赤い色がしだいに失われつつあります。赤い光に照らされたなら、血の色は濃くなるはずです。しかし、白っぽい光に照らされれば、どんな色になるでしょう。

ぼくはまた、いくつかのレンガを親父のところまで運びました。レンガを置いたあと、ぼくは親父の頭の二つのつむじを見つめます。手に汗がにじんできて、セメントの粉が泥状になりました。ぼくの両手には、血の匂いとセメントの粉の匂いが入り交じっています。親父の右側のつむじのあたりはなぜか、髪が薄くなり、褐色をした頭皮が見えていました。育ちすぎて硬くなったヒョウタンの皮のようです。いくら硬くても、レンガには敵わないでしょう。ぼくの力にも、敵わないでしょう。そっと親父の背後に回ったぼくは、その硬いヒョウタン頭にレンガをぶつけようと決心しました。

褐色の頭皮がレンガよりも硬いはずはありません。

ぼくはじっと、その頭皮を見つめました。

突然、親父が手を止め、顔を上げました。

——どうした？

——どうもしないよ。

——何を見てる？

——何も見てないさ。

一歩後ずさりして、ぼくはレンガの上にすわると、木の枝を拾ってクルクルと振り回しました。そのうちに、ぼくは親父に聞くべきことを思い出したのです。——父さん——ぼくは甘い声で、やさしく呼びかけました。よその家の息子が父親の誕生日を祝うため、乾杯をするときのようです。ぼくも親父と乾杯して、幸福を祈ろうとするかのようでした。——父さんはどうしても、ぼくが留学することに反対なの？——まただ、おまえはその話しかできないのか。——親父は持っていた鏝をそっと、目の前のレンガの上に置きました。——おまえはこの話を何百回もしているぞ。

——でも、最後にもう一度だけ聞きたいんだ。

親父は長い間、ぼくを見つめていました。ぼくが待っていた言葉は出てきません。その言葉が出れば、ぼくは親父の頭にレンガをぶつけるつもりでした。——こうしよう——親父は突然、手のひらの半分くらいの大きさの白い茶碗の破片を拾い、真剣な顔でぼくを見ました。——この破片を投げ上げて、地面に落ちたとき、へこんだ面が上を向いたら、お天道様がおまえの留学を許さないということだ。もしも、ふくらんだ面が上を向いたら、おれは家を建てるのをやめ、全財産をかき集めておまえをアメリカに留学させてやる。

親父は、そう言いながら、ぼくを見つめています。ぼくの両目は、親父が持っている茶碗の破片に釘付けになりました。親父は破片を投げ上げます。破片は三尺の高さまで上がったあと、あっという間に落ちてきました。親父の足元に落ちた破片は、へこんだ面が上を向いています。

――見ろよ。おれがおまえを留学させないわけじゃない。お天道様がおまえに言っているんだ。自分の家でおとなしく暮らさず、留学なんぞに行くのはもってのほかだってな。

親父の冷酷な口調は相変わらずですが、その目つきは得意げで、お天道様が留学に行かせないと言っているのだから仕方ないということを面白がっているようでした。――お天道様が、家を建てるのが最優先だと言っているんだ。これからはもう、留学のことは口にするなよ。そう言いながら、親父はまたカンカンカンとレンガを叩き始めました。ぼくには目もくれません。まさに、ぼくが望んでいたのは親父がぼくに目もくれないことです。そして、ぼくの留学をきっぱり拒絶し、ぼくとアメリカの間に立ちはだかることでした。親父が茶碗の破片を投げるという方法を使って、ぼくの運命を決めたりしなければよかったのです。もし、親父が冷ややかに、断固として拒絶すれば、ぼくはすぐにレンガを手にしていたでしょう。突進して行って、親父の頭にレンガをぶつけ、命を奪っていたはずです。ところが、親父は茶碗の破片を投げることにしました。そして、へこんだ面が上を向いたのです。そのせいで、レンガを親父の頭にぶつけるという固い決意が揺らぎました。ぼくは立ち上がり、恨みとやるせなさをぐっとこらえました。立ち去ろうとしたとき、ぼくは親父に何か言ったような気がします。でも、何も言わなかったのかもしれません。ぼくは拳をぐっと握りしめて、親父の後ろを通り過ぎました。すると、親父はまた立ち上がり、ぼくの背後で叫んだのです。もう仕事をしないのなら、家に帰ろう。

――もう少し、続けようよ。

ぼくは立ち止まり、振り向いて親父にそう言うと、また腰をかがめて瓦礫の山の中から欠けていないレンガを探しました。親父も再びすわって、古いレンガの汚れを落としています。すべてが元の秩序に戻り、元の軌道に戻りました。ちょうど、そのときです。ぼくは足元に、茶碗の破片が落ちているのに気づきました。やはり、手のひらの半分ほどの大きさです。ぼくはそれを拾い、親父のまねをして空に投げ上げました。落ちてきた破片は、さっきと同じように、へこんだ面が上を向いています。もう一度、投げ上げてみましたが、やはり結果は同じでした。ぼくは突然、気づきました。凹凸のある物を空中に投げ上げれば、へこんだ面が必ず上を向くのです。重力と気流が作用した結果なのでしょう。ぼくは愕然としました。親父に騙されたという怒りが、胸に込み上げてきます。このまともに勉強したことのないバカ野郎が、茶碗の破片を使ったインチキを知っていたのです。ぼくは茶碗の破片を投げ捨て、目の前の瓦礫の山を見つめました。

三つのレンガが、きちんと並んでいます。その三つのレンガを引っくり返してみて、ぼくは笑い出しそうになりました。三つのレンガの裏側には、セメントとペンキが塗られています。赤いペンキで書かれた文字は二つ、なんと――天の助けか――祖国――の二文字です。本当に笑い出してしまいそうでした。茶碗の破片を放り投げると必ずへこんだ面が上になったように、これが天の助けであることは間違いありません。天も地も、ぼくに親父を殺せと言っています。天と地が力を合わせて、ぼくに親父を殺させるのです。

ぼくは瓦礫の前で釘付けになり、縁の欠けた「祖国」の二文字を見つめていました。その二文字と両側にあったと思われる別の文字の一部から見て、それは倉庫の壁に書かれていた古いスローガンでしょう。――「祖国を愛し、火災を防止しよう」あるいは――「祖国の人民のため、盗難を防止しよう」かもしれません。ぼくはそう考えながら、祖国の二文字が書いてある三つのレンガをほかのレンガと一緒に親父のところへ抱えて行きました。

親父が鏝で「祖国」の二文字を削ろうとするなら、親父を殺すしかありません。その二文字を削ろうとしなければ、ぼくは茶碗の破片がへこんだ面を上に向けたことを運命だと信じるでしょう。それが運命なら、親父を見逃し、まだしばらくは生かしておくかもしれません。ぼくは一歩ずつ、親父に近づきました。足音を忍ばせて、近づいて行きます。運んで行った六、七個のレンガを親父の目の前に置くと、しばらく黙って立っていましたが、そのあと親父の左側を通って背後に回りました。

果たして、親父はあの三つのレンガを胸にこすりつけてから、セメントがついている面に鏝を当てようとしています。親父の野郎は、「祖国」の二文字を削るつもりです。祖国とは何でしょうか？　祖国とは母親です。その二文字を削るのは、母親の頭を叩き割るのと同じでしょう。あの野郎を殺せば、人民のために害毒を取り除き、祖国のために悪人を退治することになります。――
「北邙《ほくぼう》山上墳塋《ふんえい》列《つら》なり、万古千秋洛城《らくじょう》に対す。城中日夕歌鐘《にっせきかしょう》起り、山上唯《た》だ聞く松柏の声」*1、「一笑すれば相《あい》傾き国便《すなわ》ち亡《ほろ》ぶ、何ぞ荊棘《けいきょく》にして始めて傷《いた》むに堪うるを労せん」*2

親父、許してくれ。あんたは祖国を傷つけた。だから、殺すんだ。あんたの死期が近づいた。殺すしかない。ぼくはレンガを拾って、親父の頭にぶつけるべく忍び寄って行きます。温かい日差しが音を立てて、あたり一面にも、ぼくの耳元にも漂っていました。コノテガシワの木の影が、ぼくの体を包もうとしています。向かい側の林の先に、老人の姿が見えました。何をしているのかわか

＊1　沈佺期《しんせんき》『邙山』。「北邙山には王侯貴族の墳墓が並んでいる。千年万年にわたって洛陽の都を見下ろしてきた。町からは朝夕、歌や鐘の音が聞こえてくるが、山の上は松柏の木を吹き過ぎる風の音が聞こえるだけだ」

＊2　李商隠『北斉』。「美人がひとたび笑えば、国は傾いて滅びてしまう。宮殿にいばらが茂ってから、ようやく亡国を悲しんでも仕方ない」

りませんが、こちらを眺めています。世界は存在を消したかのように静かです。かすかな音でさえ、ぼくの頭の中で旋風のように大きく聞こえます。ぼくは、ゆっくりと親父の背後へ歩いて行きました。親父はまだレンガを削っています。「祖国」の二文字が、腕や足がもげたかのように飛び散っていました。

　大通りの賑わいは、天地が引っくり返ったかのようです。ぼくは前に進みながら、振り向いて後ろを見ました。親父が朝、引いてきた荷車が路地のこちら側にあります。二つのビルに挟まれた路地の出口も、まだ静けさを保っていました。人の姿はありませんが、声は聞こえているようです。路地の出口に立っている電柱は、空に向かって伸びる一本の箸に見えました。大通りを行き来する人たちの動きは見えず、足音も聞こえません。空に鳥が飛んでいるか、雲が浮かんでいるかも定かでありません。雲は日差しの下で塊になって、喪服の生地のように白く、ごわごわした感じです。「八月湖水は平らかに、虚を涵《ひた》して太清《たいせい》に混ず。気は蒸す雲夢《うんぼう》の沢、波は撼《ゆる》がす岳陽城」[*1]、「頭《こうべ》を挙げれば西北に浮雲、天に倚《よ》りて万里に長剣を須《もと》めん」[*2]

　赤いレンガを手にすれば、天下の蒼龍《そうりゅう》〔極悪人〕をやっつけることができます。ぼくは少しも足音を立てずに、前へ進んで行きました。レンガ一個分の幅は、ぼくが右手で持つのに最適です。斧の柄の太さが握りやすいのと同じでした。ぼくは木材と鉄筋の山を迂回して、親父の背後に迫ります。あと六歩、あと五歩。親父は鏝を頭より高く振り上げて、激しくレンガを叩いていました。「祖国」の二文字が書かれたレンガは、叩かれるたびに跳ね上がります。破片は水の上をかすめる石のように、飛んで行きました。

　ぼくの両手ににじむ汗は止まりません。持っているのが斧ではなくレンガで、好都合でした。手の汗が吸収され、指がレンガに密着するからです。こうして、ぼくは親父の背後に立ちました。また、つむじが目に入ります。親父が顔を上げた瞬間、つむじに赤い色が光りました。ぼくはじっと、親父のつむじと白髪頭を見つめます。手が震えないように、右手でしっかりレンガをつかみ、左手は握ったり広げたりを繰り返しました。最後はぐっと握り、もう広げません。――親父、死んでくれ――ぼくは心の中で叫びました。ところが、叫びながらレンガを持った手を振り上げたとき、またしても背後でぼくを呼ぶ声が聞こえたのです。

　ぼくの幻覚が耳元で声を上げたのでしょう。

　ぼくは幻覚を無視して、改めて右手を振り上げます。しかし、レンガを投げつけようとしたとき、幻覚の声はますます大きくなりました。振り向くしかありません。背後の日差しは美しく、天地を覆う黄色い絹地のようでした。黄色い絹地の西側に、荷車が停まっている路地があります。幻覚は音だけではなく、人影も上空から手招きしているようでした。

――大学生、来てちょうだい。

――来てちょうだいよ、大学生。

　その声には色香と潤いがあって、こんこんと湧き出る泉のようです。清らかな泉の水は墨汁となって、白い喪服に降り注ぎます。ぼくは呆然と立ち尽くしました。確かに、彼女がぼくに呼びかけているのです。理髪店の女の子が、さっきと同じ恰好で、同じ表情をしていました。彼女はぼくを呼びながら、日差しの中で飛び跳ねています。冬を越した小鹿が春を迎えたかのようです。

　もうすぐ死ぬはずだった親父も、彼女の声を聞きました。

　親父は仕事の手を止めて、背後を振り向きます。

＊1　孟浩然『洞庭湖を望んで張丞相《ちょうじょうしょう》に贈る』。「八月の湖の水は豊かで、天空にまで連なっている。雲夢の沢に水蒸気が立ち込め、波は岳陽の城壁に打ち寄せ、町を揺り動かす」

＊2　辛棄疾《しんきしつ》『水龍吟・南剣の双渓楼に過ぎる』。「頭を上げると、西北の方角に雲が浮かんでいる。天を頼みとして、万里にわたり、長い剣を求めよう」

ぼくは持っていたレンガを親父の前に置き、欠けていないレンガを見つけて運んできたふりをしました。

――来てちょうだいよ。話があるんだから。

彼女はずっと跳ね回りながら、ぼくを呼んでいます。

ぼくは仕方なく、彼女のほうへ歩いて行きました。南方の女の子の声には、あか抜けた響きがあります。以前、この町の人たちはそんな声を聞くと、未開の野蛮人のしゃべり方だと言いました。しかし、いまや中国南方の熱気はすさまじく、どんどん豊かになっています。北方人は、南方人の口調がみずみずしく、芝居の歌を歌っているみたいだと言うようになりました。

ぼくは彼女の声につられて、歩み寄ります。親父は背後で立ち上がり、こちらを見ていました。一歩、また一歩と近づいて行ったとき、ぼくは彼女の顔がつややかで光り輝いていることに気づきました。喜びのあまり悲しくなり、そのあとまた喜びが湧いてきたという表情です。

ぼくは彼女の前に立ちました。

彼女はぼくの顔を見つめています。

――あなた、本当にアメリカへ留学するの？

ぼくは軽くうなずきました。

――アメリカのゴミの山には、ラジオやテレビがたくさん捨ててあるんだって。

ぼくはまた、軽くうなずきました。

――私を連れて行ってよ。彼女は真剣な顔で言いました。まるで、本のページに解答を見つけたかのような表情です。あなた、留学の資金がないんでしょう。アメリカへ行くには、何万も何十万もかかるから。連れて行ってくれるなら、費用は私が出すわ。アメリカに着いたあと、あなたは働かなくていいから、しっかり勉強して。私がどんなことでもする。ご飯を作ってあげるし、夜もサービスする。レストランでバイトして、あなたを養ってあげる。あなたと一緒に海外に行ければ、それでいいの。私は幼いときから、なぜか両親を憎んできた。両親が死ねば、地元に帰らないで済むのにと思った。私の一生の理想は、両親と別れ地元を離れることなのよ。できるだけ遠くへ行きたい。一生をよその土地で過ごして、死んでも帰らない。

言い終わると、彼女は視線をぼくの顔に落としました。解答用紙を先生に渡して、採点を待っているような表情です。ぼくも同様に、彼女を見つめます。突然、心の底から意気投合の喜びが湧いてきました。真冬に囲炉裏の火に当たっているような温かさを感じます。彼女の色白の顔が紅潮しました。まさに朝、昇ったばかりの太陽が夜露を帯びているのと同じです。彼女を見つめながら、ぼくが最初に考えたのは、お金を受け取るかどうかではありません。彼女と一緒にここを出て、アメリカへ行くかどうかでもありません。ぼくは、意気投合した彼女の顔を両手で包み、熱い口づけをしたくなりました。彼女をきつく胸に抱きたくなりました。ぼくにはわかっています。いまなら、お金を一銭も払わなくても、彼女はぼくに抱かれ、口づけされることを許すでしょう。ぼくは振り返って、背後を見ました。親父の目を恐れたのです。親父がそこに立っていて、こちらを見ているのではないかと心配でした。あいつは果たして、そこに立ってこちらを見ていました。右手を額に当てて、ぼんやりと彼女とぼくを見つめています。

ぼくも振り向いたまま、親父のほうを見ていました。

意外なことに、このとき林の脇の小道から小型バイクに乗った男が現れました。急いで親父と言葉を交わし、連れて行こうとしています。バイクは目の前で向きを変え、親父を後部座席に乗せました。彼らは、この瓦礫に埋め尽くされた場所を離れ、バイクの黒煙を残して去って行きます。日差しを受けて金色に輝くバイクは、ジェット機が空に残した黄金色の雲のようでした。

ぼくは長いこと親父を待ちましたが、なかなか帰ってこないので、彼女とその場を立ち去りました。もう十一時近くのことです。大通りは人でごった返していました。仲春に開かれる市は、通常の売買をするだけでなく、夏に向けて農具を揃え心構えをする場でもあります。市に集まった人たちの表情は、希望と喜びの光にあふれていました。大通りを行き来する人の顔は、ほんのり赤く、輝いて見えます。

ぼくたちは抱き合い、口づけを楽しみました。そのあと、彼女は店に帰り、ぼくは家に帰ります。途中で、本を抱えて歩いてくる国語の先生にも出会いました。先生はぼくに笑いかけ、少し照れ臭そうに言いました。今日は学校が早く終わったんで、床屋に散髪に行くところだ。ぼくが何も聞いていないのに、先生は自分からそう言ったのです。そして、ぼくとすれ違いました。振り返って見ると、先生は人混みにまぎれ、しだいに遠ざかって行きます。ぼくは心の中で、何とも言えないつらさを感じました。

通りの両側はいずれも店舗で、商売繁盛しています。どこも活気にあふれ、時代の波に乗っていました。ぼくは商店の賑わいの中を通り抜けて、家へ帰ります。大通りから路地に入るとき、また壁にスローガンが掲げられているのをしばらく見つめました。――改革開放は宝だ、支持する者は豊かになれる。そのスローガンを見て笑いながら、ぼくは路地に入りました。家に着きましたが、誰もいません。小型バイクで親父を連れ帰った近所の男が、ぼくに言いました。早く新しい家の敷地へ行ってみろ。大事件が起きたらしいぞ。ぼくは新しい家の敷地へ急ぎました。そこには大勢の人が集まって、ガヤガヤと騒いでいます。トラックが二台、新しい宅地の前に停まっていました。人の群れを抜け、トラックを迂回して行くと、親父が病気のニワトリのように、道端にしゃがんでいます。お袋は顔面蒼白で、両手でしきりに服の前をつかみながら、申し訳なさそうに親父の前に立っていました。

十数人の若者がいます。彼らは親父が半年の間に町の工事現場から持ち帰ったレンガ、木材、鉄筋、鉄パイプ、扉や窓をトラックに積んでいました。前のトラックにはレンガ、後ろのトラックにはその他の物品が載せられています。彼らは町の建設会社の作業員で、解体されたビルや家屋の所有者と契約を交わしているとのことでした。すでに代金を支払って、それらの廃材を譲り受けたのです。ただ、この冬は洛陽での仕事が忙しく、この町へ引き取りに来ることができなかったのでした。親父は他人の所有物を自分の家へ持ち帰っていたことになります。

いま、会社側は契約に従って、自分たちの所有物を取り戻そうとしていました。親父が不服なら、裁判所に訴えてもいいと言うのです。残された廃棄物は親父のもの、つまり我が家のものになると思っていました。ところが、いまわかったのです。親父は取り残されたものでさえ所有できません。廃棄物でさえ、我が家のものではありません。ぼくは大学を出ていますから、契約の正統性と重要性を知っています。親父の肩を持つことはできません。しかし、いざ裁判となれば、ぼくはやはり親父の味方をします。我が家のために、裁判を起こすのです。工事現場に残されたものは、ぼくの家の所有物にしてもいいでしょう。それを他人が奪い去ろうとするのを見過ごすわけにはいきません。「鍾山《しょうざん》は龍盤して走勢来たり、功名事跡は東に流るるに随う[*1]」、「傲吏《ごうり》は身閑にして五侯《ごこう》を笑い、西江に竹を取りて高楼を起こす[*2]」、「路は漫漫として其れ修遠なり、吾《われ》将に上下して求索せんとす[*3]」

＊1　李白『金陵歌、送別范宣《はんせん》』。「鍾山はくねくねと連なって、わだかまった龍が走り去ろうとするような勢いがある。あらゆる偉業は、河の水とともに東へ流れ去り、忘れられてしまった」

＊2　李嘉祐『王舎人の竹楼に寄す』。「節を曲げない官吏は、王侯貴族たちを冷笑し、西の河辺で切り出した竹で高楼を築いた」

＊3　屈原『離騒』。「道は果てしなく遠いが、私は上り下りしながら、探求を続けて行く」

「その後、裁判はどうなった？」

「裁判はしませんでした。両親も隣人たちも言うんです。政府と裁判をするくらいなら、お天道様と裁判したほうがましだって。親父が半年間に拾い集めた建築資材を持ち去った会社は、政府系なんです！」

　これは青年が話を終えたあと、私たちが交わした問答である。このとき、すでに黄昏が迫り、中庭は静かな夕日に包まれていた。黄昏の光は、彼の話に出てきた血の色を連想させる。話を終えた彼はテーブルの上の水を手に取り、ゴクゴクと飲んだ。これはまた、彼の父親が飲みそうになったジクロルボスの入った白湯を連想させる。幸い、彼の父親は結局、その白湯を飲まなかった。そして幸い、彼はレンガを父親の頭にぶつけることもしなかった。

　水を飲んだあと、彼は立ち上がって母屋まで行き、もう一杯水を注いできた。さらに何か話そうとしたようだが、ちょうどそのとき、誰かが門を少し押し開けた。だが、中には入ってこない。その人は何かを思い出して、立ち去ったらしい。「ギーッ」という門扉の音を聞き、私たちは初めて気づいた。もう夕方だ。夕食の準備をする時間だろう。話はもうおしまいだ。そこで彼は、少し残念そうに物語を終え、押し開けられた門扉に視線を向けた。私も腰掛けから立ち上がり、まだ半分彼の物語に浸りながら、門扉と彼を見た。門の外には通行人の足音が響いている。

「きみの話はすべて本当かね？」私は物語に浸ったまま尋ねた。

　彼は私の前に立ち、こちらを見ていた。話には引き込まれたが、まだ半信半疑の取引相手を見るかのように。

「最後まで中断させることなく、ぼくの話を聞いてくださったことに感謝します。本当か嘘《うそ》かという点については、ひざまずいて誓ってもいいですよ。ほんのわずかな嘘もありません」

「いくらで私に売るつもりだ？」

「あなたが値をつけてください」

「二万か三万かな？」

「大金を支払っていただけると思っていました」彼はそう言いながら、残念そうな表情を見せた。唇を噛み、持っていた紙コップをひねりつぶしている。

「もしきみが、まだ留学を考えているのなら、学費を出してあげてもいいよ」

　ここに至って、彼の目に映る私は、もはや物語を買い取る人ではなく、真剣に彼を助けようとしている人になった。顔が紅潮し、ひねりつぶした紙コップは手の中で動きを止めた。視線は私の顔を離れ、中庭のほうに向けられている。このとき、足音が門の外に近づいてきた。私の母と姉が帰ってきたのだ。私は改めて、視線を門のほうに向けた。彼も同じ方向を見ている。母と姉の姿が見えた。誰かと話をしているようだが、その内容は聞き取れない。しかし、私と彼の話は、もう終わりにするべきときが来ていた。静かな内緒話が終結するに当たって、私はもう一度、彼の顔に視線を戻した。彼も私の視線の中に何かを読み取ったようで、紙コップを手の中で丸めると、ためらいがちに言った。

「値段のことは、またあとにしましょう。商談がまとまるまでは、誰にも口外しないでください。話が漏れ伝わったら、ぼくはこの町で生きていられなくなります」

　私は承諾を示すため、うなずいた。

　彼が出て行こうとしたのと同時に、母と姉が門を入ってきた。門の屋根の下ですれ違うとき、彼は礼儀正しく姉に挨拶し、母にも声をかけた。彼が出て行ったあと、母と姉は不思議そうなまなざしを向けた。私は門の外まで彼を見送り、最後に別れるとき、お互いに暗黙の了解があるかのように手を上げた。彼が黄昏の中を遠ざかってから、私は戻ってきた。姉は台所へ食事の準備に行ったが、母は中庭で私を待っていた。母は私が戻ってきたのを見て、嘆くように言った。

「あの子は借金に来たのかい？　いい子なんだけどね。どういうわけか、大学を出たあと、あんな風になっちまった」

そう言いながら母も台所へ向かった。さっきまでの話を母はすべて知っているかのようだった。このとき、私はだだっ広い中庭で、一人呆然としていた。温もりを失った夕日の弱い光が、湖水のように漂って私を包み込んだ。私は最初から最後まで、大学生の物語にどっぷり浸り、まるで底なしの湖に沈んだような気分だった。

第二章

おれは、あんたが何を知りたいか、わかってる。

どこから話そうか？　あの日の昼のことからにしよう。昼近くに、奇妙なことが起こったんだ。

――何時だったかは忘れたが、おれは新しい宅地で石灰を溶くための穴を掘っていた。昼までに、穴は完成したんだ。あらかじめ、おれは地面に線を引いて、長さ二メートル、幅も二メートルの正方形の穴を掘ったはずだった。ところが完成してみると、どうなったと思う？　正方形の穴が、勝手に長方形の墓穴に変わっていたんだ。一メートルの幅、二メートルの長さ、一・五メートルの深さに変わっていた。

正方形の穴が突然、勝手に長方形の墓穴に変わったんだ。

夏の盛りで、水の中に飛び込みたいほどの暑さだった。おれはそのとき、体じゅう汗びっしょりだったよ。穴から這い出して、おれは呆然とした。正方形の穴を掘ったつもりが、どうして長方形の穴になったんだ？　石灰を溶くための穴が、どうして墓穴になったんだ？　でも確かに、長方形の墓穴になっちまった。まさにそのとき、おれはあんたが知りたいことを思いついた。まさにそのときから、おれは頭がおかしくなり始めた。そのとき、お天道様は東側の家の屋根に掛かっていて、クソの塊みたいだった。クソの塊だ。それが金塊だったら、よかったのにな。そのとき、おれは空を見上げた。日の光が赤い針金みたいに、おれの目に突き刺さってきた。おれは空を見るのをやめて、また墓穴に入り、寝そべってみた。墓穴はベッドのように心地よく、井戸水を全身に浴びたみたいだった。

墓穴に寝そべったまま外を見ると、うちの前の野菜じじいが新築した三階建ての家が見えた。赤いレンガの壁、屋上は平らだ。レンガはマージャン牌のように、きちんと積まれている。屋上の真ん中には、あずまやが建っていた。コンクリートの赤い柱と黄色っぽい瑠璃《るり》瓦《がわら》の屋根だ。居住用ではなく、人に見せるためのあずまやだった。――クソったれ。あいつは家を建てたかったわけじゃない。金持ちだということを見せびらかしたかったんだ。数年前に町の住人が、運転もできないのに自家用車を買って、門の前に停めていたのと同じことさ。まさに、クソったれだ。どこで金を稼いだんだろう？　いまや、金はどこにでも落ちている。目を閉じて夢の中で手を伸ばし、適当にひとつかみすれば、目を開けたとき金を握っているはずだ。

おや――話がそれたかな？　それでもかまわない。おれは野菜じじいの話がしたいんだ。あいつは以前、野菜を作り、茎や葉っぱを売って、瓦ぶきの三間の家を建てた。その後、町に二間の家屋を借りて、新鮮な野菜と果物の看板を掲げた。野菜じじいが、八百屋の店長になったんだ。商売は順調で数年後、あいつはまだ新しい瓦ぶきの家を壊して、三階建ての家に作り替えた。町の金持ちの仲間入りをしたのさ。

なあ、あんた、いまの世の中、他人はみんな四方八方から金が飛んできて、娼婦の枕元の宝石箱に入っているような金銀財宝で、目がくらみそうだ。ところが、我が家はクソみたいなマントー売りの店だけで暮らしを立てている。マントーを一個売っても、せいぜい一角〔一元の十分の一〕の儲けにしかならない。なんて暮らしだ。飢えた犬が餌を求めて、うろついているのと変わらない。おれの運命は、飢えた犬の運命と同じだ。一生涯、食い物と寝場所を探して、昼も夜も走り回る。最後に骨を見つけて前足を伸ばしたとき、口に放り込まれるのは雑草とクソの塊だ。クソったれ、これがおれの運命なのさ。疲れ果てるまで働いても、稼ぎはほんのわずかだ。

いまや、町の連中はみんな瓦ぶきの家を壊して、二階以上の家に建て替えている。なのに我が家は、この敷地に瓦ぶきの平屋を建てることもできない。家を建てるために、おれは半年にわたって毎日、廃墟のゴミを漁って、屑鉄や欠けたレンガや瓦を拾い集めたが、没収されちまった。家を建てようとしたせいで、うちのせがれは危うくおれを殺すところだった。どこにでも金や銀が転がっている時代がやって来て、みんな風が吹いて落ち葉が降ってくるみたいに稼ぎまくっている。しかし、おれが田舎へ行って桃を仕入れてきて町で売ろうとしても、なぜか集まってくる客は、ほかの店で買って、おれの店で買わない。おれがスイカを大量に仕入れて売ろうとしても、あいにく雨風が強い日に当たったり、別の男がもっと安い値段で売っていたりするんだ。しかも、その男のスイカは、確かにおれのスイカよりも甘い。まったく、おれは犬のクソと同じ運命だ。我が家にとって、商売は疫病神《やくびょうがみ》なのさ。商売をしなければ稼げないし、商売をすれば損をする。あんた、どう思う。確かにいい時代になった。だが、いい時代と我が家は、藤づる一本の関係もないのさ。

話を元に戻そう。――そのとき、おれは墓穴に寝そべって、足元のほうから外を見た。野菜じいの家の裏の壁と軒を眺めていた。おれは、その家に向かって言った。いま、墓穴が完成したから、おれは誰かを殺して埋めるかもしれない。いま、家の半分が崩れたら、おれは人を殺して埋めることをやめる。そして、その家をじっと見つめた。しばらく見ていたが、家は半分の半分も崩れる様子がない。その後、おれはまた考えた。家の角がちょっとでも崩れたら、おれは人を殺して埋めることをやめる。そして、じっと見つめて考え続けていたが、結局、その家は瓦一枚も崩れなかった。墓穴から這い出すと、スコップを投げ捨て、脱いだ服で背中の土を払い落とした。視線を野菜じじいの家の裏の壁と軒から右へ移す。そこは国語の先生の家だった。その家が、またしてもおれの視線をさえぎっている。我が家の宅地の南隣に建っているその家は、町の役人たちの娯楽施設のようだ。国語の先生の家は、野菜じじいの家ほどの高さがない。だが、その二階家は、新築の邸宅の中でもいちばんモダンで、学校の教科書の写真に出てきそうだった。ほかの家が白いタイルを貼った洛陽の公衆便所だとすれば、国語の先生の灰色レンガの家は洛陽の王城広場に建てられた昔風の寺院に似ている。ほかの家の塀は赤レンガだったが、国語の先生の家は塀の基礎に沿ってモチノキが植えられている。モチノキの内側には二列の竹も植えられていた。モチノキは人の背丈の半分ほどで、手入れが行き届き、まるで空中にできた緑のダムのようだ。二列の竹のほうは人の背丈よりひと回り高く、密集した葉がモチノキと一緒に屋敷を取り囲んでいた。通行人の目が、その家の中まで届くことはない。いかにも文化的で、モダンな感じがした。

　正直言って、おれは心底、国語の先生が羨ましい。いつも、おれに会うと笑顔を浮かべ、せがれはどうしているかと聞く。せがれにしっかり教育を受けさせるように言うんだ。だから、おれは先生を恨んだり呪ったりしない。家がつぶれて、本人や家族が下敷きになればいいなんて思わない。屋敷を取り囲んでいるモチノキと竹が枯れること、虫がついて変色し、夏なのに秋みたいに葉が落ちることを願っているだけだ。

　おれは正方形から長方形に変わった墓穴の脇に立ち、服を着ながら土を払った。隣の家のモチノキと竹に向かって、こう言ってやりたかった。何本でもいいから、おまえたちが枯れて死んでくれたら、おれは人を殺して埋めたりしない。おまえたちが枯れなければ、おれは本当に人を殺して埋めるだろう。モチノキも竹も枯れる気配がないので、おれは条件を緩めて、脅すようにモチノキに告げた。たった一本でもいい。モチノキでも、竹でもかまわない。一本でも枯れたら、おれは善人になる。一本も枯れなかったら、おれは本当に人を殺しに行くだろう。おれは本当に人を殺し、おまえたちの近くに埋める。おまえたちは死体と隣り合わせになるぞ。

おれは青々としたモチノキと竹を見ていた。そして、いちばん背の高い竹から少し低い竹に視線を移し、哀願するように言った。おまえたちが枯れず、葉も落とさないのなら、誰かがおれに殺される。おまえたちが葉を一枚でも落とせば、おれは人殺しにならずに済む。誰かがおれに殺されて、埋められることはない。おれは、そうやって哀願した。モチノキと竹の前で、ひざまずきたい気持ちだった。まさにこのとき、何が起きたと思う？　おれの女房が突然、現れた。あんた、どう思う？　誰かを殺そうと思ったときに、あいつが現れたんだ。寒くて仕方ないときに、氷を届けてくる。暑くて仕方ないときに、ストーブを届けてくる。あいつは、そういうやつなんだ。あいつが来たのを見て、おれは体じゅうに汗をかいた。ドキドキしながら、あの墓穴を何度も見た。

あいつは突然現れて宅地の外に立ち、中をのぞき込んで、おれに尋ねた。昼ご飯は何にしようか？　おれは聞こえなかったふりをして、あいつを見つめていた。頭の中で、はっきりとした声が聞こえた。いま、こいつが死んだら、巨万の富を得て、この町でいちばんの金持ちになれるだろう。二階家を建てる資金が手に入るだけでなく、本当に家電屋の奥さんと再婚できるかもしれない。そうなれば、地獄の暮らしが天国の暮らしに変わり、世界一の大富豪になれる。こいつが生きているかぎり、おれの一生は犬のクソみたいな運命から逃れられない。

あいつが新しい宅地の外に立っていたとき、おれの頭の中で聞こえた声は雷みたいにでかくて、あいつに聞こえるんじゃないかと心配だった。おれは慌てて口を押さえた。一瞬のうちに、おれは心の中でいろいろ考えた。真っ昼間なのにな。笑われても仕方がない。そのとき、おれはあいつが死んで、家電屋の奥さんを抱ける日のことを想像していた。その快感を思うと、どんなだらしない顔をしていたかわからない。とにかく、おれはあいつの顔を見つめていた。あいつも不思議そうな目つきで、おれを見つめていた。——おや、あんた、顔色が悪いよ。また、胸が苦しくなったのかい？　そう尋ねながら、あいつは道端のほうに目を向け、手を上げて誰かに挨拶したようだった。いつも胸が苦しいなら、病院へ行って、ちゃんと診てもらわなくちゃね。ニワトリをつぶして食えば胸のつかえが下りるなんていう善薬堂の漢方の先生の怪しい処方を信じちゃダメだよ。そう言いながら、あいつはまた道端に目を向け、立ち去ろうとして言った。昼ご飯はうどんにしましょう。その後、あいつは知り合いがいる方向へ歩き出した。

　あいつが立ち去ると、おれは長い息をついた。

　しばらくして、おれも新しい宅地を離れ、家に帰ることにした。あいつが立ち去って、かなりの時間がたってから、そこを離れることにしたのだ。すぐにあとを追えば、我慢できずに本当に悪事を働いてしまうかもしれない。おれは気持ちを落ち着かせた。頭の中の混乱を静め、ここ数日、思い浮かんだ考えを整理した。

　新しい宅地から出たとき、お天道様は真南に近づいていた。町の西の通りは粘り気のある夏の蒸し暑さに包まれ、どの家屋も熱で崩れかけているように見えた。だが、実際はどの家屋も崩れ落ちたりしない。おれは野菜じじいの家の前を通り過ぎ、路地を抜けて、かつては汚水とゴミに覆われていた河沿いの道に出た。あんたも知っているように、いまは埋め立てられて汚水は見られなくなった。新しい二階家が建ち並んでいる。家の前には、コンクリートの水路があって、清らかな水が流れていた。まるで、この町の血管のようだ。現在は、この水路に「堀河」という洒落た名前がつけられている。河沿いの舗装された道は、さらに聞こえのいい「河端通り」という名前で呼ばれていた。

　どうだ、おれたちの皋田鎮《ガオティエンジエン》という中原の町は、明らかに昔と変わっていない。人々はみな、この町の樹木や路地を自分の手足の指みたいによく知っている。でも、聞いてほしい。この町は、まったく昔とは違ってしまったんだ。

　いいかね、ここで話題を換えて、この町のことを少し話しておこう。そうすれば、おれがなぜ無性に人を殺したくなるのか、理解してもらえると思う。汚水が流れる河だったところに、いまは立派な家が建ち並んでいる。それらの家の持ち主は、みんなよそ者で、この町に商売に来て住み着いた連中だ。よそ者は、みんな金を持っていやがる。聞くところによると、それが県や町の政策らしい。よそ者がこの町で商売を始め、会社を設立することを奨励している。二年間、町に一定の税金を納めれば、あるいは町の学校、病院、幼稚園への寄付などの慈善行為をすれば、この町に住み着くことができるのさ。よそ者が家族揃って、この町の住民になれる。町の戸籍を得て、子供は町の学校で勉強できる。小さい子供を成金趣味の派手な幼稚園に入れることもできるんだ。

　とにかく、この町は一夜のうちに金持ちになった。人口も倍増した。

　一夜のうちに、この町は都会に生まれ変わった。洛陽みたいな繁華な都会になった。豫西《よせい》〔河南省西部〕の伏牛山の山奥に、小さな韓国、日本、アメリカが誕生したようなものさ。町の連中は、みんな言っている。我が家の前の通りに住んでいるのは、ほとんどが移民だ。富裕層の移民街になった。一方、我が家はこの富裕層が住む通りで、最も貧しい古株の住人なのさ。おれのせがれは言う。あいつのアメリカへ行く夢をおれが壊しちまった。アメリカ留学ができなければ、あいつの一生も、我が家の一生も、永遠に続く闇夜みたいに真っ暗だってな。言っておくが、おれはせがれの言うことをこれっぽっちも信じていない。おれは我が家を繁栄させてみせる。ここに、ほかの家に負けない立派な庭付きの家を建ててやる。近いうちに、家を建てる資金が手に入るかもしれない。来月にはあの宅地で工事が始まるだろう。そうなれば、我が家もこの町の富裕層の仲間入りだ。

　路地を出て、数年前に「河端通り」と改名された道路に足を踏み入れると、おれは振り返って北の方角を見た。どの家の道端にも、富康《フーカン》〔シトロエン〕、夏利《シアリー》〔シャレード〕などの自家用車が停まっている。商売用のオート三輪、小型トラクター、そしてバイクと自転車もあった。いずれも自宅の前に、無造作に停めてある。半分は便利だからだが、半分は通行人に見せびらかしているのさ。うちはここに住んでいる、うちは二階家だ、マイカーもバイクも持っているってな。おれは「河端通り」で振り返り、建ち並ぶ家屋と道端の車を見ているうちに、また胸が苦しくなった。胸の中に、レンガが詰め込まれているような気がする。しかも、そのレンガは汚水に浸かっていて、しだいにふくれ上がり、おれの胸を破裂させようとしていた。

　おれの話が核心に近づいていることに注意してくれよ。いいかね、おれは五日前、胸が苦しくて町の善薬堂へ行き、漢方の先生に診てもらった。その老先生も、よそ者だ。先生は、どこが悪いのかと尋ねた。おれは言った。胸がレンガでふさがれているような気がするんだ。先生は言った。あんたは「河端通り」の南に住んでいる人だね。おれはうなずいた。先生は言った。ひと目で、何の病気かわかったよ。胸に詰まっているのは鬱憤《うっぷん》だ。それを吐き出せば治る。

　どうやって吐き出すんだ？　おれは尋ねた。

　金を払う気があるなら、薬を出そう。金を払う気がないなら、家に帰ってニワトリを一羽つぶすんだ。地面に叩きつけて殺したら、包丁で腹を割きなさい。そのあと、不満をぶちまけながら毛をむしる。誰かを罵倒したいなら、しっかり戸締りをしてから、思い切り罵倒すればいい。相手の名前をはっきり言って、罵るたびに毛をむしるのさ。一回、二回、そして三回目に、ごっそり毛をむしり、罵りながら地面に叩きつける。その後、ニワトリをまな板にのせ、両手に包丁を持ち、憎い相手を罵りながら肉を切り刻む。それをよく煮込んで食べれば、あんたの胸のつかえは下りるだろう。胸の痛みもイライラも解消するよ。

　これが、おれの女房が言った善薬堂の漢方の先生の処方というやつだ。あいつはこの処方を信じていないが、おれは信じている。いつもニワトリの毛をむしり包丁を持ち、誰かを罵ることを考えていた。罵りながらニワトリに包丁を入れて、肉を切り刻んだ。それはとても痛快なことで、おれは想像しながら家に向かった。家に着いたときは、もう昼どきだった。しかし、おれが門を押し開けると、敷地の中はひっそりしていた。そこで、おれは台所へ行った。台所にも人はおらず、火のついていないコンロの上に鍋が置かれている。茶碗や箸もまだ、テーブルの奥に重ねられたままだった。

　食事の時間なのに、女房はまだ支度をしていない。おれは怒りを募らせ、母屋へ向かった。母屋の扉は開いていて、部屋じゅうの雑多なものが、こちらを目がけて飛んできた。テーブル、腰掛け、椅子、そして壁に飾られていた様々な絵や写真、さらには床の埃や洗っていない茶碗までもが、おれの胸にぶつかってきた。おれの胸は苦しくて、張り裂けそうだった。この家には誰もいないことがわかったが、それでもおれは戸口で叫んだ。――おーい――おーい――何度叫んでも反応がないので、おれは足を上げて、急いで奥の部屋へ行った。

　奥の部屋に直行して、ベッドの枕元の衣装箱を開け、小さな木箱を取り出した。それを開けてみて、おれは仰天した。――こんちくしょう。数日前、おれはきっちり一万元の紙幣を入れておいたのだ。百元札が百枚、銀行から下ろしてきたばかりで、インクの匂いがした。ところがいま、札束を封印してあった紙がなくなり、バラバラの紙幣だけが残っている。慌てて金額を数えてみた。――こんちくしょうのバカ野郎。百枚が五十枚に減っている。五十枚なら五千元だ。あんたらにとって五千元は、ひと握りの落花生みたいなはした金だろうが、おれたちからすれば金の豆、銀の豆なのさ。おれは腰を抜かした。汗がどっと流れ出し、心臓が山崩れのように激しく高鳴った。

　もう一度数えてみたが、やはり百枚が五十枚に、一万元が五千元に減っている。

しばらく呆然としたあと、おれは紙幣を木箱に戻し、木箱を衣装箱に戻した。そして奥の部屋を出て、母屋の表の部屋に立った。室内はおれが掘った墓穴みたいに静かだった。中庭も同様に静かだ。陽光が部屋の中に差し込んで、沸騰した湯を撒いたかのように見えた。暑くて仕方ない。両手に汗をかいていた。あいつが、おれの金を奪ったのだ。この家には、あいつとおれしかいない。あいつが奪ったのでなければ、ニワトリか豚か犬がくわえて行ったとでも言うのか？　クソったれ。

　あんたには本当のことを言おう。事情が大きく変わってしまった。その金はどこから来たと思うかね？　それは町の家電屋の奥さんが、おれといい仲になる、愛人になるという契約の手付金なんだ。その金をあいつが勝手に持ち出して使うことが許されるか？　あいつは何に使うつもりだ？　せがれに渡すつもりか？　おれは同意していない。それなのに、せがれに渡そうというのか——ああ、なんてことだ。おれの胸は、完全にふさがれた。胸の中につかえているのは、日干しレンガだ。日干しレンガがおれの胸の中で血液に浸されて溶け、おれの血管や体じゅうの穴をふさいでしまった。ここに至って、おれは人を殺さずにいられなくなった。もし殺さなければ、おれは家の中で悶死するだろう。

　門の外で、人の気配がしていた。

　部屋を出て母屋の戸口に立ったとき、おれは扉の後ろに掛かっていた一本の縄に目を留めた。その縄は、おれが夏に収穫した麦を束ねるために用意したものだった。おれはその縄を手に取り、重さを確かめ、裏返したり引っ張ったりしてみた。最後に縄を元に戻すと、室内の椅子に腰を下ろした。本当に人を殺す必要があるだろうか。よい結果が出るだろうか。おれは、あれこれ考えた。そのとき、向かいの家の次男坊が、おれの家の門の前に現れた。——ねえ、あんたの奥さんは町でやってる店で、マントーを急いで作らないといけないんだって。昼ご飯は自分で、適当に食べておいてくれって。次男坊はそう言うと、自宅に帰って行った。その後の出来事は、まさに天地が引っくり返るような意外な展開だった。

おれは町の大通りへ向かった。

言っておくが、おれは女房が店でマントーを作っていると聞いて、すぐに飛んで行った。家を出るとき、店の中で女房の首を絞めるつもりはまったくなかった。ただ、女房に会って、五千元を何に使ったのか、はっきりさせようと思っただけだ。おれは怒りをみなぎらせて、先を急いだ。すぐ前にいる女房に追いついて、横っ面を張り倒してやろうという勢いだった。

こうして両足をバタバタさせながら、家の前の路地を抜け、しばらくすると大通りに出た。——大通りに出たところで、何が起こったと思う？　おれは歩くたびに、何かが太腿にぶつかることに気づいた。下を向くと何が見えたか、わかるかい？　おれは女房を絞め殺す気がなかったにもかかわらず、手に縄を持っていたんだ。持っていた縄が、何度もおれの太腿を打っていたというわけさ。信じてもらえるかどうかわからないが、そういうことなんだ。人を生き埋めにするつもりはないのに、正方形の穴は長方形に変わって墓穴になった。女房を絞め殺すつもりはないのに、大通りに出てみたら、麻縄を手にしていることに気づいたんだ。麻縄が勝手に、おれの手の中に入ってきたんだろう。

聞いてくれ。おれが路地を抜けて大通りに出ると、道幅が急に広くなった。それにつれて、天地も広がったような気がした。もともと、この町は東西に一本の大通りがあるだけだった。しかし、いまは中国が発展して、この町も一緒に発展して賑やかになった。一本しかなかった大通りが横に二本、縦に二本に増えた。河南省の省都・鄭州にならって、四本の大通りは経一路、経二路、緯一街、緯二街と名付けられた。

クソったれ、この世界の変化は目まぐるしい。最初、この町には信号機が一つしかなかった。信号機の電球はしょっちゅう、誰かが家に持ち帰ってしまった。ところがいま、町の十字路、三叉路、丁字路には必ず信号機がある。経路と緯街の道沿いの建物は、みんな三階建てや四階建てだ。統一された規格の古めかしい灰色のタイルが壁に貼られ、そり返った軒先から屋根のてっぺんまで、黄色っぽい瑠璃瓦が使われている。この町に足を踏み入れれば、誰もが繁華な古都に来たように思うだろう。

いいかね、この町は発展した中国の新しい古都なのさ。知ってると思うが、郊外には二本の高速道路がある。道路の両側は工場や作業場だらけだ。様々な会社や企業が洛陽、鄭州、北京に出荷するカップメン、ソーセージ、マットレス、事務机などを生産している。夏に麦を収穫した荷車が経路や緯街を走り回ることは珍しくなった。北京や上海の街路を走る牛車や馬車を見かけなくなったのと同じことさ。おれは北京にも上海にも行ったことがない。あんたも知っているように、せがれはいま北京で勉強しているけどな。でも、おれにとって、北京や上海はもう見知らぬ都市じゃないんだ。

おれは北京や上海の街路のような大通りに出た。経一路の途中には、蘇州や杭州の大通りのように、柳並木と運河が交差しているところがある。この運河の脇に立ち、おれは五日前に診察を受けた善薬堂の漢方の先生のことを思い出した。その先生は、おれの胸のつかえを治すためにニワトリをつぶせと言ったのさ。だが、女房はニワトリが惜しくて、北京同仁堂が出している胸の治療薬、牛黄順気丸《ごおうじゅんきがん》を買ってくるように勧めた。

三日前、おれは順気丸を買いに行くとき、この運河の脇で、家電屋の奥さんに出会ったんだ。家電屋の奥さんは善薬堂から出てきて、この運河のところでおれに気づくと、急に立ち止まった。——いいかね、ここが肝心なところなんだ——家電屋の奥さんは、おれの女房より背が高く、ぽっちゃりしている。暮らし向きが楽だから、肌はうちで作るマントーのように白い。どう説明したらいいだろう？　もともと、おれは家電屋の奥さんと知り合いだった。お互い、この町に長く住んでいるんだから、知っていて当然だろう。ただ、奥さんの家は町の東、おれの家は町の西にある。奥さんの家の暮らし向きは春の盛りのようだ。欲しいものは何でも手に入る。亭主は家電屋を三間の平屋から三階建てのビルに拡大した。三階建てのビルには、テレビ、パソコン、携帯、冷蔵庫、洗濯機、あらゆる最新の高級品が並んでいる。数十里四方の住民の使っている家電はみんな、あの店で買ったものだ。その上、あの夫婦は郊外に県内最大の飲料工場を持っている。体の熱をとる漢方薬の成分を含んでいる飲料は、洛陽、鄭州、上海、広州にまで販路を広げている。さらに、香港、日本、シンガポールの連中も、この漢方薬の入った飲料を飲んでいるらしい。

　この町いちばんの金持ちだから、夫婦ともおれたちみたいな人間とは、めったに話をしなかった。ところが、この日——よく聞いてくれ——家電屋の奥さんは突然、立ち止まって、おれに話しかけたんだ。いいかね、おれは通りのこちら側にいた。奥さんは通りの向こう側にいて、おれを見ると、何か言いながら近づいてきた。近づいてこなければ、よかったんだが。近づいてくるのは、よいことであると同時に災いでもあった。ほかの誰かに話しかけたのかと思って、おれは左右を見たが、バナナやサトウキビの販売車と電柱以外には何もない。おれは慌てて奥さんを見た。奥さんは通りを横切ってきて目の前に立ち、おれをじっくり観察すると、笑顔を浮かべて言った。——ねえ、年齢から言えば、お兄さんと呼ぶべきかしら？　おれのほうが、いくつか年上だからな。あんたも、善薬堂で診察を受けたのかい？　おれは尋ねた。奥さんはうなずき、左右を見たあと、小声で言った。私も胸が苦しいのよ。あなたは？　ニワトリをつぶして食べたら、胸のつかえは下りた？

——おれは、まだ試していない。

それを聞いて、奥さんは立ち去ろうとした。

しかし、奥さんはすぐに戻ってきた。戻ってこなければ、よかったんだが。ゆっくりと向きを変え、戻ってきたんだ。足取りは軽く、緩やかだった。数歩前まで来て立ち止まり、もう一度おれを観察した。

――ちょっと来て。相談したいことがあるから。

そう言いながら、奥さんはまた向きを変えて歩き出した。おれはあとについて、運河と交差する橋のたもとまで行った。奥さんは運河の流れを眺めている。おれは十数歩離れたところで、左右に人がいないのを確かめた。おれと奥さんと河の水と柳の木しか存在しない。奥さんは足を止めて、おれを待っていた。おれが追いつくと、あらかじめ考えていた様子で言った。――このことは引き受けてくれるかどうかにかかわらず、胸にしまって口外しないでね。あなたを信頼しているからこそ、話すのよ。

奥さんは続けた。何日も考えたけど、この町の誰に頼んだらいいのかわからなかった。あなたに出会って、急にひらめいたの。あなたに相談するのが、いちばんいいって。この町の誰よりも、あなたとあなたの家が相応《ふさわ》しいわ。ここまで言うと、奥さんはまた左右と運河の上流下流を見た。運河には、誰かの家のアヒルの群れが泳いでいた。めったに見かけない白い水鳥も二羽、運河の中の杭《くい》に止まっている。夏の盛りの最も暑い昼どきが過ぎようとしていた。運河からは蒸気が上がり、西から東に向かって風が吹き抜けている。この町は、とても静かだった。

奥さんが何を言おうとしているのか、おれにはわからなかった。大金持ちが、おれに何の話があるのだろう。おれに手伝えることがあるのか。おれは、奥さんが口を開くのを待った。おれに相談したいこと、頼みたいことを言うのを待った。奥さんの顔を見ているうちに、胸がドキドキしてきた。――おれに手伝えることがあるんなら、遠慮なく話してくれ。そう言いながら、おれは自分にできないことを言われたらどうしようと思った。奥さんは口をパクパクさせて、また前後左右を見ている。おれの前から半歩後退し、それで少し安心したらしく、ようやく話を始めた。

――約束してちょうだい。私の話を胸にしまって、誰にも言わないって。

おれがもう一度うなずいたあと、奥さんがどんな話をしたか、想像がつくかね？　奥さんは言った。町じゅうの人が、私はいい暮らしをしていると思ってる。県内の人はほとんど、私が仙人のような日々を送っていると思ってる。だけど、あの人たちは知らない。うちの亭主は家電の商売が軌道に乗ってから、秀髪佳容《シウファージアロン》理髪店の女の子といい仲になった。この通りに住んでいる人たちは、みんな知ってるわ。亭主はその女といい仲になり、家政婦として家に引き入れた。ところが、私だけは経済的余裕ができた亭主が私のために家政婦を雇ってくれたと思い込んでいた。あの女を妾《めかけ》として家に置いたとは思いもしなかったのよ。

　奥さんは続けた。うちの飲料工場は、年じゅう生産が追いつかないほど繁盛している。私は亭主が飲料の生産のために、工場に泊まるようになったと思っていた。ところが、なんと亭主はあの女と自由に過ごすことが目的だった。亭主が工場に泊まるようになって、三年が過ぎた。工場の敷地内に建てられた洋館は、町じゅうの誰の家よりも豪華だ。私は亭主とベッドをともにしなくなって、もう三、四年になる。ずっと離婚を要求してきたけど、亭主は応じようとしない。離婚すれば、財産を半分譲らなければならないからだ。裁判所が子供の親権を私に与えたら――子供はいま、県都の学校に入っている――亭主はさらに多くの財産を私に譲らなければならない。亭主は離婚に同意しないし、あの女と別れようともしない。こうしてズルズル引き延ばされて、私は毎晩眠れず、怒りで胸が苦しくなった。いま、私はハッと気づいたの。私もこの町の男といい仲になった、恋人ができたと亭主に言うわ。焼きもちを焼かせて、私と同じ苦しさを味わわせてやりたい。亭主が腹を立てて、離婚して財産を分与するのでもいいし、あの女を追い出して戻ってくるのでもいい。

　――その手伝いをあなたに頼みたいのよ。

　奥さんは言った。あなたの家の暮らしが苦しいことは知ってるわ。家を建てようとして、何年にもなるけど、実現していない。子供をよその土地へ勉強に行かせて、大金を使った。あなたが手伝ってくれたら、悪いようにはしない。三万元でも五万元でも支払う。あなたの家のマントー店の三年分、五年分の売り上げに相当するでしょう。そう言いながら、奥さんは熱い視線をおれの顔に向けた。商談が成立すればもちろんいいが、そうでなくてもかまわないと言っているようだ。運河のアヒルの群れは、どこかへ行ったあと、また戻ってきた。ガーガーという鳴き声を上げている。白い水鳥も二羽ではなく、どこからか飛んできて七、八羽に増えていた。そのうちの二羽は運河の中ではなく、河岸に止まっている。首を持ち上げて、こちらのほうを見ていた。

——おれに、どんな手伝いができるんだ？

——私は亭主に言う。あなたといい仲だって。あなたは私の愛人になるのよ。

奥さんは、そんなことを言った。

本当にそう言ったんだ。おれは頭を槌《つち》で叩かれたみたいになった。槌と言っても、金槌や石槌ではないし、木槌でもない。綿で作った柔らかい槌だ。おれの頭にぶつかって、弾け飛んで行った。

——何を言い出すんだ、奥さん、おれをからかってるのかい？　奥さんはおれを見てから周囲に目を走らせ、また向き直って真剣に言った。冗談じゃなく、真面目な話よ。あなたが引き受けてくれるなら、私は亭主に最近いい仲になったって言うわ。

——亭主は信じるかな？

そう尋ねたあと、おれは自分のみすぼらしい恰好を見て言った。おれはこのざまだ。この町で一、二を争う貧しい暮らしを送っている。スイカを売ろうとすれば、雨に降られる男だ。

あなたとあなたの家が私と釣り合わないからこそ、いいのよ。あなたといい仲になったと言えば、亭主は嫉妬して気をもむはずだわ。離婚するかしないか、どこの若い女の子と寝るかは亭主の勝手だけど、とにかく私はあなたみたいな貧乏でみすぼらしい男を相手にするの。そうすれば、亭主を怒らせることができる。そうすれば私と離婚するか、あの女と別れるか、亭主にけじめをつけさせることができる。奥さんは一気にまくし立てた。嘘じゃないぜ。すべて、奥さんが語ったことだ。これで話は終わり、用件は明らかになった。奥さんは返答を待ちながら、品定めでもするみたいにおれを見つめている。白い顔をほんのり赤らめ、口元にかすかな笑みを浮かべたようだった。

——あんたの話を聞いたら、亭主はどうするかな？

——あなたに会いに行くでしょうね。そうしたら、あなたは私に誘惑されたことにすればいいわ。もう私と一線を越えたって言うのよ。できるだけ汚らわしくて細かい描写をするのがいい。それで、あなたが罵倒されたら、五万元払うわ。殴られたら、お詫びに十万元払う。十万元あったら、家の一階分が建てられる。あなたの蓄えと合わせれば、二階家が建つでしょう。もし資金が足りなかったら、そのときはまた援助するから。

そこまで話が進んだところで、二人とも沈黙した。商談が成立した感じだった。運河の両側にある住宅の裏口から女が出てきて、運河に何かを捨てて戻って行った。帰りぎわ、女はおれと家電屋の奥さんのほうをチラッと見た。背後の経一路は、相変わらず人が盛んに往来している。車のクラクション以外の音は、曖昧にしか聞こえない。おれたち二人は、しばらく静かにしていた。そのうちに、奥さんはまた笑みを浮かべながら言った。よく見たら、そんなに不細工でもないのね。散髪して髭を剃り、シャワーを浴びて、新しい服に着替えたら、この町では珍しい、美男子になるわ。

奥さんは、おれが美男子だと言った。あんたは笑うかもしれないが、若いころは確かに美男子だったんだ。そうでなければ、おれの女房は山の向こうから嫁いでこなかっただろう。家電屋の奥さんに美男子だと言われて、おれは返事のしようがなかった。話の調子を合わせることはせず、少し考えてから、もっと肝心なことを言った。

——あんたの亭主が仲間を連れてきて、おれをボコボコにして障碍《しょうがい》が残ったらどうする？

おれが聞いたのは、肝心なことだと思うだろう？　言っておくが、おれは肝心なときに何を話すべきか、何をするべきか、わかっている男だよ。

——あの人は、仲間を連れて行ったりしない。社長だから、体面を重んじる。私に男がいることを他人に知られたくないはずよ。その男が私や私の家に釣り合わないことは、もっと知られたくないでしょう。とにかく、あなたは私に誘惑されたと言えばいい。そうすれば、あの人が本当にあなたを障碍者にしたとしても、私は治療費を出して、一生面倒を見るわ。あなたに一銭も使わせない。すぐに家を建てて、あなたと家族の一生を保障する。

こうして話はまとまった。信じてもらえるかどうかわからないが、おれたち二人は合意したんだ。おれは重々しく、うなずいて見せた。奥さんはすぐに赤いハンドバッグの中から開封していない一万元の札束を取り出し、おれに手渡した。——数える必要はないわ。昨日、銀行で下ろしたばかりだから。奥さんは、この一万元は手付金だと言った。残りは数日後、カタがついたあとで清算するという。

これで、ひとまず話はついた。

もう何も言うことはない。

話がまとまったあと、奥さんは運河に沿って東へ向かい、おれは帰宅するために西へ向かった。こうなった以上、おれはもうニワトリをつぶすつもりも、順気丸を買うつもりもない。家電屋の店主に罵倒されるだけで、五万元がもらえるのだ。蹴飛ばされたり殴られたりすれば、十万元くれるという。怪我をすれば、家を建ててもらえる。障碍が残れば、家を建てるだけでなく、おれと家族の面倒を一生見てくれるというんだ。幸運が訪れた。道で転んだ人が、銀行の金庫の鍵を拾ったようなものさ。

とにかく、話は決まった。おれは帰り道、家電屋の店主とは、いつどこで会うことになるのだろうと考えた。とことん罵倒されるだけで済むのか、それとも蹴られたり殴られたりするのか。あるいは、亭主は逆上して何か道具を使い、おれに怪我をさせ、障碍者にしてしまうのだろうか。おれは考えた。罵倒から障碍者まで、四つの段階がある。いちばんいいのは、怪我をするという第三段階だ。第一段階は激しい罵倒を受けるだけで、痛くも痒くもないのに五万元が手に入る。とは言え、むしろ第二段階に入って、何発か殴られ何回か蹴られ、十万元をもらったほうがよいだろう。どうせ殴られるなら、第三段階に進み、怪我をして血を流し、さらに骨折して十日や半月入院して、二階家を建ててもらうべきだ。

　あんたは北京に住んでいるから、二階家を建てることの重要性がわからない。しかし、あんたの母さん、兄さん、姉さんたちはみんな、その重要性を知っているよ。いいかね、ここでは父さん母さんよりも家が大事なんだ。あんたはそれを知れば、おれが家を建てるためにしたことを理解できるだろう。付け加えるなら、おれがあんなことをしたのは、すべて家を建てるためというわけじゃない。——情愛のためでもある——笑われるかもしれないが、情愛のためなんだ。その後、おれと家電屋の奥さんの間には情愛が生まれた。それによって、事情が変わったのさ。情愛がからむと物事は面倒になる。情愛がからんだ面倒な物事については、あんたのほうが詳しいだろう。恐ろしいのは情が湧いて、男女の関係を持つことだ。それをやっちまうと、人間は心に魔物が入り込むのさ。崖から飛び下りた人間に何を言っても手遅れだよ。

　家を建てることと四つの段階の関係について、話を続けよう。かつては一軒の家を建てるのに、十数万元か二十万元しかかからなかった。ところが最近は何でも値上がりして、三十万元あるいは三十数万元が必要だ。そんな大金をどこで稼げばいい？　いま、おれは事態を第三段階まで発展させることを考えている。家電屋の店主に怪我をさせられて入院し、その後、やつの奥さんに家を建ててもらう。

その日、おれはそういう計算をしながら帰宅した。家に着くと、すぐに門を閉めた。そのとき、おれの女房は中庭で、ニワトリにトウモロコシの粒を食わせていた。おれはうれしくてたまらず、大声で女房に言った。うちも金持ちの仲間入りだ。家を新築してくれる人がいる。少なくとも、十万元や八万元の援助はしてくれるはずだ。女房はそれを聞いて、驚きのあまり呆然としていた。おれは女房の前を通り過ぎ、母屋の敷居に腰を下ろして言った。水をくれ。いっそのこと、落としタマゴを作ってもらおうか。そう言いながら、おれは女房とトウモロコシの粒を啄んでいるニワトリの群れを見た。女房はしばらくして台所へ行き、半分ほど水を入れた茶碗を持ってくると、おれに手渡して尋ねた。いったい何があったの？　おれは茶碗を受け取って水を飲み、家電屋の奥さんに出会ったことを告げた。家電屋の奥さんは、おれを運河の近くまで引っ張って行って話をしたんだ。

　そう言うと、おれは女房の顔を見た。その顔は赤らんで、戸惑いの色が浮かんでいた。まるで、おれたちが突然、夫婦の営みをしたかのようだった。そのとき、女房はおれに目を向けず、うれしそうに前方の塀を見ながら言った。なんてこと。数千元とか、一万元、二万元の話じゃなくて、十万元、二十万元なんだね。いくらお金持ちでも、こんなつまらないことと引き換えに家を建ててくれるんだろうか。そんなことをつぶやいたあと、女房はまた体の向きを変えて、どこかをぼんやりと眺めていた。その顔は明るく輝いていたが、やがて笑みが消えた。女房は落としタマゴを作るため、部屋の奥に入り、タマゴを二つ手にして出てきた。女房の顔は赤みが消えて青ざめ、こわばっていた。おれの前に立ち、女房はゆっくりと言った。考えてみたんだけど、そのお金はもらえないよ。お金をもらって、あの女との関係が人に知られたら、あんたも私も面子《めんつ》を失ってしまう。せがれだって、あんたに愛人がいると知ったら親子の縁を切るだろうよ。人前に出ることもできなくなるからね。

　おれたちは言い争いを始めたが、最後まで結論は出なかった。しかし、しばらくして、どうなったと思う？　女房はぶつぶつ言いながら向きを変えて、台所へ向かった。おれは女房の後ろ姿を見つめていた。女房はタマゴを作業台の上に投げつけた。タマゴは割れて、テーブルから土間へと流れ落ちて行く。そのとき、おれは突然、女房に嫌悪感を抱いた。家電屋の奥さんと比較してしまった。比べると、容貌が劣ることに気づいた。突然、おれは思った。本当に家電屋の奥さんといい仲になったら、どうだろう？　女房と離婚して一緒になったら、どうだろう？　こういう発想が笑い話だということはわかっている。おれにとって、家電屋の奥さんは高嶺《たかね》の花だ。しかし、思い浮かべたとたん、おれの頭から離れなくなった。釘のように脳裏に打ち込まれ、抜けなくなった。聞いてくれ、こういう発想をしたら、状況はもう違う。さっき話した崖から飛び下りた人間と同じで、最初は崖っぷちから下をのぞき込むだけだったが、とうとう本当に身を躍らせ、服に風をはらみながら、生死を考えず谷底に向かって落ちて行くのさ。

いいかね、おれは頭が混乱した状態で、昼どきに女房に会いに行った。途中で思ったよ。正方形の穴が長方形の墓穴に変わらなければよかったのに。縄がおれの手の中にやってこなければよかったのに。女房が五千元を持ち出さなければよかったのに。家電屋の奥さんが、おれを愛人にしなければよかったのに。しかし、事態は一歩ずつ進展していた。

経路から緯街に入り、喧騒から遠ざかって、数十メートル進んだ。路地を一つ抜け、緯一街から緯二街に至ると、二つのビルに挟まれた三間の古びた瓦屋が見える——我が家のマントー屋に着いたのだ。三間のうちの二間は他人の蘭州ラーメン屋で、残る一間が我が家のマントー屋だった。蘭州ラーメンの看板は木彫りの赤い文字で、戸口の上に掲げられている。我が家のマントーの看板は手書きで、戸口の壁に立てかけられていたのだが、いまは横倒しになっていた。

おれは看板の前で足を止め、前後左右を見回し、視線を店内に向けた。かまど、蒸気、作業台とその上の小麦粉。店内に並んだ籠、布巾、奥の部屋の壁の前に置かれた鉢、桶、もう使われなくなったボロボロの前掛け。女房はいつものように、蒸籠《せいろう》の向こうで腰をかがめていた。汗かきなのに、女房は何日かに一回しか髪を洗わないので、すえた臭いが頭皮から漂ってくる。家電屋の奥さんとは、この三日間に二度会ったが、いつも蘭の花のような香りがした。髪を染めた若い娘と街ですれ違ったときに嗅いだ香水の匂いに似ている。家電屋の奥さんが使っている香水や化粧品は、すべて韓国からの輸入品だという噂だ。とにかく、若い娘たちの香水と違って、家電屋の奥さんの体の匂いは、大人の女の色気を感じさせる。おれは女房と結婚して二十一年で、せがれがもう二十歳になるが、女房の体の匂いに色気を感じたことはない。

　とにかく暑い日だった。上を向くと、お天道様に照らされて、目を開けることもできない。昼どきの日差しは斜めからではなく、真上から降り注ぐ。おれは顔に汗をかいた。手のひらの汗は、手を洗ったばかりのようだった。上着とズボンは、体に貼りついている。おれは立ち尽くし、店に入る前から心臓がドキドキし始めた。自分を落ち着かせるため、靴を隔てて足の指で地面を踏みしめた。縄を反対の手に持ち替え、唇を噛んだ。もう一度、左手の縄を右手に持ち替え、ついに店内に足を踏み入れた。

　このとき、女房はかまどの前にしゃがんで、茶碗で袋の中から小麦粉を取り出し、大きな鉢に入れていた。こぼれた小麦粉があると、女房は慎重につまみ上げ、鉢の中に入れた。おれが入って行っても、見向きもしなかった。おれは戸口の作業台の脇に立ち、なぜか百回も千回も見てきた店内を改めて観察した。店の前には、絶えず人の往来がある。向かい側の道端で布靴や果物を売っている商人は、顔を上げればマントー屋の店内が見えた。店内には二か所、都合のいい場所がある。一つは、かまどの後ろだ。そこで何が起きても、かまどにさえぎられて、大通りからの視線は届かない。もう一つは、店の奥の一角だ。板で仕切った狭い空間で、物置部屋になっている。そこには、使わない蒸籠、鉢、壺、工場から届いた小麦粉の袋が置いてあった。その小部屋で何かが起こったとき、たとえ誰かが店に入ってきたとしても気づかないだろう。おれは、その小部屋の入口に目を向けて思った。人の一生では、長い痛みよりは短い痛みのほうがましだ。短い痛みは一瞬で、あっと声を上げたと思ったら、もうすべてにカタがついている。

すべてにカタがつけば、新たなスタートが切れる。

店内に立つと、小部屋の入口の前に放置された女房の中古の携帯と充電ケーブルが目に入った。ケーブルは先端が壁の隅のコンセントにつながっている。長さは一メートルあまりの細いケーブルだ。細いけれども頑丈で、人間の足の筋みたいだった。おれは充電ケーブルを見つめながら、持っていた縄を作業台の隅に放り投げた。

女房はその音を聞いて、顔を上げた。

——あんたなの？

おれは「うん」と返事した。

——なんで縄を持ってるの？

——道で拾ったんだ。

——昼ご飯、まだでしょう？

おれはすぐに返事をせず、女房に冷たい視線を投げ、さらに冷たい声で尋ねた。おれの金を持ち出しただろう？　女房は呆然として、こちらを向いた。お金？　衣装箱の中の木箱に入っていた金さ。三日前には一万元あったのに、いま残っているのは五千元だけだ。女房はまた下を向き、茶碗二杯の小麦粉を鉢に入れた。小麦粉の袋の口を閉じると、ゆっくりと脇に移動させ、小麦粉の入った鉢を捧げ持って近づいてきた。——うちにお金があったの？　私は知らないよ。うちに一万元ものお金があるなんて、あんた言わなかったでしょう。どこで手に入れたの？　女房は抑揚のない声で尋ねた。これが、あいつの失敗だった。あんたも、そう思うだろう？　金を取ったのなら、取ったと言えばいい。どうして、すっとぼけて、知らないふりをするんだ？　あいつがとぼけたから、こっちも本気で白黒つけようと思ったんだ。目には目をで、やり返すしかないだろう。おれは冷ややかに女房を見つめた。目には怒りの炎が燃えていたが、放つ光は青白い氷のようだった。一歩前に出て、作業台の隅に置いた縄をまた手に取った。縄が女房の作業の邪魔にならないようにするふりをしたんだ。

――本当に持ち出してないのか？

――持ち出してどうするの。

――もう一度聞く。本当に持ち出してないんだな？

――持ち出してないって言ってるでしょう。お金があることも知らなかったんだよ。一万元なんて、どこで手に入れたの？　この夏の間、何の仕事もしてないくせに。どこからか、一万元を持ち帰るなんて。

　女房は強気で、本当に金を持ち出していないかのようだった。こうなると、おれはもう手を下すしかないだろう。それまでは考えるだけだったが、いよいよ実行に移すときが来た。石灰を溶くための正方形の穴が長方形の墓穴に変わったとき、おれは自問した。――いったい、どういうわけだ？　家にあった縄をいつの間にか手にしていたときも、おれは自問した。いったい、どういうわけだ？　しかし、いまは考えることも自問することもない。頭が熱くなって、混乱している。頭の中に干し草が詰め込まれ、誰かが火をつけて煙が出ている状態だ。このとき、女房が五千元を持ち出したことを認めれば、どんなによかったか。ところが、あいつは認めなかった。持ち出したのなら、そう言えばいい。急に金が必要になって使ったと適当な嘘をついて、謝ればいいんだ。北京で勉強しているせがれに送ったとか、隣人に貸したとか。あるいは、遠い親戚に貸したと言ってもいいだろう。しかし、女房はそう言わなかった。持ち出していないと言い張った。

持ち出したと言わなくて、幸いだったかもしれない。おかげで、おれは心を鬼にすることができた。家電屋の奥さんが言ったことを思い出した。すっかりカタがついたら、あの女はおれのもの、金もおれのものだ。おれたちは本当にいい仲になって、結婚することもできる。

そのとき、おれはマントー屋の真ん中に立っていた。女房は鉢を作業台の上に置くと、水桶を提げてきた。鉢の中の小麦粉を掘って穴を作り、茶碗で桶から水を汲んで、穴の中に注いだ。茶碗を置き、女房は手で鉢の中の小麦粉をこね始めた。あっという間に、粉と水が交じり合い、小さい塊ができた。

このとき本当に、おれの頭の中の干し草に火がついた。頭の中に煙が充満している。おれは大通りに目を向けたあと、縄を手にして女房が粉をこねている作業台から離れ、小部屋の入口のほうへ移動した。そこにあった腰掛けにすわり、持っていた縄を足元に置き、改めて女房の充電ケーブルを手に取って見た。縄を使おうか、それとも充電ケーブルを使おうか。充電ケーブルで首を絞めると、ケーブルが食い込んで、店じゅうに血が流れるのではないか。二十一年も連れ添ってきた仲だ。ケーブルを使うのは夫婦の情理に反している。

だが、その充電ケーブルは両端に差し込みがついていて、一メートル以上の長さがある。灰色の布巻きタイプで、ネズミの尻尾みたいだった。布巻きタイプだから、首に食い込んでも、切れて血が噴き出すことはないはずだ。そのとき、おれは思った。充電ケーブルは、確かに首を絞めるのに最適だ。携帯メーカーの連中は、自分たちの作ったケーブルが最高の凶器になるとは思いもよらなかっただろう。それでも、やはり縄を使うべきだと思った。長年連れ添った夫婦なのだから、ケーブルを使うのはむごすぎる。おれは充電ケーブルを投げ出し、再び縄を拾い上げて、何度か引っ張ってみた。

——最後の最後に、もう一度聞く。正直に言ってくれ。本当に、あの金を持ち出さなかったか？

おれは縄を引っ張りながら、目を離さずに問い詰めた。女房は相変わらず、返事をしなかった。振り向くことさえしない。おれが心を鬼にしていることも、死が近づいていることも知らないのだ。それでも、問い詰められて女房は粉をこねる手を止めた。こねるときは絶えず、上半身と肩を動かしていたが、いまは静止している。そのあと、茶碗に半分の水をゆっくりと鉢の中に注いだ。小麦粉が硬くなりすぎたので、もっと柔らかくしようとしたのだろう。ところが、女房はまた小麦粉をひとつかみ、鉢の中に加えた。

——あとでマントーが出来上がったら、町の北の飲料工場に二百八十個、届けてきてちょうだい。

粉をこねながら、女房は独り言のように言った。工場のガスコンロが壊れたらしい。炊事ができなくなって、急にマントーの注文が入ったのよ。——なんてことだ。女房がおれの昼飯を用意せずに出かけたのは、飲料工場に二百八十個のマントーを作るためだった。二百八十個は、確かに大きな注文だ。でも、マントー一個で一角の儲けだから、二百八十個なら二十八元。たった二十八元にすぎない。クソったれ。おれが失ったのは五千元だぞ。——おい、最後のチャンスだ。正直に言え。本当に金を持ち出していないのか？　おまえでないとしたら、金に翼が生えて飛んで行ったのか？

おれは重ねて問い詰めたのかもしれないし、心の中でそう思っただけかもしれない。店内は蒸し暑く、静かだった。蒸籠から蒸気が上がり、笛のような鋭い音がした。まるでナイフが飛んできて、部屋じゅうのものを切り裂くかのようだった。女房は何も言わず、また粉をこね始め、頭と肩が上下運動を繰り返している。噴き出した蒸気は空中に漂い、半分は大通りに流れ出して行った。半分は店内に残り、部屋全体が蒸籠と化していた。

粉をこねるとき、女房はつま先立ちして、上から下へと力を加える。上半身をぐっと伸ばし、肩と頭を一気に前に傾けるのだ。このとき、女房の腰が上着から露出する。その腰は黒光りしていて、河底の平らな石のようだった。おれはまた、家電屋の奥さんの顔や体の白さと柔らかさを思い出した。都会の連中が食べるパンみたいに、ふっくらして香りがいい。おれは女房の石のような腰をじっと見た。黒いと言っても均等ではなく、ムラがある。体を洗ったことがないかのように、薄汚れていた。一方、家電屋の奥さんの肌は、なんと白いことか。年齢は大して変わらないのに、うちの女房より十歳は若く見える。顔には一本も皺がない。この店の出来立てのマントーのように色白だった。上等な小麦粉で作ったマントーで、体じゅうがスポンジみたいに柔らかい。ところが、うちの女房は、ふくらまなかった黒いそば粉のマントーだった。おれは蒸籠に目を向けた。二つの大きい蒸籠のマントーは、そろそろ出来上がるころだ。出来上がれば、おれは家電屋の奥さんの白い肌を拝めることになる。出来上がらなければ、おれは黒いそば粉のマントーを拝むしかない。

　マントーのいい匂いがしてきた。

　女房はこねた生地を鉢から出して、パーンと作業台に叩きつけた。手についていた小麦粉のかすも、作業台の上に置いた塊と一緒にしている。そのあと、女房は視線を作業台の脇の置時計に向けると、振り返って言った。奥の小部屋から籠を取ってきて。そう言いながら、自分は水を汲んで蒸籠の横に置き、マントーを取り出す準備をした。このとき、おれは縄を握ったまま動けなかった。自分の耳を疑って、女房をじっと見つめた。あんたは、どう思う？　あいつはこの状況の中で、こんなことを言ったんだ。おれが心を鬼にして、すべてにカタをつけようとしているのに、籠を取ってきてくれと頼むなんて。おれに頼まないで、自分で取りに行けばいいんだ。そうすれば、おれは背後から襲いかかり、縄を前に回して締め上げることができる。すべてにケリをつけ、終わりにすることができる。新しいスタートを切ることができる。

――聞こえなかったの？　奥の小部屋へ行って、籠を取ってきて。

――これが本当に最後だ。良心に誓って、本当に金を持ち出してないのか？

この状況の中で、おれは重ねて尋ねた。いい質問だと思わないか？　女房は少し戸惑ったあと、自分で奥の小部屋へ向かった。おれは両手が震え、汗がどっと出た。唇も乾いて、水が飲みたくなった。女房は本当に歩き出し、自分で奥の小部屋へマントーを入れる丸い籠を取りに行った。おれの最後の質問に導かれて、あいつはそうしたのだろう。

室内は蒸気の音で満たされている。蒸籠から発せられた熱気が漂ってきて、おれの頭の中に流れ込んだ。頭の中は白い霧の塊でいっぱいだった。店の入口と奥の小部屋は対角の位置にあるが、三メートルあまりで、数歩の距離しかない。女房は一瞬でおれの前を通り過ぎ、部屋の入口へ向かった。あの正方形の穴は勝手に、長方形の墓穴に変わった。この縄は勝手に、おれの手の中にやってきた。そしていま、女房は勝手に奥の小部屋へ行こうとしている。おれは思わず、腰掛けから立ち上がった。思わず、蒸籠越しに大通りの様子を確認した。誰かを警戒したわけではないが、そうするべきだと思ったのだ。

店内は蒸気の音と夏の暑さに満たされて、まるで蒸籠の中にいるかのようだった。じっと女房を見つめたが、顔色まではわからない。表情も読み取れない。何もはっきりとは見えず、霧の中にいるように目の前がかすんでいた。女房は霧の中から現れた。蒸気が店内に充満し、沸騰した牛乳の泡に包まれたかのようだ。女房は二、三歩でおれの前を通り過ぎ、小部屋の入口に立った。女房が中に入れば、事件が発生する。おれは震える両手に、汗をかいていた。頭の中で、ガンガンという音がする。女房は小部屋の入口で、片足を踏み入れようとしていた。中に入った瞬間、おれは女房に襲いかかるだろう。女房が中に入ろうとしたので、おれは一歩足を進めた。ところが、女房は突然、立ち止まった。突然、ポケットから写真を取り出し、こちらを向いた。

——うちのせがれに結婚相手ができたのよ。南方の大都市の娘さんらしい。

こちらに向き直り、女房は写真を差し出した。——ほら、なかなかの美人でしょう。うちのせがれに、お似合いだと思うわ。写真を差し出したとき、女房の顔は喜びにあふれ、浮かれているようだった。おれが呆然としているのを見て、女房は写真を持っている手をさらに伸ばした。確かに、写真には二人の人物が写っている。男のほうが背が高いが、女の身長もさほど変わらない。男は両手を胸の前で交差し、女は男の腕に自分の腕をからめている。二人は親密そうに笑っていた。

おれは女房が突然振り向いたことに驚き、突然差し出した写真を見て呆然としてしまった。まるで運転していた車が、急にUターンしてしまった気分だ。初めは東から西に向かい、人通りのない下り坂を疾走していたが、なぜか突然、西から東へ向きを変え、下り坂が上り坂に変わった。さっきは道の両側の樹木、田畑、その背後の山並みが、後方へ遠のいて行った。それがいま、再び前方から次々に迫ってくる。そして樹木や風景は、すべて動きを止めた。

時間も止まった。永遠に昼どきのまま、流れようとしない。しばらくすると、相変わらずマントー屋に充満している白い蒸気、年月を経て変色しているレンガの壁がはっきり見えた。目の前の小部屋の仕切り板も、相変わらず薄汚れている。耳元に響いていた騒々しい蒸気の音が小さくなった。

おれの胸にたまっていた何かが、はけ口を見つけて少しずつ流れ出したようだ。

——受け取って！

女房は写真を差し出し、大声で言った。おれは仕方なく、手を伸ばした。

——うちのせがれは婚約したんだよ。毎月の仕送りで足りると思う？　婚約となったら、いろいろ買わなくちゃならないだろう？

写真を受け取ったとき、持っていた縄が土間に落ちた。おれが置いたのか、それとも縄の存在を忘れていて、写真を受け取るときに落ちたのかは覚えていない。とにかく、縄は勝手に下に落ちた。正方形の穴が勝手に長方形の墓穴に変わったように、そして家にあった縄が勝手におれの手の中にやってきたように。写真は手のひらサイズだった。おれは汗に濡れた手で写真の角をつかみ、ゆっくりと目の前に近づけた。おれが視線を写真に向けたとき、女房は片足を小部屋に突っ込み、腰を曲げて柳で編んだ籠を手に取った。

なんと、籠は小部屋の入口のすぐ近くに置いてあったのだ。

なんと、女房は小部屋に入ることなく、籠を持ち出した。

おれが写真の娘の容貌を確かめる前に、女房は籠を手にしてかまどの前に戻り、蒸籠の蓋を開けてマントーを取り出した。昼どきなので、町の人たちが続々と来店し、マントーを買って行った。

マントー店での事件が未遂に終わって、おれはホッとした。店を出るときには、ホッとすると同時に残念な気持ちも湧いていた。あと少し、ほんの数秒、時間がズレていたら、わずかな行動の違いがあれば、結果は変わっていただろう。しかし、そのわずかなズレと違いのせいで、すべての思惑が雲散霧消してしまった。女房が小部屋の入口で振り向かなかったら、どうなっていただろう？あの写真を差し出さなかったら、結果は違っていたはずだ。せがれに婚約者ができたので、金を持ち出して送ったと言わなかったら、女房はこの世を去っていたかもしれない。わずかな手違いのせいで、問題は長引くことになった。問題が長引かなければ、その後の想像もつかないような出来事は起こらなかったのだ。

隣の蘭州ラーメンの店では、ラーメンのほかにお焼きも売っていた。ほとんどの客は、ラーメンと一緒にお焼きを注文して食べる。ところが、その日は市があったために客が多く、ラーメン屋のお焼きは売り切れてしまった。そこで、客はラーメンを注文したあと、うちの店に来てマントーを買った。あるいは、先にマントーを買ってから、隣の店に行ってラーメンを注文した。人の流れは途絶えることがない。おれが店で再び事件を起こすチャンスは失われた。

女房は言った。稼ぎどきだ。私は店で、もっとたくさんマントーを売るよ。あんたは三輪自転車で、二百八十個のマントーを飲料工場まで届けに行ってちょうだい。お昼だから、とりあえずマントーを一個食べて、白湯を飲んで。配達が終わって帰ってきてから、街で何でも食べたいものを食べればいい。早く行きなさい。私は忙しいんだから。市の日に、こんなにボロ儲けできるとは思ってもみなかったよ。

女房が何を言っても、おれは返事をしなかった。小部屋の入口に立ち、じっと女房を見つめていた。女房は蒸籠の蓋を開け、真っ白なマントーを取り出して、作業台の上に並べている。さらに籠に入れ、土間に敷いたムシロの上に置いて、マントーを冷ますのだ。冷めたマントーの表面には、つるつるで柔らかい薄皮ができる。そうなれば、マントーとマントーがくっつく心配はない。一個ずつ、一段ずつ数を数え、籠の中に積み上げ、専用の布巾を上に掛ける。そこで、女房は突然、動こうとしないおれを見て言った。――せがれに送った五千元が惜しいのなら、借金して返してあげる。近いうちに親戚が来るから。

それを聞いて、おれは何も言わずに女房を見た。使い古した茶碗や服でも見るかのように。五千元が惜しいわけじゃない。おれは、この事態が不可解なんだ。五千元なんて、クソ食らえ。おれが本当に家電屋の奥さんと関係ができて、二人が結婚したら、五千元なんて目じゃない。国語の先生の家の周りに植えてある竹やモチノキの葉っぱ、髪の毛一本みたいなものさ。竹やモチノキの葉にしても、髪の毛にしても、どんなに増えたところで、チャンスを生み出すことはない。

かまどのこちら側にいるのは、おれと女房だけだ。向こう側には、客が行列している。マントーを買いにきた客は、みんな店内をのぞき込み、おれと女房を観察した。

この店では、もう可能性が失われた。女房にとってみれば、危険が過ぎ去ったのだ。とりあえず、事件が起こる状況ではなくなった。しばらくためらったが、やはり女房の言葉に従うしかない。おれは店の裏から配達用の三輪車を引っ張り出し、二百八十個のマントーを荷台に載せた。そして、三輪車を漕《こ》いでマントー屋をあとにした。

その日は市が開かれていたから、大通りは黒山の人だかりだった。雨が降る前のアリの群れみたいに、買い物客が押し合いへし合いしていた。お天道様が頭上から照りつけ、大通りは髪が焦げた臭いと酸っぱい汗の臭いでいっぱいだった。おれは緯二街から三輪車で出発し、数十メートル進んだところで、経路と緯街の交差点に出た。信号機は市の日になると、クソの役にも立たない。買い物客は、赤信号だろうと青信号だろうとお構いなしだ。県知事や市長が視察に来て、交差点に偉そうな警察官が立っているときだけ、車の運転手は赤信号は止まれ、青信号は進めだということを思い出す。しかし、その日の昼、通行人は信号を気にせず、好き勝手に歩いていた。買い物客のざわめきと車のクラクションの音が一緒になって、この町はますます賑わっている。

人と車がひしめき合って、何とも騒々しい。

人があふれ、車が渋滞してこそ大通りと呼べるのだ。

そのうちに喧嘩が始まり、殴り合いに発展した。車が壊され、流血騒ぎになることもある。だから、「五」のつく日に市が開かれたあと、町の人々は食事どきの話題に事欠かない。殴られた運転手やボコボコにされた車の話をした。運転手は少し血が出ただけだし、車のガラスも一か所しか割れなかった。もっと血が流れ、もっとガラスが割れればよかったのに。もし運転手が車を降りて、道をふさいでいる人、信号を見たこともない田舎者を殴ったとしたら、みんなは言うだろう。手加減するな。もっと血を流させて、肋骨の一本くらい折らないと、こいつらは赤信号で止まり青信号で進むという文明社会のルールを覚えない。とにかく、渋滞が発生して喧嘩が始まり血が流れても、死人さえ出なければいいのだ。本当に人が死んだとしても、悪いこととは言えない——おれはひねくれ者だ——いつも、それを望んでいる。そんな事件が起こればいいと思ってる。市の日に渋滞も喧嘩も起こらないと、おれは無駄足を踏んだ気分になる。せっかくの市が賑わいを欠き、盛り上がらないからだ。

マントー屋から三輪車を漕いで交差点まで来たとき、おれは人と車がひしめき合っている様子が見たくなった。信号機の下で、クラクションを鳴らす運転手と通行人が口論している様子も見たい。罵倒された通行人と運転手は喧嘩を始めるだろう。マントー屋で事件が起こらなかったので、おれはなぜか、ますます人々が殴り合う賑やかな世界を見たくなった。

お互いに罵り合い、相手を突き飛ばす。相手が平手打ちしてきたら、こちらは蹴りを入れ、平手打ちを二発お見舞いする。さらに胸元を拳骨で突くと、相手は喘ぎながら地面にうずくまる。このとき、勝利者は相手を口汚く罵る。口ほどにもないやつだ。まだ、やる気か？　小便ちびる前に、早く消え失せろ。勝利者は勇敢な将軍のように手の埃を払い、向きを変え、肩を揺らしながら、ゆっくりと歩き出す。そのとき、地面にうずくまっていた男が突然、足元のレンガや石を拾って、背後から襲いかかり、それを勝利者の後頭部に叩きつける。

血が噴き出す。

勝利者は地面に倒れてしまった。

その後、人々は倒れた男の頭から血がほとばしるのを見る。まるで天女が花を撒き散らしているかのようだ。あたり一面が真っ赤な血に染まる。誰かが人垣の中から抜け出し、大声で叫ぶ。——人が殺されたぞ！　逆に人垣の中に頭を突っ込み、尋ねる者もいる。死体はどこだ？　こうして、世界は混乱状態になるのだ。まったく混沌としている。この町で、世界大戦のような芝居が演じられているのだ。おれは突然、その芝居を見物したいと思った。そんな芝居が見られたら、どんなに楽しいことか。そういう芝居がなければ、人生は退屈で、白湯みたいに味気ない。そんなことを考えながら三輪車を漕いで、おれは緯一街の人混みを抜けて行った。喧嘩と流血の芝居が演じられたなら、おれは足元から頭まで血を浴びるだろう。胸のつかえが下りて、スカッとするかもしれない。

交差点は人がごった返し、誰も信号の点滅を見ていないようだった。お天道様は、火のような熱を空から降らせている。誰もが汗をかき、自分がどこへ何をしに行くのかを忘れていた。黒いスゥェットパンツを穿いている人もいれば、白い袖なしシャツを着ている人もいる。上半身裸で脱いだシャツをかぶっている人もいるし、歩きながら手にした麦わら帽子で風を送っている人もいた。交差点は汗臭さで、いっぱいだった。おれの体からも、汗臭さが漂っている。言い争う声が、街角のあちらこちらから聞こえた。弁当、アイスキャンディー、サイダーを売る露店がある。赤、白、青の三色に塗られた移動販売車が道端に停まっていて、都会の人が好むアイスクリームを売っていた。最近はこの町も都会化して、若い連中はアイスクリームを食べるようになった。移動販売車は混雑の激しい交差点をふさいでいたが、人の流れはスムーズだった。おれは交差点の北側でマントーを載せた三輪車を停めた。レンガや瓦を積み重ねたような人垣を眺め、喧嘩が始まるのを待っていた。ところが、期待がはずれ、おれはがっかりした。

この世は毎日、がっかりすることばかり。そうだろう?

マントー屋で、おれは失望した。

交差点でもまた、おれは失望した。

おれは三輪車を漕いで、交差点の北側から東へ曲がった。道沿いに走ると、我が家の貧乏暮らしを追体験している気分だった。しかし、おれが緯一街から経一路に入ったとき、正面からやってきた車が羊の群れを追い散らすようにクラクションを鳴らした。車の前を歩いている買い物客たちは、まったく気にせず、ブラブラしている。車のバンパーに尻を突かれても、せいぜい振り返り、ブツブツ言いながら道を譲るだけだ。

さらに車が続いて来て、交差点のあたりで渋滞が起こった。渋滞が起これば、喧嘩も始まるだろう。一歩間違えば、血が流れたり人が死んだりという事態もあり得る。おれの目の前を通り過ぎた黒いセダンは、買い物客の尻を押すようにして進み、交差点の信号の前で停まった。そこでは、人々がひしめき合い、ざわめきと車のクラクションが聞こえている。おれは喧嘩と車の破壊を期待した。運転手が鉄の棒を持って降りてきてほしい。買い物にやってきた町の人、あるいは田舎者、二十歳そこそこの若者、おれみたいにスイカを売りに来たら雨に降られる不運なやつは、このとき車に尻を押されていた。クラクションの音がずっと耳元で響き、鼓膜が刺激されている。振り向いて、大声で罵声を浴びせるしかない。豪華な黒いセダンの運転手を威嚇《いかく》するしかない。豪華な黒いセダンの運転手は、一般庶民に罵られて黙っているような男ではなかった。だから喧嘩が始まる。言い争いから殴り合いに発展し、どちらも頭から血を流すことになるのだ。

もうすぐ、血まみれの芝居が始まる。

おれは三輪車を降り、荷台の上に立つと、首を伸ばして交差点の真ん中あたりを見た。日差しの下で灯っている赤信号は、喧嘩している人の充血した目のようだった。人々はひと固まりになり、ざわめきが伝わってくる。その騒ぎをおれは芝居を見物するように眺めていた。周囲の買い物客は、おれが三輪車の上に立って交差点のほうを眺めているのを見て、何事だと尋ねながら、自分も首を伸ばした。交差点の真ん中には人の渦ができて、怒鳴り声が聞こえている。理由はわからないが、多くの人が豪華な黒いセダンを取り囲んでいた。棍棒やレンガを手にして、大声で叫んでいる者もいる。――ぶち壊せ――彼らはセダンに向かって突進して行った。

暴力事件が始まった。

誰が誰の頭を狙ったのかは関係ない。とにかく、血が流れればよかった。

豪華な黒いセダンは信号機の正面に停まっていた。怒鳴り声が、あたり一面に響いている。クソったれ、バカ野郎という罵声が、四方から交差点の真ん中に向かって飛んでいた。高いところに立っていたので、おれは汗をかいている無数のスイカのような頭が漂っているのを見ることができた。壮年の男たちは人垣の中へと向かう。高齢者や子供を抱いている人たちは叫びながら、人垣の外へ逃れようとした。この世は、鍋の中の粥のようにグチャグチャだ。混乱を極めている。

おれは考えた。おれも荷台から下りて、人垣の中へ潜り込むべきだろうか。人垣の中の豪華な黒いセダンに突進するべきだろうか。人々が車を破壊するなら、おれもこの好機を逃さずに加わるべきか。人々が喧嘩を始めたら、おれもこの好機を逃さず、誰かに平手打ちを食らわすべきか。胸や腹や頭に、蹴りを入れるべきか。おれは四十五を過ぎたばかりで、まだ体力は若い連中に劣らない。誰よりも意気盛んだった。おれは荷台から下りて、人垣の中に潜り込もうと思った。豪華な黒いセダンはクラクションを鳴らし、誰かの尻を押した。押された男は振り返り、両手で車のバンパーを思い切り叩いた。

セダンは停まっている。

交差点は、鍋の中の粥のようにグチャグチャだった。

人々はセダンに押し寄せ、運転手を引っ張り出して殴ろうとした。

クソったれ、どうだ、ついに大混乱のときがやってきた。交差点に押し寄せたのは、三十人や五十人ではない。百人か二百人はいた。ほんの数分、ほんの数秒で、経路や緯街からやってきた人の数は、五百まではいないとしても、三百か四百はいただろう。おれはマントーを載せた三輪車を残し、人垣の中へ潜り込むことにした。おれに腕を振るう順番が回ってこないとしても、見物できるだけでいい。おれの胸のつかえも解消するだろう。ところが、おれが荷台から下りようとしたとき、前方の人の群れは急に静かになった。言い争う声も収まった。

――町長の車だ！　町長の車だ！

豪華な黒いセダンの近くにいた人が声をからして叫ぶと、しだいに人の群れは動きを止めた。

――道を譲れ！　道を譲れ！　町長の車だぞ。

人の群れは静かに引き下がって、豪華な黒いセダンに道を譲った。車のナンバーは888だ。町の人なら誰でも知っている。町長の車は当初、赤いサンタナだった。いま、町が豊かになったので、町長の車もゆったりした黒いベンツのセダンに変わった。ベンツなんて、おれはなじみがない。だが、町長の車のナンバーが888だったことは知っている。いま、人々が見た車のナンバーも888だった。人々は思わず引き下がり、恭《うやうや》しく町長とその車に道を譲った。ところが、動き出した車の右側の座席の窓が開いて、出てきた頭と手は町長のものではなかった。家電屋の店主の頭と手だったのだ。大きな頭、短い髪の男は、偉大な指導者のように腕を伸ばして道を譲ってくれた人たちに手を振り、おれが通ってきた緯一街のほうへ曲がって行った。

なんと、車に乗っていたのは家電屋の店主だった。

一触即発だった乱闘の場面は、あっという間に失われた。人々は退散し、忌々《いまいま》しいことに何の事件も起こらなかった。

村というのは、平屋と樹木が集まっている場所だ。町というのは、二階建て以上の家やビルの間に通りがあって、市の日には賑わいを見せる場所だ。繁華な都会というのは、大通りに車と人があふれ、不思議な出来事が起こる場所だ。家電屋の店主は町長の車に乗り、まるで町長を気取っている。それを見て、おれは二日前に家電屋の店主が訪ねてきたことを思い出した。

三日前、おれは家電屋の奥さんと偽の愛人になる相談をした。亭主は腹を立て、おれを罵り、殴って怪我をさせるはずだ。おれは、あれこれ考えた。どんなふうに殴られたらいいだろう。血を流し、肋骨が折れれば、不運が幸運に変わる。でかい家を建てられる。おれも町の豪邸の住人になれるんだ。おれは、ひと晩じゅう眠れなかった。国語の先生の家のような二階建てがいいか、野菜じじいの家のような三階建てがいいか、ずっと考えていた。二階建てはいくらかかるか、三階建てはいくらかかるか、計算した。どうすれば殴られた結果、家電屋の奥さんから家を建てる金だけでなく、内装の費用までもらえるだろう。

　三日前に家電屋の奥さんと取引の相談をし、一夜明けた翌日、家電屋の店主が訪ねてきた。おれは、ちょうど新しい宅地にいた。国語の先生の家の二階建てがいいか、野菜じじいの家の三階建てがいいか、最後にもう一度、見比べようとしていたんだ。おれは宅地に立ち、最終的に野菜じじいの家と同じ三階建てにしようと決めた。だが、外装は国語の先生の家のようにしたいと考えていたとき、家電屋の店主が宅地の門の前に現れた。丸顔で短い髪、金持ちの男の間で急に流行し始めたグレーの絹の唐服を着ている。怒っているのかどうか、表情は読み取れない。あいつは立ち止まっておれを見たあと、野菜じじいの家と国語の先生の竹で囲まれた屋敷を見て尋ねた。うちの女房にどんな豪邸を建ててもらうか、考えているんだろう？　太い声で、東へ行くべきか西へ行くべきか、道を尋ねているかのようだった。あいつは質問しながら、宅地の中に入ってきた。慌てた様子はなく、感情を表に出すこともせず、あいつは突然、おれの前に現れた。

　ほんの一日前にあいつの奥さんと愛人になることについて相談したばかりなのに、翌日あいつがもう我が家の新しい宅地にやってくるとは思いもよらなかった。おれは罵られたり殴られたりする準備を整えていたが、それでも思わず半歩後ずさりした。門のあたりには割れたレンガが散乱し、あいつの目の前には腕くらいの太さの棒も落ちている。あいつがレンガを手にして向かってきたら、おれは自分からぶつかって行くべきだろうか。それとも、何回か身をかわしたあとで、やられるべきだろうか。あいつが棒を振りかざしてきたら、おれは進んで打ちのめされるべきか。それとも、腕で頭を防御して、何度か叩かれたあと、血を流そうか。あいつの一撃がおれの頭に命中して、本当に死んでしまったらどうしよう。あいつが振り上げた棒は、おれの頭皮をかすめて、肩に落ちてきてほしい。そうすれば、頭から血は流れるが、致命傷になるような怪我はしない。

おれは大通りを疾走する車のタイヤのように頭を回転させて考えた。あいつは立ったまま、おれを見つめている。おれも立ったまま、あいつを見つめていた。なぜか、あいつは我が家の宅地の門を入ったあと、門の枠に手をついて、国語の先生の家、モチノキと竹の林を見た。これが国語の先生の家かね？　あいつはそう尋ねたあと、おれの返事を待たずに言った。さすがに国語の先生の家は情緒があるな。その後、あいつは我が家の敷地の中のレンガの破片、木材、そして母屋の基礎に目を向けた。――町の西側に来るのは二年ぶりだ。こんなに変化が大きいとは思わなかったよ。そう言いながら、あいつはおれを見て、自分の背後を見た。そして最後に、門の前に人通りがないことを確かめると突然、顔に奇妙な笑みを浮かべた。

ニヤッとしたあと、あいつは意外なことを言った。

――あんたはおれより二つ年上だが、兄貴とは呼ばないぞ。そんな呼び方をしたら、あんたはこの話に乗りにくくなるだろう。

――あんたはどうか知らんが、おれは飲料工場のことで死ぬほど忙しい。だから、率直に言わせてもらう。どうせ昨日、おれの女房が家の恥をさらけ出しちまったんだから。何も隠し立てする必要はない。

――正直に言うが、おれには愛人がいる。町の人たちの半数が、そのことを知っている。いや、三分の二かもしれない。愛人のせいで、女房はこの二年、ずっと離婚すると騒いでいる。いまどき、離婚は何も恥ずかしいことじゃない。都会の連中はみな、離婚が多いのは社会の進歩だと思っている。でも、おれの場合は事情が違う。おれが離婚したら、県都の学校に入っているせがれの親権は女房が持つことになるだろう。財産も半分以上、分与しなければならない。家電販売店、飲料工場、ほかにおれは運輸関係の商売もしている。鉱山にリースしている掘削機も数十台ある。ドイツ製の輸入品だから、一台の値段がビル一棟分だ。女房に半分以上、財産を分与できると思うか？　できない。七、八千万元になるからな。女房の兄貴は、裁判官なんだ。離婚した女房が財産分与を受けることは、法律で決まっている。女房の兄貴が法の番人である以上、おれはどうしようもない。おれは女房と離婚できないし、愛人と別れるわけにもいかないんだ。しかも、女房はおれがずるずると愛人との関係を続けることも望んでいない。そこで、おれはあんたを訪ねてきたのさ。いまどき、男に愛人がいるのは何も恥ずかしいことじゃない。昔から、金と地位のある男は妾を何人囲ってもよかった。あんたと、その話がしたかったんだ。率直に言おう。あんたが女房の偽の愛人になって、おれに殴られるのを待つなんてことはやめよう。おれは、どうすれば本当の愛人になってもらえるかを相談したい。本当にそういう関係になってくれれば、うちの家庭の問題は解決できるんだ。

　あいつはここまで話すとひと息つき、数歩進み出て、おれのすぐ前、敷地内のポプラの木の下に立った。左手を木の幹の上に置き、どこかを眺めている。おれに頼みごとをするのが気まずい様子だった。あいつは真剣な目をおれに向けて、話を続けた。笑われても仕方ないが、おれはあんたに相談したいんだ。女房はゆうべ、おれに言いにきた。あんたといい仲になったってな。漢方薬の店で出会って、同病相憐れむで仲良くなったという話だった。でも、おれは信じなかった。女房はおれとの復縁、あるいは離婚を迫るために嘘を言ったのだろうと推測した。おれは、あんたが女房の愛人ではないことを知っている。しかし、本当に愛人になってほしいんだ。おれが外で女を作り、女房が家に男を引き入れたのなら、どっちもどっちだから相手を責めることはできない。ずるずる引き延ばして離婚しなければ、おれが苦労して築いた財産を分与しないで済む。離婚するにしても、おれは女房に愛人がいるという証拠を持っている。一方、おれに愛人がいると女房がいくら言っても、現場を押さえられないかぎり、おれは絶対に認めない。それなら、離婚しても財産分与はわずかで済むだろう。

――女房はあんたといい仲になったと言ってるんだから、本当にいい仲になればいい。条件は一つだけだ。本当にそういう関係になったら、証拠を見せてくれ。現場を押さえさせてくれ。このことは、おれたち三人だけの秘密だ。町の誰にも知られてはならない。

――あんたが本当に女房といい仲になり、そのことを誰にも知られなければいいんだ。女房は二度と離婚の話を持ち出さなくなるかもしれない。もし離婚しても、おれに弱みを握られているから、女房の要求する財産は多くないだろう。いずれにしても、あんたが損をしたり、傷を負ったりする心配はない。おれは長年、女房と暮らしてきたから、よくわかっている。あんたが本当にいい仲になったら、女房はあんたに家を一軒だけでなく、十軒でも建てるはずだ。その十軒は三階建て、五階建て、七階八階建てかもしれない。すべて国語の先生の家みたいに古風な造りだ。いくら金がかかっても、女房はためらうことなく、あっという間に建てて見せるだろうよ。

――女房はそういう性格なんだ。本当にいい仲になったら、あんたが求めれば命だってくれる。しかも、本当にいい仲になることは難しくない。会いに行くときは、何も買う必要はなく、甘い甘い湯圓《タンユエン》〔もち米の粉で作った団子〕を持って行くだけでいい。時間があれば県都か洛陽まで行き、稲香村《ダオシアンツン》〔菓子類のチェーン店〕で落花生、クルミ、ハチミツの湯圓を買ってくるんだ。それが一回、二回と続けば、三回目より前に、女房は感動するだろう。感動すれば、あんたといい仲になる。いい仲になれば、あんたの望み通りの家をためらうことなく、あっという間に建てるはずだ。あっという間に、国語の先生の家のような造りにしてくれる。大した出費をすることなく、あんたの屋敷の塀の代わりに竹やモチノキの林を作ってくれるだろう。

経一路を東へ三輪車に乗って走ると、荷台から熱々のマントーの匂いが漂った。さらに先へ進み、北に曲がった街道沿いに、家電屋の店主の家の門がある。おれはこのままその家まで行って、奥さんと会って話をしようと思っていた。

　昨日、隣人が洛陽へ行くと聞いたので、おれは家電屋の店主に勧められた通り、洛陽の稲香村で湯圓を買ってきてくれと頼んだ。だが、残念ながら隣人はまだ洛陽から帰ってこない。帰ってきたら、おれは湯圓を持参して、迷うことなく奥さんのところへ行くだろう。しかし、いまは湯圓が手元にない。荷台に二百八十個のマントーがあるだけだ。おれは三輪車に乗っている姿を見られたくなかった。しかも、女房の指図でマントーを配達に行くところだなんて、知られたくない。

　おれはそんなことを考えながら、商業街の入口を左に曲がった。この路地を抜けて橋を渡れば、奥さんの家を迂回して緯二街の裏に出て、北の郊外の飲料工場へ向かうことができる。商業街の道幅は変わらないが、昔は舗装されていなかった。いまはコンクリートの道だ。この町にはもう土の道はなくなった。どこもみな舗装され、コンクリート、アスファルト、またはレンガが敷かれている。以前、ここには国営商店の倉庫があって、そこらじゅうにレンガや瓦の破片が散らばっていたが、いまは一つも見当たらない。八階建ての自称五つ星ホテルが、その敷地にそびえ立っている。人の背丈の二倍ほどの塀が築かれ、腸のような路地の道幅は狭くなっていた。

　曲がりくねった路地には風があって、扇風機に当たっているように涼しい。

　路地は二百メートルあまりしかないから、数回ペダルを踏めば、門が開かれたかのように反対側の出口に着く。そこには河をまたぐアーチ形の橋があった。欄干は黒い石柱でできている。おれは三輪車を降りて、押しながら橋を渡ろうとした。だが、途中で突然、マントーを届ける気がしなくなった。おれは家電屋の亭主の工場にマントーを届けようとしているのだ。その工場の労働者とおれは、何の関係もない。しかし、労働者たちは結局、家電屋の亭主のために働いている。奥さんはきっと、亭主のために働いている労働者を憎んでいるだろう。奥さんが憎んでいる相手なら、おれも当然憎むべきで、マントーを届けるわけにはいかない。

河の水は緑色の絹布のように、西から東に向かって流れていた。人工的に築かれた護岸壁の日当たりのよい場所は苔が枯れていたが、日当たりの悪い場所は青々と苔が生えている。苔は冷やしたサイダーのような匂いがした。河の中には、毎日必ずガチョウとアヒルがいるが、水鳥は姿を見せることが少ない。アヒルと水鳥が流れのままに河を下り、橋の下をくぐろうとしたとき、おれは橋の上で三輪車を停めた。そして、水鳥とアヒルの動きに合わせて、視線を河の上流から下流に向けた。

　おれとせがれが切り倒そうとして切り倒せなかったコノテガシワの老木が見えた。依然として同じ場所にある。国営商店の倉庫はホテルと駐車場に変わったが、河沿いの一帯は景観を守るため、高い塀を築くことができないので、鉄柵で囲まれていた。コノテガシワの老木は、その鉄柵の中で保護されている。相変わらず、幹が太くて高さがあり、枝は西側がまばらで東側が密集していた。コノテガシワが両腕を差し出し、東の空に昇るお天道様を抱えようとしているかのようだ。葉は濃い緑色で、黒に近い。国語の先生が描いたコノテガシワの絵に似ている。木の枝には、カラスあるいはカササギが二羽、止まっていた。おれは首を伸ばして観察した。いったい、それはカラスなのか、それともカササギなのか。それがカササギなら、おれと家電屋の奥さんの関係は喜ばしい方向に発展するだろう[*1]。それがカラスなら、おれの家に不幸が起こる。おれは二羽の鳥をじっと見つめた。おととい、亭主が帰ったあと、奥さんは翌日、おれを家に呼んだ。亭主が帰った次の日に、こっそりおれを家に招いたんだ。事態の進展は予想外に早かった。お天道様は、ちょうどいまと同じ高さにあった。昼を過ぎたころで、まだ暑くて、汗が頭から流れ落ちていた。

　その時間に、おれは町の西から、奥さんの家に向かった。

＊1　カササギは中国語で「喜鵲《シーチュエ》」、縁起のよい鳥とされる。

昼どき、町の人たちはみな昼寝をする。大通りの人影は、まばらだった。日傘をさしている人もいれば、歩きながらアイスキャンディーを食べて、空を見上げている人もいる。奥さんの家に行くのは初めてだ。奥さんと初めて例のことを相談するんだと思うと、喜びと不安で胸がドキドキした。心の中で、三本足の鹿の群れが跳ね回っているかのようだった。

そうこうするうちに、奥さんの家の前に着いた。

家の前には、一対の石の獅子がある。数年前、家を建てたときに設置されたもので、ほかの家の前にはない。奥さんの家だけに、一対の石の獅子があった。知っての通り、この町は二本の経路と二本の緯街で「井」の字に仕切られ、その周囲に環状道路が走っている。奥さんの家は、「井」の字の北東側の交差点にあった。斜め向かいが新しくできた長距離バスのターミナルだ。両側の貸しビルには、景気のいい商店や様々な会社が入っている。「井」の字の交差点の一角に立つと、石の獅子がおれを見下ろしていた。おれは前後に目を走らせ、石の獅子に迎えられて門を入った。赤いペンキが塗られた門で、銅の鋲が打ちつけてあった。門の中には、二棟の建物が並んでいる。手前にあるのが新しく建てられた黒い瓦ぶきの平屋、奥にあるのが三階建ての家だった。残念ながら、二棟の間を仕切る扉が閉まっていたので、奥の建物がどんな造りなのかは見えなかった。

表門は鍵が掛かっていなかったから、押すだけで中に入れた。おれは中をのぞき込み、門を閉めて、そっと歩みを進めた。手前の建物は瓦ぶきで、地面にレンガが敷きつめてある。伝統家屋をまねて新たに建てられたもので、昔の地主の家を思わせる。建物の両脇に、桶ほどの太さのイチョウの木が植えられていた。その木は一本、一万元以上したらしい。木の根元の土も、わざわざ運んできたもので、植えるときには大量のゴマ油を撒いたという。

この二本のイチョウの木は、植えられた当時、しばらく町の人たちから称賛を浴びた。

いま、おれはその伝説のイチョウの木を目にした。一本は南西の角、一本は北東の角に植えられている。高さも太さも同じだ。枝も同じ高さのところから三つに分かれ、それぞれの方向に伸びていた。さらに、その先は細かく枝分かれして、葉が傘のように空を覆っている。おかげでイチョウの木の下は涼しく、木漏れ日がわずかに降り注ぐだけだった。

おれが入って行ったとき、奥さんは木の下に置いた竹製の寝椅子に横たわり、涼んでいるところだった。脇部屋の戸口に扇風機が置かれ、奥さんがいる前庭のほうに風を送っていた。さすがに、金持ちの家は違う。電気代や水道代に頓着しないんだ。敷地内は少しも暑くないのに、扇風機の風に当たっている。目の前には水の入ったコップ、食べかけのヒマワリの種が用意されていた。地べたには、ヒマワリの種の殻が散乱し、奥さんの靴も脱ぎ捨てられている。おれが入って行くと、奥さんは靴を履いた。おれが近づくと、奥さんは口を開いた。——このイチョウの木はオスとメスで、夫婦なのよ。奥さんはそう言いながら、おれを見つめた。その言葉には、別の意味が隠されているらしい。それを察知したように思ったので、おれは言った。イチョウの木にオス、メスがあるのは知ってるさ。両方が揃って、初めて実がなる。片方だけではダメだ。そのあと、おれたちは静かに見つめ合った。しばらくすると、奥さんはすわり直し、体を前に傾けた。

——あの人は昨日、あなたに会いに行ったんでしょう？

——昨日の昼まえに、やってきた。

——あなたの家に？

——新しい宅地のほうだ。

——なんて言ったの？

——あいつは、あんたと本当にいい仲になれと言った。毎回、手土産に湯圓を持って行けと言った。いちばんいいのは都会の稲香村で売っている、落花生、クルミ、ハチミツの入った湯圓だって。おれも、せがれが買ってきたのを食ったことがある。いま、ちょうど洛陽へ行く人がいたから、頼んでおいた。二、三日後なら、その湯圓を持ってきたんだが。今日は急に呼ばれたんで、手ぶらで来ちまった。

——ダイエット中だから、持ってこないでいいわ。

このひと言を言ったあと、奥さんは寝椅子を南から北へ少し移動させた。木陰に入るためなのか、扇風機に近づくためなのか。脇部屋の戸口に置かれた扇風機には、首振り機能がついていた。風は東に向いたり、西へ向いたりする。しかも、冷蔵庫のような涼しさを感じさせた。おれは振り向いて、扇風機が設置されている戸口のほうを見た。室内の壁に、作動中のエアコンがある。扇風機は、室内のエアコンの冷気を送ってきていたのだった。電気代が、いくらかかるんだ。おれは言った。暑いなら、部屋の中にいればいいじゃないか。部屋の中にいると、胸が苦しくなるのよ。奥さんは、おれに尋ねた。あなたも胸が苦しくない？

——相変わらずで、少しもよくならない。

おれを見つめながら、奥さんは考え込んだ。

——私と本当にいい仲になりたい？

おれはうなずいた。

——奥さんに知られてもいいの？

——あんたの亭主だって、愛人がいることを知られても気にしてないじゃないか。

奥さんは改めて、おれをじっくり観察した。

——あなたも中学は出てるんでしょう？

——中学の卒業証書はあるよ。

そのあと、奥さんはどこかに視線を移し、寝椅子に手をついて立ち上がった。

——怒られるかもしれないけど、肝心なことを聞かせてもらうわ。

今度は、おれが奥さんをじっと見つめた。奥さんは都会風のピンクのネグリジェを着ている。材質はよくわからない。ゆったりとして、肌が透けて見える。金持ちが室内で着るものだ。絹地のようでもあるが、違うのかもしれない。奥さんはそれを着て、おれの前に立っていた。蒸《ふか》したてのマントーみたいに、ふくよかで色白だった。しかも、その顔は茹でたての湯圓のように柔らかそうだ。暑さのせいか、それとも次の質問のせいか、顔がしっとりと汗ばんでいた。

——お互いに、いい歳なんだから、率直に聞くわね。あなたは奥さんと家で、ああいうことをするの？

——どういうことだ？

——ベッドですることよ。

おれは笑って言った。おれは満四十五歳になったばかり、女房もようやく四十で、元気いっぱいだ。ああいうことをしないはずがない。おれは奥さんを見たあと、少し間を置いて続けた。おれは体が丈夫だ。気持ちがふさいで、胸が苦しくなることさえなければ、何日か置きに、女房とああいうことをするさ。おれはそこで話を終え、背の高い男子学生が女教師の顔をのぞき込むように、奥さんを見つめた。奥さんはさっと顔を赤らめ、口元を動かし、眉根を寄せた。長い時間がたってから、ようやく奥さんは表情を元に戻した。夏の昼すぎだから、おれたちは木陰に立ち、扇風機が送ってくるエアコンの冷気に当たっていたけれども、やはり暑さを感じていた。おれの顔も手も、汗びっしょりだった。どうやら、おれは失言をしてしまったらしい。夫婦の営みを欠かしていないことを奥さんに言うべきではなかった。しかし、口にしてしまったのだから、もう遅い。そのとき、奥さんは驚いたようにおれを見つめていたが、突然、また赤い顔をして尋ねた。いったい、何日置きに奥さんとしているの？　おれは考えたあげく、できるだけ声を低くして、やはり率直に言った。二日か三日に一度だな。肉を食ったときは、毎日でも行ける。

——結婚してからずっと、そうなの？

——だいたい、そうだった。

奥さんは奇妙な表情を浮かべた。そのあと、おれたちはうつむき、黙り込んだ。しばらくして、おれは何とか話題を見つけて言った。どうして、こんなことを聞いたんだ？ 奥さんは、別に理由はないと答えたあと、さらに質問をした。私たちがいい仲になったあとも、奥さんとするの？ おれは、あんたの言う通りにすると答えた。すると、奥さんは尋ねた。私が奥さんともうしないでと言ったら？ おれは、女房とはしないと答えた。奥さんは、さらに尋ねた。私が奥さんと離婚しないかぎり、あなたと本当にいい仲にはなれないと言ったら？ おれは答えた。女房と離婚する、おれたちが本当にいい仲になるためなら。

——そんなに私といい仲になりたいの？

——本当にそうなれば、おれたちは人生を二度楽しめることになるぞ。

それでもう、話すことはなくなった。

洗いざらい、すべて話してしまった。自分の心の内を相手にさらけ出して見せたのだ。その瞬間、おれたちは気持ちが通じ合ったと思った。あんたたちが言う情愛というやつだ。そのとき、奥さんの家は静まり返っていた。イチョウの木に止まった蟬が、角笛を吹くように鳴いている。屋根に並んでいるスズメたちは、熱い日差しの下で、何をチュンチュン騒いでいるのかわからない。

おれたちは、黙って立っていた。二人とも、相手に近寄ろうとはしなかった。いま思い返してみれば、一歩近づけばよかったんだ。奥さんに抱きつけばよかった。抱きついても、奥さんは拒否しなかっただろう。少し抵抗するだけで、あとはうまく行ったはずだ。洗いざらい、男と女に関する話をしたのだから。ところが、きわどい話を日常茶飯事のように語ったにもかかわらず、おれたちの間に関係は生じなかった。

男女の関係が生じなかったからこそ、おれは二人とも本気だと思った。二人の関係は、嘘から本当に発展した。あっという間に、あんたたちが言う情愛に変わった。あのとき、奥さんがもう少し暗示を与えてくれたら、おれは抱きついていただろう。抱きついても、奥さんは拒否しなかったはずだ。あたりは静まり返り、近くに寝椅子があった。奥さんは薄着で、ネグリジェの下の肌が透けて見えていた。マントーのように真っ白な肌だった。

だが、結局おれは抱きつくのを我慢した。奥さんは、おれに体を預けようとしているのか、そうでないのか、はっきりしなかった。おれは、強引なことはできないと思った。そうだろう？　おれたちは、もういい歳だ。強引なことをして、もし失敗したらどうする？　もし、奥さんの好意が口先だけのものだったらどうする？　そうだったら、奥さんはおれを軽蔑するだろう。その結果、おれの家を建てる話はダメになる。家を建てることは、色恋よりもずっと大事だ。おれは、奥さんと関係を持てなかったことを後悔していない。焦らないで、先を見据える必要がある。そう思って、おれはじっと立っていた。最後に、奥さんはこう言った。

――私が離婚してほしいと言ったら、本当に離婚するの？

おれは考えるまでもなく、うなずいた。

――奥さんが拒んだら？

――そのときは、思い切り怒りをぶつけてやるさ。

奥さんはおれを見ながら、しばらく考えたあと、小声で言った。帰って。私と本当にいい仲になりたかったら、奥さんとすっかりカタをつけてちょうだい。奥さんは一度視線をそらしてから、またおれの顔を見て言った。あなたが私といい仲になったあとも、奥さんと関係を続けることは許さない。そういう生活は、もうこりごりよ。私のほかに奥さんがいるとか、愛人がいるとか、そんな状態は我慢ならないわ。すっかりカタをつけるまで、私と本当に仲良くなれるとは思わないで。

おれは立ったまま、奥さんの話を聞いていた。奥さんの体と顔を見つめていた。話が終わり、言いたいことがはっきりしても、まだ奥さんを見つめていた。まるで、話の意味が理解できないかのように、もう一度説明を求めるかのように。おれたちの間を風が吹き抜けた。奥さんのネグリジェが風に揺れた。頭上の木の枝も揺れ、日差しがおれの顔に落ちてきた。目の前が、ぼんやりと明るくなった。

――カタをつけるって、どういう意味だ？

――すっぱり関係を断つのよ。わからないの？

――それなら、おれは離婚することに決めた。

――離婚してくれれば、私はあなたのもの、財産もあなたのものになるわ。

これが昨日、おれたちが交わした最後の会話だった。そのあとは、本当に話題が尽きた。奥さんも、おれが立ち去ることを望んでいるようだ。曖昧な目つきでおれを見ながら、一歩後退して寝椅子に戻った。おれは呆然と立っていたが、やがて向きを変え、奥さんの家をあとにした。足取りは、大股で力強かった。おれは帰宅してやるべきことを知っていた。離婚して、すべてにカタをつけるのだ。

昨日、おれは家に帰って、女房に離婚の話をした。それは昨日の夜のことだった。夕食後、しばらく沈黙が続いた。女房は鍋や食器を洗い終えたあと、戸口まで行ってたたずんでいたが、戻ってきておれに言った。何か心配事があるみたいね。晩ご飯もあまり食べないで。おれは、相談したいことがあるからすわってくれと言った。女房は驚いた様子で立ったまま、おれを見つめていた。まるで知らない相手を見るように。確かに、おれは女房にとって見知らぬ存在になっていたかもしれない。二人が結婚して二十一年、せがれはもう満二十歳だが、おれは突然、女房の知らない男になってしまった。

おれは室内の腰掛けにすわり、女房は戸口の近くにある腰掛けの前に立っていた。電灯は村はずれに沈む最後の夕日のような黄土色の光を放っている。母屋の真ん中の部屋は、片付かないものが散乱し、片付くはずのものも散乱していた。おれは家電屋の奥さんと曖昧な関係になってから、自分の女房との間にも多少の変化があった。ちょうど両開きの扉のようなものだ。もともとは隙間なく閉じることができた。ところが、いまは家電屋の奥さんが間に挟まったために、ぴったり閉じることができなくなった。閉じても隙間があいている。そういうものなんだ。女房は腰掛けの前に立って、おれを見つめている。おれも、ぼんやりと女房を見つめていたが、無理に笑顔を作って言った。すわれよ。おれたちの離婚について相談したいんだ。そう言ったあと、おれの顔の笑みは消えた。女房は最初、少し表情をこわばらせた。おれが冗談を言ったのだと思ったのだろう。おれが何か別のことを言おうとして、言い間違えたと思ったのだろう。

何を言ってるの？　女房は尋ねた。

おれは言った。離婚しよう。

女房はおれを見ながら、唇を強く噛んだ。しばらくして唇に痛みを感じ、女房は半歩下がって腰掛けにすわった。そして、泥棒でも見るようにおれを見つめて言った。説明してちょうだい。なぜ、離婚しなければならないのか。聞かせてもらうわ。再び沈黙が続いたあと、おれは話を始めた。

この二日の間に、おれは家電屋の店主に会い、そのあと奥さんに会った。三人で話し合ったんだ。おれが本当に家電屋の奥さんといい仲になり、おまえと離婚したら、おれは奥さんと再婚する。奥さんも財産も、おれのものになる。考えてみろよ。奥さんがおれと再婚するなら、当然、亭主とは離婚することになる。家電屋の店主は、奥さんに財産の半分を譲らなければならない。誰でも知っているように、奥さんの家は町でいちばんの金持ちだ。家電屋、飲料工場のほか、鉱山に車両や掘削機を三十数台リースしている。車両と掘削機の原価だけでも、六百万元以上はするだろう。噂によると、家電屋の店主の家の財産と預貯金を合わせると、一億から二億になるらしい。一億がどれだけの大金か、わかるか？　五千万が二つで一億だ。一千万がどれだけの大金か、わかるか？　五百万が二つで一千万だ。つまり、少なくとも奥さんの家には一億の財産があるから、五百万が二十あるわけだ。

　おれは女房に尋ねた。いま、三階家を建てるのにいくらかかるか、知ってるか？　以前は二十五万から三十万だったが、いまは何もかも値上がりして、三十五万かかるという話だ。内装費も含めると四十万、あるいはもっとかかるかもしれない。とりあえず、四十五万かかるとしよう。三階建ての家に内装費や家具代を加えて、一般に四十五万元かかる。クソったれ、四十五万元だぞ。我が家では、一生かけても建てられやしない。蓄えが二千元にも満たないのに、せがれは電話で金を要求してきた。ようやく一年で五千元の蓄えを作ったら、せがれはまた電話をよこして、新学期だから学費が必要だと言う。漢方医がおれの胸のつかえを治すために薬を処方せず、ニワトリを食えと言ったのはなぜだと思う？　おれを憐れんだからさ。ニワトリなら十数元の支出で済む。漢方薬を処方してもらえば、数十元か百元になるからな。治るまでには数百元かかる。クソったれ。おれたちは病気になっても、薬さえ飲めない。町の金持ち連中が酒を飲みに出かけてボトルを一本空ける費用は、おれたちの病気の治療代と同じなんだ。家電屋の店主の話に戻ろう。奥さんの家に一億の資産があるとすると、町に何軒の家を建てられるか、わかるか？　さっき、一軒の家を建てるのに四十五万元かかると計算したよな。しかし、いまどき家を持つとなれば、少なくとも五十万は必要かもしれない。奥さんの一億の家産は、いくつの五十万に相当すると思う？　おれは今日、計算したんだ。

　そう言いながら、おれはポケットからタバコの包装紙を取り出した。その紙には、家電屋の預貯金と資産を計算した数字がびっしり書いてあった。いくつものクモの巣が紙の上に並んでいるように見える。その紙は、おれが家電屋の奥さんの家を出たあと、通りで拾ったものだった。おれは帰宅する途中、放課後の中学生に鉛筆を借りた。紙と鉛筆を手にして、おれは大通りの公衆便所に入り、家電屋の資産を細かく計算したというわけさ。

おれは手元の紙を見ながら、女房に言った。いいか、一億は一千万が十個、一千万は百万が十個だ。百万あれば、家が余裕で二軒建つ。しかも、この町で最高に見栄えのいい家だ。これ以上、言わなくてもわかるだろう。これは、おれたちのような小さい町の話だ。洛陽や鄭州、まして上海や北京なら、家を一軒建てるのに少なくとも百万、あるいは二百万、三百万もかかるんだ。いま、おれたちは一軒につき五十万で計算している。

おれはタバコの包装紙を女房に見せようと思ったが、結局はやめておいた。数字が大きすぎて、見たら頭がふらふらするに違いない。女房が毎日、計算しているマントーの売り上げは数角、数元という単位だ。数十元、数百元でも大金ということになる。ところがいま、家電屋の資産と預貯金は、億という数字に上る。一億は一千万が十個、百万が百個だ。百万ごとに二軒の家が建つから、十個の百万で二十軒、百個の百万で二百軒の家が建つ。つまり、家電屋の資産は少なく見積もっても、二百軒の家に相当するのだ。だが、噂によれば、家電屋の資産は一億に止まらない。一億以上、二億あるかもしれないと言う。

それを計算したおれは、数字と加減乗除の記号がびっしり書かれたタバコの包み紙を折りたたみ、女房に言った。こういう事情なんだ。おれたちが離婚し、おれが家電屋の奥さんと再婚すれば、法律に基づいて、奥さんは亭主の財産を半分譲り受ける。一億あれば五千万、一億二千万あれば六千万、一億四千万あれば七千万だ。亭主は、おれと奥さんの怪しい関係を知っているので、それを根拠に財産分与の額を減らすかもしれない。例えば、三分の一しか譲らないとしよう。それでも、一億五千万あれば五千万、一億二千万あれば四千万、一億あれば三千三百三十三万元だ。五十万元の家が、簡単に六、七十軒も建ってしまう。おれたちの家を建てる費用なんて、奥さんの預貯金の端数で十分だろう？

女房にそう尋ねて、おれは笑い出しそうになった。しかし、おれたちが相談しているのは、離婚という一大事だ。当然、笑い出すわけにはいかない。そのとき、屋内の雰囲気は、先ほど離婚を切り出したときの爆発しそうな息苦しさがなくなっていた。いまは損得が明らかになり、心の内もさらけ出したので、屋内の電灯が輝きを増したように見える。女房はすわったまま、相変わらず唇を噛んでいた。だが、さっきまで雨が降り出す前の空のように暗かった顔は、雲が少し吹き払われた。まだ曇ってはいるものの、雲の合間から光がのぞいている。そこで、おれは女房を諭すように言った。

離婚するのは、おれのためじゃない。おれたちの家のためだ。離婚と再婚のあと、おれたちの家はすぐに新築工事が始まる。おれたちの暮らしは、地獄から天国に変わる。考えてみろよ。奥さんは少なくとも三千三百三十三万元の資産家だ。この三千三百三十三万元のうち、死ぬまでに使えるのはいくらだと思う？　おれは亭主なんだから、短くても夫婦のよしみで、使いきれない分の金は使わせてくれるだろう。考えてみろよ。夫婦のよしみで、おれの手元には使いきれない金があるんだ。使いきれないなら、おまえのために使ってもいいだろう。考えてみろよ。そうなったら、おまえだけのために、屋敷でも二階家でも建ててやるさ。せがれだけのために、家を一軒建ててやる。あるいは、せがれがまだ外国へ行きたいと思っているなら、外国へ行かせてやるし、楽園へ行きたいと思っているなら、楽園へ行かせることもできるんだ。

考えてみろよ。おれたちは離婚したほうがいいか、しないほうがいいか。

おれは離婚を決意した。人生でチャンスが訪れることは何度もない。チャンスは一度逃したら、二度と来ないんだ。だから、やはり離婚するのがいい。離婚すれば、おれもおまえもせがれも、みんなの生活が地獄から天国に変わる。離婚しなければ、おれたちの家族は一生、地獄のままだ。

　おれは、それ以上何も言わなかった。

　おれは言いたいことを何もかも言ってしまった。屋内には蚊が数匹飛んでいて、ブンブンという音が弦を奏でるかのようだった。おれが大きい蚊を叩きつぶすと、手のひらに血がついた。血をこすり取りながら、おれは女房の顔を見つめた。女房がすわっているのは高い腰掛けで、おれがすわっているのは低い腰掛けだった。女房の視線は、おれの頭の後ろに向けられている。女房が何を見ているのか、おれにはわからない。おれの背後にあるのは、母屋の奥の部屋の戸口だ。そのとき、奥の部屋には明かりがついておらず、袋小路のように真っ暗だった。闇夜の墓地と言っても、過言ではない。女房は、おれの頭の後ろを見ていた。しばらくすれば、気持ちを整理して何か言うだろうとおれは思った。ところが、女房は視線を戻すと急に立ち上がり、何も言わずに外へ出て行ってしまった。

　女房は外に出て、庭に立っていた。

　しばらく立っていたあと、庭に腰を下ろした。

　その夜は星がまばらで、東の空に一つ、西の空に一つ、出ているだけだった。天の神様が星をしまうとき、うっかりして忘れたかのように。空は薄暗く、淡い光が残っていた。光とは言っても、ぼんやりしたものだ。風がまったくないので、中庭は我が家のマントー店のように蒸し暑かった。女房は庭にいて、おれは屋内にいる。そのとき、大通りに涼みに出た人たちの多くは帰宅途中で、門の外に足音が響いていた。

　女房は庭にすわり、門の外を眺めて黙っている。おれと離婚すべきか否か、考えているのだろう。これは大事な問題だ。長年、連れ添ってきた夫婦なのだから、ゆっくり考えさせてやろう。その間に、おれは門を閉めに行った。我が家の秘密が門の外にまで漏れるのを防ごうとしたのだ。女房の脇を通り過ぎるとき、おれは様子をうかがった。女房は、うつむき加減にすわっていた。全身が落胆と不運に包まれ、元気を失って痩せ細ったように見える。縮まった体は地面に埋もれて、消えてしまいそうだった。離婚は悪いことじゃないぞ――通り過ぎるとき、おれは言った。おまえは、おれのため、家のために、こんなにいい話を喜ぶべきだ。

　ここで何が起こったか、想像がつくだろうか？　おれが離婚は悪くないと言うのを聞いて、女房は顔を上げ、おれを見た。そして、おれが門を閉めて戻ってきたときには姿を消していた。台所へ行ったのだ。突然、女房は積み重ねた茶碗を持って、台所から出てきた。そして庭に立ち、茶碗を一つずつ投げつけて叫んだ。――なにが離婚だ！　なにが離婚だ！　冗談じゃない！　女房は感情を爆発させ、茶碗を投げつけた。水が跳ねるように、茶碗の破片は中庭に飛び散った。女房は茶碗を一つ投げるたびに、おれに向かって叫んだ。――離婚したら、あんたは地獄から天国へ行ける――離婚したら、あんたは洋館に住める――離婚したら、あんたはこの町いちばんの金持ちになれる――離婚したら、あんたはお金ときれいな女が手に入る。茶碗を投げたあと、ケリをつけるために女房はまた台所に引き返し、鍋を持ち出してきた。それを頭上まで振り上げ、激しく地面に叩きつけると、向きを変え、門を開けて外へ出て行った。

　おれは女房の剣幕に圧倒され、中庭で呆然としていた。信じてもらえるかどうかわからないが、おれはずっと女房によくしてきたと思う。結婚から今日に至るまで、本気で殴ったことはない。せいぜい女房の目の前で、唾を吐きつけたり、持っていた茶碗やすわっていた腰掛けを叩きつけたりした程度だ。ところが、その夜、女房は茶碗を七、八個と鍋を一つ、叩きつけて壊してしまった。おれがこの半生で、叩き壊した茶碗の数よりも多い。これには驚いた。おれはお人好しだから、そのとき女房を殴ろうとも、怒鳴りつけようともしなかった。おれが何も考えつかないうちに、女房はさっと門から出て、外へ行ってしまった。

中庭の割れた茶碗や鍋は、仕方なくおれが拾った。おれは家電屋の奥さんとの一件を誰にも知られたくなかった。おれが庭を片付けたことも、知られたくなかった。その夜は静かで、女房が茶碗や鍋を投げつけたとき、驚いて飛び立ったのは軒先のスズメだけで、音を聞いて我が家にやってきた人はいなかった。その夜、女房がどこへ行ったのかはわからない。この町には親戚がいないし、打ち明け話ができる知り合いもいない。行くあてがないのだ。おそらく、女房は家を出て、どこかで考え事をしていたのだろう。田舎の女は悩みを抱えると、一人で河辺や崖っぷちや首を吊れる木の下へ行き、人生はなぜこんなにままならないのかと考える。気持ちの整理がつかない女は自殺するし、整理がついた女は戻ってくるのさ。おれの女房は、自殺するはずがない。きっと、離婚が自分にとっても、おれやせがれにとっても好ましいことだと理解するだろう。

女房が出て行ったあと、おれは中庭をきれいに片付けた。

女房が帰ってくるのを待たずに、おれはベッドに入った。

その夜、おれはベッドに横たわり、いろいろ考えた。考えたことが多すぎて、いまはもう思い出せない。誰だって、そうだろう。考えすぎると混乱する。混乱したら、何も考えないのと同じだ。おれはベッドに横たわり、女房の帰りを待っていた。窓から差し込む月の光は、明るくなったり暗くなったりした。まるで都会の家のレースのカーテンが開いたり閉じたりするように。町の人たちの多くは、家の窓にレースのカーテンをつける。二重三重のカーテンをつけている家もあった。家電屋の奥さんの家も、二重三重のカーテンをつけているのだろう。

おれはベッドで目を凝らし、女房の帰りを待っていた。けれども、女房は帰ってこない。帰ってこないので、おれは寝てしまった。おれが寝てから、女房は帰ってきた。それはもう夜明けに近い深夜だった。レースのカーテンのような、ぼんやりした明るさも消えていた。女房は足音を忍ばせて部屋に入り、服を脱いでベッドに上がった。

女房はベッドの端で、音を立てないようにしていたが、それでもおれは目を覚ました。

おれは寝返りを打った。

女房はおれが目を覚ましたのを知って、暗闇の中ではっきりと言った。私は覚悟を決めた。離婚はあきらめるんだね。どうしても離婚したいなら、私を殺すしかないよ。

その後、女房は横になった。

その後、夜が明けるまで、おれは眠れなかった。

その後、夜が明けて、おれは思い出した。新しい宅地へ行って、石灰を溶かす穴を掘らなければならない。家を建てるために、石灰を用意するのだ。あんたも子供のころ、石灰を見たことがあるだろう？　水に溶かすと、漆喰《しっくい》になる。土に埋まって十年が経過しても、効果は持続する。おれはあの日、いつ起きて穴を掘りに行ったのか覚えていない。しかし、石灰を溶く穴を掘るために、長さ二メートル、幅二メートルの正方形を地面に描いたことは記憶している。おれは、その正方形の通りに穴を掘った。ところが昼ごろに完成したのは、長さ二メートル、幅一メートルの長方形の墓穴だった。

信じてもらえるかどうかわからないが、すべてはここから始まったんだ。正方形の穴が長方形の墓穴に変わるまで、おれは女房を殺そうなんて夢にも思わなかった。昼近くに、石灰を溶かす穴が勝手に長方形の墓穴に変わった。あの縄もそうだ。明らかに扉の後ろに掛けてあったのに、おれが町へ行くときに勝手に手の中に入ってきた。おれに冷酷で凶悪な事件を起こすように仕向けてきたんだ。この時点で状況は一変した。けれども、長年連れ添ってきた夫婦だから、結局おれはマントー店で手を下すことができなかった。

手を下さなかっただけでなく、飲料工場にマントーを届ける仕事まで引き受けてしまった。

　南の空で燃えている太陽の黄色い光は強烈で、肌に突き刺さるようだ。このとき、おれはアーチ形の橋の真ん中に立っていた。誰かが河沿いの石畳の道を歩いてくる。田舎から市にやってきた男だ。橋のたもとで、おれをちょっと見てから、橋を這い上がり下りて行った。商業街を抜けて、大通りに出るのだろう。意外にも、男は道に詳しい。河沿いの道も、商業街も、どこで曲がるかを知っていた。遠ざかる男を見つめながら、おれはマントー店でのことを考えてみた。手を下さなかったのは、やっぱり自分の女房に情があるからだ。家電屋の奥さんのほうは、安心できない。万一、自分の女房を殺したあと、奥さんが再婚してくれなかったら、おれは女房も財産も失ってしまう。いまのところ、奥さんとは手もつないでいない。奥さんと寝るとか、結婚するとかいうことは、夢のまた夢だ。

　笑われるかもしれないが、おれはそのとき、昨日の行動を少し後悔した。奥さんの家で、もっと近くへ寄ればよかった。近くへ寄れば、そういうことが起こったかもしれない。そういうことが起これば、奥さんと本当にいい仲になれた。おれは本当に、奥さんの愛人になるんだ。あんたたち——それに町の若い連中は、いい仲のことを愛人と言うんだろう。だったら、おれにも愛人ができる。しかも、その愛人は家電屋と飲料工場の社長の奥さんだ。奥さんの家の財産がどれだけあるのか、誰も知らない。奥さんは木陰にいて、扇風機とエアコンが動いていた。扇風機がエアコンの冷気を庭に向かって放出していたんだ。

　なんという生活だろう。金持ちは、仙人のような暮らしを送っている。この町では、家電屋の奥さんの家だけだと思う。おれがもし、奥さんといい仲になったら、愛人になったら、亭主が言ったように、奥さんは家を建ててくれるだけでなく、内装も希望通りにしてくれるはずだ。家具も、希望通りのものを買ってくれるだろう。結婚となれば、奥さんの持ち金は少なくとも三千三百三十三万元あるから、おれに使う分はただの紙きれやイチョウの葉っぱみたいなものさ。多少増えたり減ったりしても、どうってことはない。多めにくれたとしたって、十万から数十万というところだろう。だけど、奥さんが粘って亭主から多めにもらうとしたら、数百万から一千万になるはずだ。

あのとき、おれが大胆にも面《つら》の皮を厚くして、奥さんに抱きつかなかったのは正解かもしれない。奥さんは亭主が別の女と浮気していることに、あんなに腹を立てている。おれが奥さんといい仲になり、同時に自分の女房との関係も続けようとしたら、怒るに決まっているだろう。あの日、おれが男女の関係を迫っていたら、奥さんは腹を立てて、おれを殴っていたかもしれない。殴られるのは平気だが、奥さんはおれといい仲になるのをやめるだけでなく、家を建てる金を出す話も取り消しにする恐れがある。ましてや、あの三千三百三十三万元は手に入らない。

奥さんに男女の関係を迫らないでよかった。

そのことは、おれのほうからではなく、奥さんのほうから求めるように仕向けなくちゃならない。そういう関係ができてしまえば、すべてがトントン拍子でうまくいく。家も内装も家具も暮らしも、あっという間に地獄から天国に変わる。最後尾にいたおれが先頭に立てる。おれは奥さんに、いいところを見せなければならない。この世に、おれ以上に奥さんを大切にする男はいないと思わせる必要がある。奥さんが求めれば、命だって投げ出すつもりだ。

日光が河面に反射して、ガラスの破片のように輝いている。アヒル、ガチョウ、白鳥が泳いで行った。さっき通り過ぎた田舎の男も、商業街から経一路に出て、往来する人の流れの中に消えた。おれは、ずっと商業街のほうを見ていた。ここから引き返して、家電屋の店主の家へ行こうか。石灰を溶くための穴は、勝手に人を埋葬する墓穴に変わった。首を絞めるための縄は、勝手に我が家から飛び出して、いつの間にかおれの手の中に入った。ついさっき、おれは危うくマントー店で手を下すところだった。こんなに大事なことをなぜ、奥さんに告げないのか。これらの出来事を奥さんに知らせるべきではないか。

おれはまた、三輪車を押して橋を下りた。

そこは繁華街から離れていて、静かだった。片側に河川、片側に細長い路地がある。市に来る人は、めったにここを通らない。河の向こうの平屋を建て直した二階家の住人だけが、経一路へ行くとき、ここを経由する。おれがマントーを載せた三輪車を停めているのを気にする者はいない。天国のような暮らしを送っている連中が、おれのマントーを気にするはずはないだろう。それに、おれは間もなく大金持ちの女と結婚するのだ。放置したマントーを失っても平気だ。ためらう必要はない。おれは三輪車を路地のはずれの河辺まで押して行った。そこには小さな空き地があり、三輪車はちょうど塀の陰に入る。荷台のマントーの籠は布で覆われていた。おれは急用ができて、やむを得ず三輪車を乗り捨てたふりをした。

本当に急用ができたのだ。とても大事な急用だった。

すぐに戻ってくる。奥さんに会ったら、すぐに戻ってくるつもりだった。

三輪車の荷台の隅に、ビニール袋が置いてあった。小さなノートとボールペンが入っている。マントーを売った相手が金を持っていなかったとき、あるいは小銭がなかったとき、借用証を書くためのものだ。おれはそれを使って、家電屋の奥さんとの間で誓約書を作ることにした。ビニール袋からノートとボールペンを取り出すと、おれはしゃがんで二行の文章を書いた——

誓約書

あなたが奥さんと縁を切ったあと、私は必ずあなたと結婚します。

私たちは生まれた日は違っても、同じ日に死ぬことを願います。

文章は下手だが、気持ちはこもっていた。字も下手だが、内容はすばらしい。おれはこの誓約書のページをちぎり取り、経一路に通じる路地を歩き出した。もうすぐ路地を抜ける。もうすぐ大通りに出る。通りには人の汗の臭いが充満していた。両側に市のため特別営業中の店が並んでいる。あちらこちらに、三階建ての同じようなビルがあった。一階は店舗で、服や靴を売っている。ゲームセンターや映画館もある。穀物や油を売る店、コピーサービスや看板制作を専門にしている店もあった。通りは混乱と賑わいを極めている。風に飛ばされた百元札が、あたり一面に落ちているのではないかと思われた。

おれは混乱と賑わいの中を歩いて行った。もともと間借りだった秀髪佳容理髪店は、いつの間にか店舗を買い取り、三階建てのビルになって、理髪店という名前を理髪館に変更した。一階は洗髪、理髪とパーマ、二階は客の疲れを癒やすマッサージ室、三階は従業員の住居と事務室だ。しかし、名前を変更して間もなく、この秀髪佳容理髪館はさらに秀髪佳容有限公司となった。有限公司となれば別格だ。立派に聞こえるし、大儲けしていると思われる。おれはもちろん、この秀髪佳容有限公司に行ったことはない。一回行くと、いくらかかるのだろう？　ここは家電屋の店主のような金持ちが行く場所だ。野菜じじいも、行けるかもしれない。だが、あいつは散髪なんかに金を使わないと思う。

おれは、家電屋の店主の愛人が、まさにあの床屋を始めた女だということを知っている。あの女は床屋のサービス嬢から家政婦に、そして愛人になった。家電屋の店主がよくこの店に来ていたのだから、奥さんも髪の手入れやエステやマッサージに来たに違いない。そのうちに、知らなければよかったことを知り、悩みが募って胸が苦しくなったのだろう。

おれは秀髪佳容有限公司のビルの前を通り過ぎ、

振り返って、そのビルのガラス扉を見ると、若い女の写真がたくさん貼ってあった。髪型も表情も、なまめかしい。おれは金ができたら、ぜひ一度行ってみようと思った。家電屋の奥さんは、おれが髭を剃って、ちゃんとした服を着れば、この町で指折りの美男子になれると言った。若いころのおれは、この町の西の界隈で、評判の美男子だった。誰かの家の前を通りかかると、必ず声をかけられた。——おい、兄ちゃん、恋人はいるのかい？　誰か紹介してやろうか？

おれが美男子でなければ、女房が隣の県の九儒村《ジウルー》から嫁いでくるはずがない。いま、おれは中年になった。四十五を過ぎ、見かけはもう五十だ。五十過ぎ、あるいは六十に見えると言われることもある。暮らしが悪いから、こうなったのさ。町じゅうが瓦ぶきの平屋を建てたとき、我が家はまだ茅ぶきだった。金ができて瓦ぶきの家を建てようとしたとき、みんなは平屋を壊して二階家に改築していた。二階家を建てるためには、三間の新しい瓦ぶきの家と同じくらいの費用がかかる。時の流れは、狂犬に追いかけられているみたいに速い。秋風に散る落ち葉みたいに、金が降ってくる時代になった。ところが、人様の家に降ってくるのは金でも、我が家に降ってくるのは正真正銘の落ち葉なんだ。

ようやく、おれも金持ちになるときが来た。

我が家も、最高級の二階家を建てるんだ。

壁にグレーのタイルを張った秀髪佳容有限公司のビルの前を通り過ぎ、数十メートル行くと、経一路と緯二街の交差点に出る。右に曲がれば、バスターミナル、商業ビル、県立銀行、郵便局、様々な会社と商店が並んでいる。左側には、家電屋のビル、町の人やよそ者が経営するホテル、レストラン、大小のスーパーマーケット、自動車修理工場、家屋の内装会社があった。自動車修理工場は、篩《ふるい》のような円盤に「修」という真っ赤な文字を書いて、高々と掲げている。まるで、秀髪佳容有限公司のビルの窓から人が顔を突き出しているかのようだ。内装会社は、同じく篩のような円盤に「装」という真っ赤な文字を書いて、高々と掲げている。まるで、秀髪佳容有限公司のビルから出てきたばかりの男の顔のようだった。

奥さんの家は、この派手な円盤の向かい側にある。

おれは通りを渡って行った。知ってるだろうが、あの通りは道幅が広くて、大型トラックが六台、並んで走れる。道の両側には、大小の車やトラクターが停まっていた。きちんと並んでいて、学生が整列しているみたいだ。南方からパイナップルを仕入れてきた男が、車と車の隙間で商売をしている。パイナップルのトゲのある皮の部分を螺旋状に切り取ると、果肉の表面は艶やかな黄金色で、いかにもうまそうだ。ここは、すべてが整然としていて清々しい。町のそれぞれの担当部署によって、きちんと管理されていた。

なんと市の日、奥さんの家の前はこんなに栄えていて、秩序が守られ、平和な光景となっていたのだ。

また、あの一対の石の獅子が目に入った。

また、奥さんの家の門の前に着いた。

おれは門が少し開いていることを予想したが、果たしてその通りだった。おれは門を入れば、静寂に包まれるだろうと予想した。果たして中に入って門を閉めると、大通りの賑わいは遮断された。おれは前庭の涼しい木陰に奥さんがすわっていること、扇風機の風がエアコンの冷気を放出していることを予想した。果たして、前庭の木陰は涼しく、まったく日が差していなかった。だが、奥さんは昨日のように木陰にすわっていない。西の脇部屋の戸は閉まっていて、扇風機からのエアコンの風もなかった。

前庭は静寂に包まれ、スズメの鳴く声さえしない。

おれは前庭に入り、昨日と同じ位置に立った。

奥の敷地との間を仕切る塀の扉は昨日、閉じていたが、今日は開いていた。両開きの扉には、赤いペンキが塗ってある。全開で、奥の敷地の様子が丸見えだった。三階建ての家が、堂々とそびえ立っている。残された庭の面積だけでも、我が家の新しい宅地より広かった。政府の規定によれば、各家庭の宅地面積は二分半を超えてはいけない。母屋の両側に脇部屋がある小さな庭つきの住宅を建てるなら、その広さで十分だ。ところが、奥さんの家は手前の敷地と奥の敷地を合わせると、二分半の宅地が四つか五つ収まるだろう。奥の敷地の庭だけでも、一軒分の宅地に相当する。さらに、あの巨大な家屋があった。庭の片側には脇部屋があり、反対側は空き地になっている。敷地全体が県都や洛陽の広場を連想させた。

　建物の壁は青いレンガで覆われ、継ぎ目の白い線が細い雲のように見えた。軒や窓には彫刻が施されている。その彫刻に赤や緑の派手なペンキが塗ってあるので、見かけは国家予算で洛陽に再現された古代建築と同じだった。おれは洛陽に行って、そういう建築を見たことがある。洛陽の街の至るところに、似たような立派な建物があった。洛陽の再開発で作られた古風な建築は、周王が住んでいた宮殿の再現だと言われている。どの建物にも同じく、青いレンガと継ぎ目の白い線が見られ、窓や軒には彩色を施された彫刻があった。

　家電屋の店主の屋敷は洛陽の古代建築みたいに立派だと聞いてはいたが、本当にそうだとは思ってもみなかった。おれは仕切りの塀の戸口の前に立ち、奥の屋敷の母屋のほうを見た。奥さんは亭主と一緒に、テーブルの前にすわっていた。テーブルの上には、茶碗と皿と箸が置いてある。昼食が終わったところか、まだ食事中なのかわからないが、箸は茶碗の上に置かれ、手に持ってはいない。奥の屋敷は地面より数段高くなっているので、おれが立っているところからは、テーブルの上の茶碗や皿の中身が見えなかった。

　すっかり食べ尽くされ、何も残っていないのかもしれない。

亭主がいることに、おれは驚いた。この時間に家にいるとは思わなかった。ついさっき、町長の車に乗っていたのに、いまはこうして帰宅し、奥さんと仲良く食卓についている。だが、二人もおれを見て驚いたようだ。視線をこちらに向けて、戸惑いの表情を浮かべていた。特に奥さんは、おれが来たのを見て、顔をこわばらせた。庭を隔てていても、表情が固まっているのがわかる。奥さんは青い顔をして、亭主のほうを見た。

家電屋の店主の顔色は悪くない。赤くもなく、青くもなく、普段通りだ。あるいは、別の色が顔に浮かんでいたのかもしれないが、おれには見えなかった。亭主は母屋のテーブルの前にすわり、じっと動かない。そのうちに、顔に笑みを浮かべた。笑ったように見えただけかもしれない。その後、亭主は奥さんのほうに顔を向けた。

亭主は、奥さんに何か言ったようだ。

奥さんはその言葉を聞くと、立ち上がって母屋から出てきた。ふくよかな体に薄い黄色のスカートをまとっているので、石段を下りて庭を抜けてくる様子は、ビーチボールが転がるみたいだった。奥の敷地の庭にはレンガが敷きつめられ、レンガで築いた花壇がいくつもあった。花壇の花は、シャクヤクのようでもあり、季節を過ぎたボタンのようでもある。緑の葉が見えるが、花は咲いていない。それは、奥さんの暮らしを象徴していた。暮らしは豊かだが、もう季節は過ぎて、花も香りもない。おれがここに来たのは、奥さんの花と香りを復活させるためだ。奥さんの暮らしを、もっと豊かなものにしてやろう。奥さんは一歩ずつ近づいてきた。驚きと不満が表情に浮かんでいたが、それほど強いものではない。いくつかの花壇を通り過ぎたあと、奥さんは花が終わった花壇に目を向けた。おれと奥さんの現在の暮らしを見るかのように。

亭主は後方の母屋にいて、ずっとこちらを見ている。奥さんは仕切りの塀の戸口の前で足を止め、前庭に入ったあと、両開きの赤い扉を閉めた。亭主を奥の敷地に、別の世界に閉じ込めたのだ。こちら側の世界には、おれと奥さんしかいない。空気は熱かったが、木陰はひんやりしていた。上空にお天道様があり、足元に地面がある。おれたちは熱さと冷たさの中間にいた。前庭は依然として静まり返っている。おれたちと同様、胸の病を患っているようだった。

――どうして来たの？

最後にもう一度、聞いておきたかったんだ。おれはそう言いながら、奥さんを見たあと、視線を脇部屋のほうへ向けた。いいか、おれが本当に女房と別れたら、完全に縁を切ったら、あんたはどうする？　奥さんは軽く身を震わせた。ふくよかな体がぴくっと動き、首がまっすぐに伸びた。顔を少し上に向けてから、奥さんはおれをじっと見つめた。おれが「完全に縁を切る」と言ったことの意味がわかったらしい。

――ちょうど、あの人とその話をしていたところよ。

――その話？

――あの人が離婚しないなら、あばずれ女と別れて家に戻らないなら、私は本当にあんたといい仲になって、毎日毎晩一緒に過ごす。あの人がこの町で、大きな顔ができないようにしてやるって言ってやった。

――亭主の返事は？

――あの人は離婚したら、私に貯金と財産を半分、譲らないわけにいかない。これは法律で決まっていることよ。しかも、あの人が先にあばずれ女と一緒に暮らし始めたんだから。

――最後にもう一度、聞かせてくれ。亭主と別れたら、おれと結婚してくれるか？

奥さんは一瞬驚いて、目を丸くしておれを見つめた。

――あなたの奥さんは、本当に離婚するかしら？　奥さんと完全に縁を切らなくても、あなたといい仲になるかもしれない。でも、相応しい相手が見つかったら、私はその人と一緒になるわ。前にも言ったはずよ。私は亭主に女ができたという理由で離婚するんだから、再婚相手に自分以外の女がいて、ずるずる関係を続けるようなことは許さないからね。

おれはぼんやり奥さんを見つめたあと、語気を強めて言った。

——完全に縁を切ったら？

奥さんも語気を強めて言った。

——きっと、あなたと結婚するわ。

——もし、結婚しなかったら？

——どうすれば、信じてくれるの？

少しためらったあと、おれはポケットから誓約書を取り出した。そして自分で再度、目を通し、奥さんに手渡した。奥さんがおれに借金をして、借用書に署名と押印を求めているかのように。奥さんは受け取って誓約書を読んでから、顔を上げておれを見た。そのあと、奥さんはおれの顔と誓約書の文面を見比べた。

誓約書

あなたが奥さんと縁を切ったあと、私は必ずあなたと結婚します。

私たちは生まれた日は違っても、同じ日に死ぬことを願います。


奥さんは、おれの顔に一途さと思いやりを読み取った。あんたたちの言い方を借りれば、奥さんはこの世に命がけで自分を愛してくれる人がいることを知った。生まれた日は違っても、同じ日に死にたいと願う人がいることを知ったんだ。そこで、奥さんは少しためらったあと、おれの手からボールペンを受け取り、誓約書に印鑑を押すように自分の名前を丁寧に書いた。

　署名が終わると、奥さんは誓約書をおれに返し、振り返って背後の戸口を見た。おれが屋敷を出るとき、奥さんは門のところまで見送ってくれた。古代、戦場に赴く夫を見送る妻のように。別れるとき、おれは振り返り、真剣な顔で言った。待っていてくれ。すぐに、いい知らせを届けるから。その後、おれは大通りの人の流れに加わった。奥さんは門の前に立ち、ずっとおれを見ていた。


　通りはまだ人であふれ、まだとても暑かった。だが、奥さんの家を出たとき、おれは人も車も天候も、道を譲ってくれたような気がした。通りは道幅が広く、足元に風を感じる。歩きながら、おれは自分のコツコツという足音を聞いていた。信じてもらえるかどうかわからないが、奥さんが署名した誓約書がポケットにあるので、おれは計画が十中八九、成功したと思った。おれと奥さんの間には情愛がある。法律的に誓約書が認められないことはわかっているが、文字にしたものがあれば心強い。確かな手応えがあった。信じてもらえるかどうかわからないが、奥さんはどうあれ、おれはそのとき、小説や芝居の物語を実践しているつもりだった。おれと奥さんは、文字にして愛を誓った。生まれた日は違っても、同じ日に死にたいと願っている。こうなった以上、おれは痛みをこらえて、女房ときっぱり縁を切らなければならない。

　おれは通りを歩いて戻る途中、急に体が飛び上がりそうに軽くなった。あっという間に秀髪佳容有限公司のビルの前に着いた。すると、国語の先生が中から出てきた。左右を見回し、知り合いがいないことを確認してから、大通りの人の流れに交じった。おれに気づくと、少し顔を赤くして言った。髪を切って、さっぱりしたよ。そう言いながら、先生は人の群れの中に消えた。おれは、その姿を見ながら思い出した。先生はしばらく前、校長になったのだ。校長になったからと言って、おれよりも暮らし向きがよくなり、おれよりも金持ちになるとは限らない。先生に言ってやりたかった。おれはもうすぐ、新しい宅地に家を建てる。先生の家と同じ造りだが、二階建てじゃなくて三階建てだ。金はどうするんだ？　先生はおれに尋ねるだろう。おれは家電屋の奥さんといい仲になったと言うべきだろうか？　もうすぐ結婚して夫婦になると言おうか？　迷いながら、おれは遠ざかって行く先生を目で追った。しかし、先生は小銭の山に紛れ込んだ一枚の硬貨のように、もう姿が見えなかった。

　おれは商業街のほうに曲がった。

　まったく、ためらいはなかった。三輪車のところに着くと、おれはマントーの籠を持って河辺まで行った。そして、白いマントーを一つずつ河の中に投げ込んだ。二籠で二百八十個のマントーは、一個三角だから、全部で八十四元にすぎない。八十四元で、家を建てるためのレンガを何枚買える？　瓦を何枚買える？　河辺は依然として静かで、人気《ひとけ》がなかった。マントーを河に投げ込むと、綿と綿がぶつかるような音がした。水面にポツポツと浮かぶマントーは、まるで白いキノコだ。橋の下から現れたガチョウとアヒルは、ベッドの上の男女のように騒いで、マントーを啄んでいる。おれは空の籠を提げて河辺に立ち、マントーを追うアヒルを眺めていた。マントーは水を吸って、しだいにふくらみ、葬式の花輪くらいの大きさになった。

　白いマントーが遠くへ流れ去ったあと、おれは三輪車に乗って店に戻った。

　三輪車を店の前に停めると、おれは急いで中に入り、焦ったふりをして、あちこち捜し回った。腰掛けを蹴り倒し、また元に戻して、その周辺を捜索した。血相を変えて、作業台の両脇の土間、奥の小部屋の小麦粉の袋の周りを這いつくばって手探りした。まるで魂を失い、死にかけているかのような慌てぶりだった。女房はすでに仕事を終え、白湯を飲みながらマントーを食べていた。これが昼飯なのだ。女房は食べながら、おれを見て言った。帰ってきたの？　おれはいい加減に「うん」と返事し、引き続き店内の隅々を調べて回った。何を捜してるの？　女房がまた尋ねた。財布を失くしたんだ。おれは店の中に立ち、女房を見ながら言った。マントーを届けて勘定をするとき、釣銭を出そうとして気づいたのさ。二籠のマントーの売り上げはたった八十四元だが、おれの財布には数百元が入っていた。

女房は驚いて、作業台の脇に立っていた。

慌てふためいて捜索したあと、おれは女房の前に立ち、独り言のように言った。昼まえ、新しい宅地で作業をしていたときに落としたのかもしれん。それから、おれはしばらく考え込んだ。その間に汗をかくことで、焦っている様子を見せようと思った。店内は暑かったから、難なく顔じゅうに大汗をかいた。おれは汗を拭いながら、急いで外に出ようとした。同時に、例の縄を手に持っていることを確かめた。宅地に戻るぞ。店を出たあと、おれは振り向いて大声で言った。たぶん、財布は宅地の中に落ちているはずだ。おまえは店を片付けたら、涼皮《リアンピー》〔平べったい麺に薬味とたれをかけて食べる、華北一帯の軽食〕を買って、持ってきてくれ。新しい宅地で待ってるからな。言い終わると、おれは慌てた様子で、通りの人の流れに交じった。さっき、国語の先生が小銭の山に紛れ込んだ一枚の硬貨のように姿を消したのと同様に。

マントー店を出たとき、女房はまだ驚いた表情で立ち尽くし、おれを見ていた。――早く戻って捜すんだよ。買い物をするわけでもないのに、どうして数百元も持ち歩いていたのかね。これがおれと別れる前、女房が放った最後の言葉だった。女房はおれの小芝居と嘘に、まったく気づいていなかった。おれが仕掛けた罠に一歩ずつ近づいていることも、あの正方形から長方形に変わった墓穴に引き寄せられていることも、知らないのだ。おれはもう、マントー屋で事件を起こす計画を放棄した。街は人が多く、計画を実行するには不都合だ。やはり、あの勝手に長方形に変わった墓穴に戻るべきだろう。あそこは、町の中心から外れている。繁華な世界とは違う。昼間でも、闇夜のように静かなときがある。女房を墓穴の前におびき寄せ、最後にもう一度、離婚する気がないか問い詰めよう。もし別れると言えば、万々歳だ。別れないと言えば、覚悟を決めるしかない。縄もあるし、墓穴もある。手を下すときに、女房は大声を上げるかもしれない。しかし、墓穴は一メートル以上の深さがあるから、叫び声をかき消してくれるはずだ。たまたま人が通りかかったとしても、はっきりしない叫び声なんか気にしないだろう。

そのあとは？　そのあとは、女房を埋めて一件落着だ。

女房を埋めて、家電屋の奥さんと再婚し、いつまでも仲良く暮らすんだ。そうなるまで、奥さんとの関係は人に知られたくない。おれはどこかに身を隠し、十日か半月、街に出ないようにする。再び人前に出るときは、悲痛な顔をして口をきかない。家庭に大事件が起きた、天が崩れるような悲劇に襲われたというふりをするんだ。そのうちに、人々はおれの女房が急病で、鄭州か北京の病院に入院したと知る。女房は不治の病のため、入院先で亡くなる。遠くて遺体を運べないから、やむを得ず現地で火葬し、遺骨を持ち帰って埋葬するというわけさ。女房の死を知った人は、突然のことに驚くだろう。しかし、数日すれば忘れてしまう。生まれて年老いて、病気になって死ぬというのは、人間の定めだからな。この町で数か月のうちに、突然誰かが病気になって死ぬのは当たり前のことだ。

突然の死がなければ、人生とは呼べない。

そうやって、毎日が過ぎていくんだ。

そうやって、おれと家電屋の奥さんはしだいに付き合いを始め、最終的に夫婦になる。不思議はないだろう。二人は年齢が釣り合っている。確かに、おれは町いちばんの貧乏人で、奥さんは町いちばんの金持ちだ。奥さんの家の暮らしは天国で、おれの家の暮らしは地獄だ。地獄の中でも、いちばん下に位置している。だが、奥さんの家がいくら豊かでも、亭主はずっと帰ってこない。奥さんが別の男といい仲になっても、許されるだろう。わが家は貧しいが、おれはやさしいし、働き者だ。髭を剃ってシャワーを浴びて着替えたら、町いちばんの美男子に見える。

　そうやって、おれたちはいい仲になり、奥さんは亭主と離婚する。奥さんが離婚して財産の半分を譲り受ければ、その金をおれたちは一生かかっても使いきれない。何回生まれ変わっても使いきれない。家電屋の亭主は、自分の奥さんがおれといい仲になって離婚するとしても、それはまさに望んだことじゃないか。奥さんが亭主に弱みを握られているせいで、財産分与は三分の一に減らされるかもしれない。しかし、三分の一でも三千三百三十三万元になる。おれと奥さんが一生かかっても使いきれない。何回生まれ変わって飲み食いしても、使いきれないだろう。

　おれの新しい家が、もうすぐ建つことになる。

　国語の先生と同じような家だが、二階建てではなく三階建てだ。四階建てにするかもしれない。野菜じじいの家よりも高くする。内装も国語の先生の家を上回る。様式は洛陽の王城広場の古代建築のようで、周王の宮殿と同じだ。野菜じじいの家なんか、比較にならない。国語の先生の家も比較にならない。おれは町いちばんの金持ちになる。おれに出会えば、誰もが頭を下げて挨拶するだろう。おれが通りかかると、みんなが笑顔で道を譲る。

　そういう結末になるに違いない。おれはまさに、そういう結末に向かっているのだ。もう十二時を過ぎて、昼飯を食う人たちで混雑する時間は終わった。大通りで売り買いする人の数も、行き来する人の数も、さっきより減ったようだ。もうすぐ子を産む豚が、うめき声を上げながら、腹を地面にすりつけて、引きずられて行った。

　家電屋の奥さんと亭主は、どうして二人とも太っているんだろう。あんなに太っていたら、ベッドの上で男女の営みをするのは大変なんじゃないか？　一緒に寝ても肉が邪魔して、合体できないはずだ。そのせいで、だんだん不仲になったのかもしれない。そのせいで、家電屋の店主は別の扱いやすい女を見つけたのかもしれない。太った女とベッドに入れば、巨大なゴム製の湯たんぽと一緒に寝ているようなものだ。そんな女との秘め事は、どんな感じだろう？　水の上に浮かんでいる気分だろうか？

　まだ暑かったので、考えながら歩いているうちに、おれは額に汗をかいた。だが、足取りは軽く、水の上を漂っているかのようだった。

　経一路を西から東へ向かい、もう一つ交差点を過ぎた。両側のビルは日差しを受けて、金色に輝いている。ビルは屋根も壁も骨組みも画一的だ。各階の開いている窓も閉じている窓も、みなガラスがきらきらと輝いていて、金色のレンガや瓦をちりばめたように見えた。

　この町は確かに、あっという間に豊かになった。

　あっという間に、人々はみな富豪になった。

　おれが歩いて行くと、両側のビルは背後に取り残された。おれが喜べば、ビルも喜ぶ。おれが豊かになれば、ビルも豊かになる。道の両側には、ここ二、三年の間にポプラの木が植えられた。だが、開発が進んで、一部の木は苗のうちに切られてしまった。それでも生き延びた木は、幹が太くなっている。あちらこちらに点在する木の幹には、店の看板や広告が立てかけられたり、釘付けされたりしていた。ポプラの木が生長するにつれて、看板や広告は木の幹に食い込んで外せなくなった。

　前方に野菜じじいの青果専売店がある。赤い枠に黄色い文字で書かれた看板が、一階と二階の間に掛かっていた。戸口の前の二本のポプラの木には、日替わりの広告が掲げられる。小さい黒板に、チョークで文字を書いたものだ。新鮮な地元の青菜、サヤインゲンなどの名前がある一方、輸入品のタバコやキャンディー、果物の名前もあった。例えば、アメリカのタバコ、台湾のドラゴンフルーツ、シンガポールのバナナ、タイやマレーシアの果物などだ。その後、野菜じじいは名前の長いシンガポールやマレーシアという国名を嫌って、ただ「南洋」とだけ書くようになった。町の人たちは、野菜じじいに尋ねた。その果物は本当に南洋からの輸入品なのかい？　野菜じじいは、笑って答えた。どうせ、おまえが食うわけじゃないんだから、南洋でも北洋でも関係ないだろう。

　輸入品と書かれた果物の多くは、この町にやってきて会社を開き、商売をしているよそ者が買うのだ。黒板に嘘や本当の広告を書く仕事は、誰にでも好かれる娘婿が担当していた。野菜じじいの娘は辺鄙な田舎へ嫁ぐことを嫌い、田舎から婿を迎え、町で所帯を持った。婿養子になったわけではないが、戸籍を田舎から町に移し、店を手伝っている。なかなかの色男だ。一方、野菜じじいの娘は不細工だった。娘婿は字がうまい。店の前の木に掲げる黒板に字を書くのは、お手のものだ。一方、野菜じじいの娘は、小学校も出ていない。おれのような一世代上の人間でも、中学や高校を出ているのに、娘はこの時代に小学校を中退してしまった。

　それでも、野菜じじいの家は、暮らし向きがよかった。娘と婿も、何の不自由もなく暮らしていた。婿は女房にとびきりやさしく、街を歩くときも手をつないでいる。いま、その婿が店の前で、黒板の掛け替えをしていた。南洋のドリアンが新入荷と書かれている。町の人は、ドリアンがどんな果物なのか知らない。婿は人の頭みたいなドリアンを持ち上げると、トゲが刺さらないように椅子に敷くクッションにのせて、町の人たちに匂いを嗅がせた。近づいて行った人は、すぐに引き下がり、鼻を押さえて叫んだ。臭い、臭い。婿は笑いながら、みんなに言った。臭ければ臭いほど、うまいんだよ。臭豆腐《チョウドウフ》〔豆腐を発酵させた食品〕が好きなら、このドリアンも好きになるはずだ。

　みんなは、ゲラゲラと笑った。

　おれも、ときどき臭豆腐を食う。

　おれのせがれが南方の大学に行っていたとき、帰ってきて、南方にはドリアンという奇妙な果物があると言った。なんとドリアンは、こんな形をしていたんだ。人の頭くらいの大きさで、ナイフみたいなトゲがある。家電屋の奥さんは、ドリアンが好きだろうか？　好物なら、おれは大金を払って買ってやる。でも、奥さんの体はぽっちゃりして肌がつるつるなのに、ドリアンはトゲだらけだ。奥さんは香水をつけ、口紅を塗っているから、こんなに臭いドリアンを好むはずがない。

野菜じじいの店の前は、なぜか客がごった返していた。おれはそそくさと、店の前を通り過ぎようとした。すると、野菜じじいがおれに気づき、大声で名前を呼んだ。――おい、こっちへ来いよ。野菜じじいは、笑顔で叫んでいた。まるで、お天道様が落ちてきて、野菜じじいの顔に貼りついたかのようだ。おれは足を止める気がなかった。急いで我が家の新しい宅地にある墓穴のところへ行きたかった。おれは、あそこで女房を待たなければならない。あそこで女房ときっぱり縁を切り、すべてを終わりにしなければならない。おれは家電屋の奥さんと本当にいい仲になり、本当に結婚する。おれの女房には道を譲ってもらう。これは、まさに一大事、急を要する一大事だ。雷が家に閉じ込められているみたいなものさ。おれは急いで戻って扉を開け、雷を天に帰さなくちゃならない。ところがいま、野菜じじいは笑いながら、おれに手招きしている。ドリアンを見ていた客たちは、みんな振り返っておれを見た。

――どこへ行くんだ？　こっちへ来いよ。ひと儲けさせてやるから。

おれは足を止めた。

――さあ、こっちへ来いよ。

野菜じじいは、ずっとおれを呼んでいる。しばらく立ち止まったあと、おれは仕方なく、ドリアンと人の群れのほうへ歩いて行った。みんなはドリアンを取り囲むと同時に、野菜じじいを取り囲んでいる。おれより十いくつ年上の野菜じじいは、ドリアンを見ている人たちに印刷したばかりの名刺を配っていた。名刺の上のほうには、皐田鎮青果有限公司という一行がある。その下の真ん中に、野菜じじいの名前が書かれていた。名前のあと、カッコの中に「社長」の二文字。さらに下には、会社の経一路の住所と電話番号が記されている。

言ってみれば、この名刺は小さな広告だ。野菜と果物を買う人は、簡単に連絡を取ることができる。いま、ドリアンを取り囲んでいる町の人や市にやってきた田舎の人、さらには野菜じじいの店の両隣の服屋と靴屋の主人と客、男も女も、老人も子供も、みんな配られた小さな名刺を持っていた。名刺を持っている人たちは、顔を輝かせて笑っている。野菜じじいの婿もドリアンを手にして、どうしたらいいのかわからない様子で微笑んでいた。

野菜じじいは名刺を配ったあと、みんなが「社長」と声をかけることを期待したが、人々は笑うだけで呼んでくれない。そこで、みんなに向かって叫んだ。社長と呼んでくれたら、十元やるぞ。人々は、ますます大笑いした。誰かがズボンを脱がされて、一物をさらけ出したかのようなバカ騒ぎだ。そこで事態は混乱し、どうにも動きが取れなくなった。そのときちょうど、おれが通りかかったので、野菜じじいは手招きしながら呼びかけたのだ。

おれは人の群れをかき分けて、歩いて行った。野菜じじいは丁重に、名刺を一枚差し出した。

——おれを社長と呼んでくれ。十元やるから。

野菜じじいは笑いながら叫んだ。顔の皺の一本一本に、流れる汗が光っていた。

おれは野菜じじいの顔を見上げた。

——ひと声かけてくれれば、十五元やるよ。

あっという間に、五元値上がりした。

——二十元でどうだ？　社長と呼んでくれたら、二十元やる。

おれは何も言わず、ただ野菜じじいの顔を見つめていた。人の群れからも、声は聞こえない。すべての視線は、おれと野菜じじいに向けられていた。状況は突然、複雑になった。天の上の出来事が地上に落ちてきて、おれと野菜じじいの身に降りかかったかのようだ。みんなの顔が硬直し、半分笑っているみたいな、不思議そうな表情になった。店の中で買い物をしていた客も出てきて、戸口のあたりで人の群れのほうを眺めている。

二十元でも呼んでくれないのか？　野菜じじいは少し焦って言った。おまえのマントー屋の一日の売り上げはいくらだ？　ほんのひと声で、おまえの店のマントー何籠分かの稼ぎになるぞ。

それでも、おれは何も言わずに立っていた。社長と呼ぶべきだろうか？　おれはそのとき、何を考えていたのだろう？　だが、そのとき、おれは確かに計算していた。社長と声をかければ、マントー二籠分の稼ぎになる。

おじさん、呼んでやってくれよ。

野菜じじいの婿が、おれを見つめて言った。顔に哀願するような笑みを浮かべている。おれは振り返り、その凛々《りり》しい顔を見ながら、少し考えて言った。社長と呼べばいいのか？

婿は義理の父親のほうを見た。

——社長と呼んでくれたら、五十元やるぞ。

野菜じじいの顔はこわばり、ギラギラと輝いていた。興奮したせいで紅潮し、十歳近く若返ったように見える。

——二回、呼んだら？

野菜じじいは胸を張って言った。二回なら百元だ。

——十回なら？

——十回なら五百元だ。

拍手が起こった。人々は、おれが野菜じじいとやり合っているのを見て、「呼んでやれ呼んでやれ」と囃《はや》し立てた。しかし、おれはこのときまた胸が苦しくなった。不満が足元から生じ、あっという間に足を伝って胸まで、込み上がってきたのだ。胸のもやもやが、いまにも爆発しそうになった。薄いゴムの袋に、タイヤの空気を詰め込んだみたいだった。おれの胸はもうすぐ張り裂け、野菜じいの店と人の群れの前で倒れてしまうだろう。

　おれは目を見張り、冷たい視線を野菜じじいの顔に投げかけた。囃し立てる声が小さくなり、拍手も収まったあと、おれは張り裂けそうな胸の奥、喉、そして歯の隙間から、何とか野菜じじいの名前を絞り出した。おれは名前だけ呼んで、社長という肩書をつけなかった。舞台上で芝居を演じるように、おれは慌てず騒がず、野菜じじいの名前を一文字ずつ口に出した。そのあと、野菜じじいの顔をチラッと見て、もう一度、名前を呼んだ。最後は名前を連続して高い声で呼び、しかも早口だった。口から火を噴くような感じで叫んだ。

　人々は驚いて、静まり返った。不思議そうにおれを見ていたが、その後、視線を野菜じじいのほうに移した。野菜じじいは何が起こったのか理解できず、青ざめた顔をしていた。おれに突然、唾を吐きかけられたかのようだった。みんなが談笑している中、おれに突然、平手打ちされたかのようだった。何が起こったのか理解できずに、おれを見つめていた。おれは冷笑を浮かべながら、呆然としている人の群れを離れた。店の前の道端まで戻ると、振り向いて人々と野菜じじいに向かって叫んだ。

　——おれは数日のうちに、新しい敷地に家を建てる。少なくとも、あんたの家と同じ三階建て、造りは国語の先生や家電屋の店主の家と同じだ。設計は、北京で大学に通っているせがれの指導教授に頼んだ。完成したら、みんなで祝い酒を飲みに来てくれ。

　そう言いながら、おれは立ち去った。

　人の群れ、青物屋、大通りの賑わいが、あとに残された。おれは急いで新しい宅地に行かなければならない。そこで女房を待ち、完全にケリをつけて、新しいスタートを切るんだ。


ここで、父親の「あの事件」に関する話は終わった。

語り終えたあと、彼は息子が話を終えたときと同様に、私を見つめた。室内はそのとき、明かりが灯り、静かだった。奥の部屋で私の母は横になっていたが、テレビはついたままで、芝居の一節が聞こえてきた。母は芝居が好きで、毎晩、豫劇《よげき》〔河南省の伝統劇〕や曲劇《きょくげき》〔新中国成立後、河南や北京で新たに発展した地方劇〕の歌を聞きながら眠りにつく。幸い、テレビの音は小さかった。曲劇の悲しげな伴奏と女優のかすれた声が、秋の冷たい夜風のように奥の部屋から伝わってくる。おそらく演目は『キリストの誕生』という新作劇だろう。「ある日、突然、キリストは中原の廏《うまや》で生まれた。村人たちはお祝いの赤い茹でタマゴを持ち寄り、ヨセフは感激して……」そのあとの歌詞は聞き取れなかった。

父親は夕食後、私の家にやってきて、私の母としばらく雑談したあと、私に家族のことを語り始めたのだった。そのうちに、「あの事件」の話になった。母は私が里帰りするたびに、よく村人と話をすることを知っている。こうした雑談は、私が創作に行き詰まったときに役立つ。金庫を開けるように取り出して、作品の材料として使うことができるのだ。だから、来客があると、母はいつも熱心にもてなし、そのあとは邪魔をしないように引っ込んで、私たちが語り合う場を確保してくれる。

村の人たちは夕食の時間が遅く、父親が私の家を訪れたのは八時か九時だった。「あの事件」の話を終えたときには、もう夜の十二時を回っていた。母は寝る前に、タマゴと青菜と落花生の料理を用意し、もらい物のビールやコーラを卓上に並べて、私たちが飲み食いしながら語り合う環境を整えた。その後、母は奥の部屋に入り、小さい音でテレビをつけたまま横になっていた。だが突然、母は奥の部屋で大声を上げた。

「もう夜中だよ。話の続きは明日にしなさい」

母は客を帰そうとしたのだ。

「そのあとは？」私は父親が語る事件の結末、妻を殺す計画がどうなったのかを尋ねた。彼は私の母が寝ている奥の部屋のほうを見てから口を開こうとしたとき、視線を私の肩越しに屋外に向けた。私も振り返って、家の外を見た。彼の妻が、戸外の灯火の下に立っていた。夫を迎えに来たのだ。手に提げている袋には、明日の朝早く売りに出す、作ったばかりのマントーが入っていた。彼女は、そのマントーを差し出して言った。お母さんと食べてください。上等の小麦粉で作ったマントーです。この手作りのマントーは、北京では手に入りませんよ。その後、責めるような目つきで夫を見て言った。「あんたは平気かもしれないけど、人様はもう寝る時間だよ！」

　そう言われて、彼は申し訳なさそうに、ためらいながら立ち上がり、妻のほうへ歩み寄った。「済まないが、あと片付けは任せるぞ」彼は食べ尽くされた料理の皿、飲みかけのビールとコーラの瓶と缶を見ながら、はっきりしない声で言った。「おれの話が信じられなかったら、ほかの人たちに聞いてくれ。あとはせがれと相談してくれればいい。この話をいくらで買い取るかも任せる」「ほかの人たち」というのは、当事者である家電屋の夫婦のことだろう。私はうなずき、帰って行く彼らを戸口まで見送った。

　庭を照らす月の光は澄みきっていた。私が手に提げている袋の中のマントーは、白くてふわふわした雲の塊のようだ。濃厚な小麦粉の香りがして、私は灌漑《かんがい》の行き届いた夏の麦畑に立っている気分だった。彼らは、私の家から出て行った。彼は小川のほとりにそびえ立つ山のように、妻に寄り添っていた。彼に寄り添う妻は、大木の下に育つ野草のようだ。彼らを見ていると、この深夜に一大事件が起こるのではないかと心配になる。——例えば、彼が本当に妻を殺すとか。そこで、私は彼らが立ち去ったあと、こっそりと家を出て、あとを追った。一定の距離を保ちながら、彼らについて行った。夫婦は静かな夜道を歩いて自分の家の前に着くと、相前後して中に入った。「ギーッ」という音がして門が閉まった。そこで、ようやく私は引き返した。

　帰宅する途中、私は彼の妻がくれたマントーの袋をずっと持っていたことに気づいた。満天の星月夜で、空気はひんやりとしていた。私は急に寒さを感じ、もう一枚、服を羽織りたいと思った。田舎町の夜は、こんなに冷え込むのだ。

第三章

秋はいい季節です。寒くもないし、暑くもありません。

私が話をする順番になりました。

私は高校を出たあと進学せず、山の向こうからここへ嫁いできました。いまはもうせがれが二十歳を過ぎたのに、里の言葉がちっとも抜けません。里の言葉で語らせてもらえれば、私の話はそのまま小説になるでしょう。

それでは、里の言葉で話を始めましょう。里の言葉を使うと、たくさんの出来事が頭の中で順序良く整理されます。町の言葉を使えと言われたら、あなたたちの標準語を使えと言われたら、話がごちゃごちゃになって、糸口がつかめなくなるでしょう。里の人たちは、声の太さも音程も、ここの人たちと違って、歌うように話します。ここの人たちは、怒鳴っているみたいな、喧嘩しているみたいな話し方です。

里の言葉では、「お天道様」のことを「お日様」と言います。午前のことを「朝方」、午後のことを「昼下がり」と言います。「水が流れる」は「水が行く」、「白雲」は「雲白」になります。「なぜ」は「なんぞ」または「なんぞして」です。いつか、あなたが私の里に足を運ぶことがあれば、里の言葉がどんなに美しく耳に心地よいか、わかるでしょう。この町の言葉は、まったく聞くに堪えません。午前のことを「昼まえ」、午後のことを「昼すぎ」、食べ物のことを「食いもん」と言います。言葉がサツマイモやカラシナみたいに下品です。

私が子供のころ、省都からやってきた大学教授は、村の入口で里の言葉を耳にすると、うっとりしてしまいました。その後、顔を輝かせ、小躍りしながら言いました。ついに、中原官話のもう一つの源流を見つけたぞ。そして、私の里から清末の十年間に二人の進士、三人の挙人、四人の秀才が出たのも無理はないと言いました。もともと、詩文のような言葉を使っていたのですから。教授は言いました。耙《は》耬《ろう》山一帯の九儒《ジウルー》村の言葉は、中原官話の支流の一つだ。漢人の言語の化石と言ってもいい。だから、中国語のもう一つの源流、もう一つのルーツを見つけたことになる。

あなたが私と一緒に山を越えて、私の里に足を運ぶことがあれば、詩文のように粋な言葉を知るでしょう。その教授は、私たちの村に丸三年滞在し、話されている言葉を一つ残らず、十冊か二十冊のノートに書き記しました。

そして、教授は村を去りました。

音信はありませんでしたが、噂によると、教授は省都に戻ってから二冊の研究書を出して、中原官話の専門家になったそうです。また、教授の本は賞をもらって、たくさん売れたので、省都に立派な家を建てたという噂もあります。学生は授業を受けるとき、教授の都合に合わせて家まで行き、教授は普通の先生のようにわざわざ大学の教室まで行く必要がないそうです。実際の話、あなたも私と一緒に耙耬山を越えて、しばらく私の里に滞在し、言葉をノートに記録すれば、中原官話の専門家になれるかもしれませんよ。

いまから、里の言葉で例の話をさせてもらいます。

正直言って、私は初めから殺意を抱いていたわけではありません。せがれを殺そうと思う母親が、どこにいますか。なんぞしてせがれを殺そうと思ったか、その発端までさかのぼってお話しします。なんぞして、おまえは死んでくれないの。――正直言って、世間の親はみな自分の子供がろくでなしだと知ったとき、こういう憎しみを抱くのです。洗いざらい、正直にお話ししましょう。せがれは最初、南方の大学で勉強していました。――南の果ての広東省です。大学の合格通知に押されていた公印は、お日様みたいにまん丸で、電話と住所が書いてありました。せがれの話によれば、大学は海辺にあって、お金のかかった洋風の校舎です。先生は中国人ですが、みんな洋服を着ていました。すばらしい大学で、まるで天国のようなところだと言います。

私は海を見たことがありませんが、せがれの話によると、大学の塀の外がすぐ海だそうです。海に面した大学なのでした。季節ごとに魚の群れが海辺に押し寄せるので、拾って帰れば、おかずにすることができます。夕方、海に行って貝を拾い、おかずにすることもできました。だとすると、大学は確かにすばらしいと言えます。ただし、学費はあまりにも高額でした。一年間でいくらだと思いますか？　八万五千元ですよ！　八万五千元あったら、この町でどんな大事が成し遂げられるか、わかるでしょう？　三間の家を新築できます。自動車を一台買えます。せがれの結納金の半額、または娘の嫁入り費用に相当します。うちの人がせがれに尋ねると、毎年、八万五千元のほかに家賃と食費と雑費を合わせて、少なくとも十万元はかかるという話でした。

十万元と聞いて、うちの人は顔を青くし、せがれの大学進学に反対しました。でも、私は賛成しました。せがれの進学は、世の中のどんなことより大事です。私はうちの人と喧嘩しました。激しく言い争い、言葉の洪水で家が押し流されそうになりました。最後に、あの人は茶碗を足元に叩きつけながらも理解を示し、せがれが広東の大学に行くことに同意したのです。あの人は家を建てるために蓄えていた数万元を取り出し、さらに親戚から数万元を集めました。こうして、せがれは九万八千元を手にしました——十万元には、まだ二千元足りませんでしたが。

せがれはこのお金を持って、旧暦の八月初めに洛陽から列車に乗って出発したのです。私はうちの人と一緒に、洛陽の駅まで見送りに行きました。町じゅうの人たちが、大学に進学するせがれを見て、明るい月とお日様を合わせたように顔を輝かせ、笑いながら言いました。よかった——よかった——もうすぐ暮らしが楽になるね。

私たちは、みんなの羨望のまなざしを受けながら、町のバスターミナルまで行きました。みんなの羨望のまなざしを受けながら、長距離バスに乗って洛陽へ向かいました。途中で、うちの人は私に耳打ちしました。借金をしてせがれを大学へ行かせたのは正解だった。おれは考え直した。家を建てるのは、三、四年遅れてもかまわない。貧乏は我慢して、せがれを勉強させよう。

私たちは、こうしてせがれを駅まで送って行きました。せがれは列車に乗り込むとき、泣きながら言いました。父さん、母さん、ぼくが大学を出て大物になるまで待っていてくれ。瓦ぶきの平屋じゃなくて、二階建て以上の家を建てるよ。

うちの人は笑いながら泣いていました。

私の顔にも、うれし涙が流れました。

列車は出発し、私たちは洛陽から戻りました。その後、どうなったか？　誰にも想像できないことが起こりました。死人が生き返っても想像がつかない、奇妙な事態でした。なんと、その大学は偽物だったのです。大学の公印は、勝手に偽造したものでした。冷静に考えてみましょう。偽物の大学だとしても、なんぞして海辺に洋風の校舎を建てたのか？　なんぞして通勤時間の人の群れのように多くの先生がいたのか？　偽物の大学を作った人は、なんと賢いことでしょう。せがれの話によると、逮捕された学長は、海に向かって叫んだそうです——海よ——証人になってくれ！

その学長は頭に石がぶつかって、おかしくなったのでしょうか。法律を破っておいて、海に証言を頼むなんて。なんぞして、海の水が証人になりますか。これは、せがれが二年生のときの出来事です。学長が捕まり、先生たちは大学を去りました。数千人、数万人の学生は大学に残り、学費が返済されるのを待ちました。せがれは二年間に、十数万元を支払っています。十数万元あれば、瓦ぶきの平屋が建てられます。せがれたちは大学に残って返金を待ちましたが、なかなか埒《らち》が明かず、校舎の窓ガラスを割る学生も出たようです。

　その後、警察がやってきました。

　せがれの話によれば、大勢の警官が昼も夜も大学に駐在するようになったそうです。その後、うちのバカ息子は年末に数千元を取り戻し、それを交通費にして帰ってきました。そして、町の人たちに言いふらしました。ぼくは大学の成績がいいので、もうすぐ卒業して、アメリカへ留学する。アメリカで、会計学の勉強、経営管理の勉強をするつもりだ。

　あれは、その期間のある日のことです。そのとき、せがれは中庭の真ん中に、私は戸口の前に立っていました。曇り空の冬の日で、あたり一面、霧に煙っています。口を開いて話をすれば、吐く息が白く見えるほどの寒さです。せがれは私に尋ねました。——母さん、父さんが家を建てるために貯めたお金は、どこにあるの？　私が使い道を聞くと、せがれは言いました。航空券を買って、アメリカへ行く——ぼくの最大の理想はアメリカ留学だ——広東の大学の同級生がアメリカで待っている。

　まさにこの瞬間、せがれの顔を見つめていた私の心に、あの憎しみの気持ちが湧き上がってきました。初めて心に怒りを感じ、身震いしながら言いました。アメリカの大学へ行きたいだなんて。だったら、なんぞして死んでくれないのかね。

　なんぞして死んでくれないのか——この考えが一度浮かぶと、その後、せがれが髪を赤く染めて暇そうに街をぶらついているのを見たときもまた、私は同じ気持ちになりました——なんぞして死んでくれないのか。さらにその後、まだ新しい服があるのに、せがれが借金をして洛陽へ行き、町の人も着ていないような洋服を新調したとき、私の頭にまた一つの考えが浮かびました——洛陽へ出かけたとき、なんぞして車にひかれなかったのか。その考えが浮かぶと、私は身震いしました。まるで冬の日に、ストーブのそばから突然、外の雪道に出たかのように。

そのとき、私はなんぞしてせがれをこんなに呪うのかと驚きました。何と言っても、自分のせがれです。自分が産んだせがれを呪ったりしてはいけません。でも、もう手遅れです。呪いの言葉が口から出ると、悪の扉が開きます。そのあとは、事の大小にかかわらず、理由の有無にかかわらず、呪いの言葉が口をついて出るようになりました。

さらにその後、せがれは家のご飯が物足りないと言って、おいしいものを町で買ってこようとしました。——町の子供たちは、みんな同じです。家のご飯を嫌って、町で買い食いをします。せがれが出かけようとしたとき、私はその後ろ姿を見て、なんぞして死んでくれないのかという思いが、何度も心に浮かびました。——そこで、あの出来事が起きたのです。

それは、秋の日の昼下がりから夕方の間の出来事でした。

あの秋の日の昼下がりから話を始めましょう。

私たちの町にも改革開放の初期には、南方と同じく外国人がやってきました。その当時の町の賑わいは、まるで南方もしくは外国のようでした。みんなが南方はすばらしい、お金が落ち葉のように降ってくると言います。でも、いま南方は相変わらず、そんなに豊かでしょうか？　南方でも私たちの町と同様、工場、会社、企業がつぶれていると聞きます。——ときどき、私は思うんです。うちのせがれは南方に毒されたんじゃないか？　外国、アメリカに毒されたんじゃないか？

よく考えてみると、せがれは人生のしょっぱなから南方の豊かさに誘惑され、夢想にふけるようになりました。南方は井戸のようにせがれを飲み込み、私の一家を飲み込んだのです。私たちの一家は南方を恨み、外国人を恨んでいます。天国のように言われているアメリカを恨んでいます。もし中国に南方がなければ、もしアメリカや外国がなければ、せがれが町の警察署のお世話になることはなかったでしょう。手錠を掛けられて連れて行かれることもなかったでしょう。でも、せがれは連行されました。町の人たちは、せがれがパトカーで連れて行かれるところを目撃し、驚きで顔を青くしていました。みんなが、ぺちゃくちゃとせがれを取り沙汰し、うちの一家を取り沙汰しました。

　せがれは十日間、警察署に拘留されました。

　そして十日後、例の昼下がりの出来事が起こったのです。その日、警察署から連絡があり、私はせがれの身柄を引き取るため、罰金を支払いに行きました。罰金は一万八千元です。我が家の暮らしは苦しくて、うちの人がスイカを売ろうとするたびに雨が降るという有様です。どこから、一万八千元を工面すればいいのでしょう？　この一万八千元のために、あれこれ悩んだあげく、マントーの店を抵当に入れました。

　店を抵当に入れて得た一万八千元を持って、私は警察署に向かいました。途中で人に出会うのを避けるため、大通りは歩きません。町の西側の山のふもとの裏道を歩いて、南に向かいました。ご存知のように、あの裏道は町の西を通る環状道路の外側にあり、畑の中を南北に伸びています。信じてもらえるかどうかわかりませんが、この数年、町は夢でも見ているように、あっという間に大きくなりました。あっという間に都会になりました。人口も、あっという間に数千から数万に増えたのです。でも、この夢は急に覚め、賑わいは消えました。数年で数万に増えた人口がまた、あっという間に一万以下に減りました。

　人はやってきては、また去って行きます。

商売は栄えたあと、また下火になり元に戻りません。

町の話はやめて、せがれの話をしましょう。秋のトウキビ——私の里では、トウモロコシのことをトウキビと言います——秋のトウキビはもう熟して収穫されていました。あたりには、しっとりした空気が漂っています。昼下がりのお日様は頭上にあって、ときどき雲の中に隠れました。三時か四時ごろです。私は一万八千元を懐に入れて、収穫を終えたトウキビ畑の中を歩いて行きました。途中、私はあれこれ悩みました。なんぞして、こんなろくでもないせがれを産んでしまったのか。なんぞして、こんな死にぞこないのせがれを産んでしまったのか。畑の中の小道を二、三里歩き、高い土手を越えたあと東に曲がると、警察署が見えました。

警察署のビルは後ろから見たところ、ちっとも治安を守る威厳が感じられません。赤いレンガの壁、屋根は平らで、各階の各部屋にガラス窓があります。どこから見ても、それは普通の民家でした。でも、じっくり観察すれば、警察署の窓はほかのガラス窓と違って、指と同じくらい太い鉄格子が取り付けられていることに気づくはずです。この鉄格子は、警察署のビルが周囲の政府機関のビルと違うことを物語っています。やはり、治安を守る威厳と貫禄が隠されていたのでした。

警察署の左右に並んでいる政府機関は、町の郵便局、病院、銀行、食糧管理組合、税務署、環境整備事務所です。これらの機関は、町が急に賑わいを見せたときに、経路や緯街から移転してきました。役場も引っ越してくる予定でしたが、そのうちに町の懐具合が悪くなって、移転は取りやめになり、旧市街の横町に残っています。

警察署の周囲の住宅は、マンションも平屋もみな国家を象徴する赤い色の建物です。人が住んでいる建物もあれば、建設途中で放置されたものもあります。あるマンションは、入居予定者から大金を集めたのに、工事が中断され、開発業者は姿をくらましてしまいました。その開発業者は江蘇か浙江の人だという噂もあれば、韓国に移住した中国人だという噂もあります。どこぞの人であるにせよ、お金を持ち逃げしてしまったのです。このために町長は始末書を書き、処分を受けたことが人事記録に残っています。

　話が脱線してしまったでしょうか？

　やはり、私がせがれによからぬ思いを抱いた顛末《てんまつ》をお話ししましょう。

　まさに警察署へ行った日に、そのよからぬ思いが猛烈に、心に湧き上がったのでした。まるで樹木が急に、根を張り葉を茂らせるかのように。警察署の左側は病院で、右側は例の建設途中で野垂れ死にしたマンションです。急病人を乗せた救急車がサイレンを響かせ、大通りから病院へ入って行きました。病院のほうをチラッと見たあと、警察署に近づいて行くと、門の前の椅子に守衛の老人がすわっています。その人は、警察署の先代の署長なのでした。生涯にわたって多くの人を捕まえ、多くの人を釈放し、退職後に再雇用されて、守衛として毎月わずかな賃金を稼いでいるのです。警察の幹部の制服をまだ着ています。ただし、その制服には、なんぞとかいうものがありません——そう、徽章です。徽章のない服はよれよれで、工員の作業服のようでした。すっかり威厳を失って、いつも冴えない表情をしています。お日様の下、門の前で居眠りしていましたが、私の足音で目を覚まし、目を細めて言いました。

——おや、あんたかい。

——息子を迎えに来ました。

——帰ったら、よく言い聞かせるんだな。真面目に働いて、二度と警察署の世話にならないように。ここに来るくらいなら、隣の病院に入院したほうがまだましだ。ここは病院よりも金がかかる場合があるから。

　私はカバンの中からタバコをひと箱取り出し、元署長に手渡しました。警察署の世話になった町の人が、教えてくれたのです。あの男に会ったら、タバコを手渡したほうがいい。タバコを渡さなくても、元署長はいい人です。署長をやめて、人を捕まえることも釈放することもなくなってからは、誰かに会うたびに尋ねます。おれは以前、あんたの家に何か申し訳ないことをしたかね？　したとしても、許してくれ。すべて法律の規定だから、仕方なかったのさ。町の人たちはみな、元署長はいい人だと言います。警察署に来る人は、元署長にタバコを渡すことを忘れません。私がタバコを渡すと、元署長は笑って、顔がお日様のように赤くなりました。

　私が警察署の大きい門の内側の小さい門から中に入るとき、元署長は扉を開けてくれました。私はもう何度も行き来しているので、警察署の内部を知り尽くしています。その日、前庭にはパトカーが停車し、何に使うのかわからない鉄鋼と木材が山積みになっていました。事務室から出てきた人が、飲み残しのお茶を捨てながら、私のほうをチラッと見ました。手前の敷地と奥の敷地の間は、一列に並んだ平屋で隔てられています。それは各種の窓口業務を扱う部屋です。例えば、事件の通報、戸籍の管理、紛失した身分証の再発行など——身分証の手続きには新たな登録と写真が必要です。いちばん端の二つが、登録手続きと写真撮影の部屋でした。

　私は写真撮影の部屋の脇を通って、奥の敷地に入りました。

　奥の敷地は二畝《ムー》〔一畝は六・六六七アール〕ほどの広さで、北側に警察署の食堂と倉庫、西側に三階建てのビルがあります。拘留中の犯罪者は、すべてこのビルに収容されていました。面会は一階で行われます。面会と言っても、一般に何か特別な用事がなければ、直接会うことは許されません。一階の真ん中の応接室で待たされ、当直の警官がやってきたら、犯罪者に渡す品物と伝言を託す。それでおしまいです。

　ちょうど空に雲白が浮かんでいて、警察署の奥の敷地は、お日様が陰っていました。光が弱まって、秋の涼しさを感じます。以前来たときはせがれに会えませんでしたが、今度はもうすぐ会えるのです。元気だろうか？　ちゃんと食べてるだろうか？　面会のたびに私は尋ねました。——大丈夫だよ——いつも警官は私にそう答えました。もう少しして、拘留期間が終われば、わかるはずさ。でも、大丈夫なはずはありません。拘留期間が終わって出てきた人たちは、ひそかに言っています。食べ物は豚の餌みたいだった。ひと言でも口答えしたら、警官は机を叩いてにらみつける。もうひと言口答えしたら、茶碗やコップが飛んでくる。事件について嘘をついたら、殴られ拷問を受けるかもしれません——拷問というのは、私の想像です。テレビでは、よくそんな場面が出てきますから。

でも、せがれが拷問を受けることはないと思います。事件はごく単純で、嘘をついたり否認したりする必要はさらさらありません。否認しなければ、殴られることはないでしょう。この事件以外に、別の容疑がないかぎり。でも、別の容疑があるなら、十日間の拘留で釈放されるはずはありません。ここでお世話になった人たちは、みんな言っています。警察署がせがれに科した一万八千元は多くない。十万八千元の罰金を科せられた例もある。でも、警官は言いました。息子さんが犯した罪は、大きいと言えば大きいし、小さいと言えば小さい。

せがれは半月前、北京から帰ってきました。せがれは二年間、大学院で勉強していましたが、なんぞしたわけか卒業まで、もう少し延長が必要だと言います。しばらくしたら、また北京に戻ることになっていました。もしかしたら、同級生と一緒に南方へ実習に行くかもしれない、南方で仕事を見つけて働くことになるかもしれないと言いました。

私たち夫婦は、これでやっとせがれの学業が成就する、豊かな暮らしが少しずつ近づいてきたと思いました。ところが、なんぞしたわけか——思いがけず、十日前の昼どきに警察署の人が来て、せがれを連れて行きました。そして拘留したのです。せがれは大学院で真面目に勉強などしていませんでした。学費と偽って、生活費を要求していたのです。北京で家を借りて、秀髪佳容《ツウファージアロン》理髪館の女と夫婦のように暮らし、あろうことか妊娠させて、子供が生まれました。いま、せがれはその女と喧嘩別れしてお金を使い果たし、仕方なく帰省したのです。

でも、警察署の警官がせがれを捕まえたのは、北京で女を妊娠させたからではありません。せがれは犯罪グループの活動に加わっていました。毎年の大学統一入試の問題を入手して売りつけたり、替え玉受験を手伝ったりしていたのです。大学統一入試は国家の最高機密ですから、犯行グループは国家機密を盗み出したことになります。グループの首謀者は十五年の服役、数百万の罰金を科せられました。犯人の中には、大学教授も含まれていたそうです。その大学教授も捕まって、判決を受けました。せがれは犯罪グループの下っ端だったので、ただ指示に従っていただけです。せがれが捕まったのは事実をすべて白状させるためで——白状した内容が正しければ、法律に基づいて十日間の拘留で釈放されるということでした。

思いがけないことに、せがれがこの数年、北京にいたのは勉強のためではありませんでした。

思いがけないことに、せがれが要求していたお金は町の床屋の女といかがわしい暮らしをするために使われていました。町の人たちが、あの床屋のことをなんぞ言っているか、ご存知ですか？ みんな、あの床屋は床屋じゃない、売春宿だと言っています。せがれは床屋の女と怪しい関係になり、子供もできたのに、家族に知らせませんでした。私がせがれを呪う気持ちを抱いたのは、非難されるべきことでしょうか？ そういう気持ちを抱かないで、実の母親だと言えますか？ この期《ご》に及んでせがれを恨まない母親が、どこにいるでしょう？

警察署の奥のビルの正面の壁には、大きなスローガンの文字が書かれていました——「有、罪、必、罰、天、網、恢、恢」——この八文字が部屋と部屋の中間に並んでいます。その壁の手前には、新しい警察用バイクが数台、停まっていました。敷地を囲む高い塀の上には、ガラスの破片と鉄条網が設置されていました。私が奥の敷地に入ったとき、炊事係の男が生ゴミの入ったバケツを提げて、警察署で飼っている豚に与えに行きました。男は戻ってくると私を見つめ、突然笑顔になって近づいてきました。――二階の男の子は、あんたの息子だろう？　男は笑いながら、話を続けます。この十日間、あの子は特に苦しい思いをしてないよ。おれが隙を見て、うまいものを届けていたから。男はそう言ったあと、あたりを見回して小声で私に頼みました。――うちの娘が来年、大学受験なんだ。あんたの息子に手を借りるかもしれない。このとき、警官が一人、建物から出てきて男に視線を向けました。男は慌てて、食堂のほうへ歩いて行きました。

私は男の話の意味がわかったような、わからないような、曖昧な気分のまま、「罰」という文字の下の応接室に向かいました。以前来たとき、いつも差し入れを届けたのはその部屋です。せがれには会えず、接見のためにはさらに申請と許可が必要だと言われました。今回も、私はその部屋に歩いて行きました。「罰」の文字は、お日様の下で灰色に見え、湿ったシーツを壁に貼りつけたかのようです。いつも中年の警官が当直なのですが、今回もその警官が出てきて、私に親し気な笑顔を見せました。

――やあ、いらっしゃい。

中年の警官は、笑いながら言いました。今日はいい日だ。息子さんに会えるよ。そう言いながら、警官は大きな体を揺らしました。私を部屋に入れることなく、手招きしてビルの中央の入口から二階に案内します。階段の上がり口に机が設置され、担当の若い警官がすわっていました。机の上には拳銃と記録簿が置かれています。私たちが通りかかると、若い警官は恭しく中年の警官に会釈しました。中年の警官は記録簿にサインをしてから、私を連れて階段を上がります。

二階には、とても長い廊下がありました。黒い制服の二人の補助警官〔臨時雇用された非正規の警官〕が見張りに立っているだけで、ほかには何も見当たりません。深夜の袋小路のような静けさでした。足を踏み入れたら、誰もがうちの人と同じ胸のつかえを覚えるでしょう。突然、空気が薄くなったみたいです。手を伸ばして空気をつかみ取り、口に入れたくなります。廊下の電灯は黄色っぽくて、元気がありません。白いペンキが塗られているせいで、壁の色はむしろ黒ずんで見えました。

見張りの警官は、泥棒を見るように私を見ます。私はくるくる動く四つの目にさらされながら、急いで歩いて行きました。廊下の両側に扉があります。朱色や薄茶色に塗られている普通の木の扉ではありません。いずれの扉も鉄製で、黒っぽい地味な色です。扉には一冊の本くらいの小窓がありました。小窓には当然、鉄格子が取り付けてあります。それを見て、私はここも監獄なのだと思いました。

あとから知ったのですが、二階の部屋はすべて拘留室です。悪いことをした人は、取り調べを受け、罰金刑を下されるまで、まずここに収容されます。その後も、拘留期間が終わらないと、この監獄のような部屋から出してもらえません。私は大柄の警官のあとについて、廊下を南へ進みました。その途中、拘留中の人が部屋の小窓から外を見ていることに気づきました。死んだ魚のような目です。別の部屋の人は、黒い目を輝かせていて、警官の姿を見ると叫びました。――おい、おれの事件はどうなった？　あと二日、拘留が続いたら、おれは狂っちまう。呼びかけられた中年の警官は振り返って、大声で言いました。――何を焦ってるんだ。しっかり反省しろ。

中年の警官は、その扉の前を通過しました。

私もあとに続いて、その扉の前を通過します。小窓の奥の目は、私をじっと見つめていました。

私たちは、いちばん南の拘留室に着きました。――そうです。その部屋は拘留室と呼ばれています。その部屋から出てきた町の人は、監禁部屋と言っていました。私たちが着いた南の端の廊下の上部には、大きな窓があります。外側に指くらいの太さの鉄格子が取り付けてあるのは同じですが、窓は内向きに開いていました。昼下がりの秋のお日様とそよ風が、そこから流れ込んできます。地下道から出てすぐ空と田野が目の前に広がったかのようで、深呼吸すると気持ちが伸びやかになりました。

監禁部屋の換気は、すべてこの窓が頼りです。閉じ込められている人たちは、自由がどんなにすばらしいかを痛感するでしょう。野外のお日様の下で伸び伸び育つ木のようになりたいと思うはずです。窓から入る風は、秋の農作物の甘い香りを運んできます。それを嗅ぐと、籠の中のミツバチがかすかな花粉の匂いに気づいたときの気持ちになるでしょう。

中年の警官は南の端の廊下に立っています。私もいちばん南の部屋の扉の前に立ちました。警官が振り返り、私に言いました。まず拘留期間満了の手続きをしてから、面会と引き取りが許されるんだが、あんたが早く息子さんに会いたいだろうと思ってな。先に面会に連れてきたんだ。先に息子さんに会うのは順序が逆だから、バレたらおれが規則違反で処分される。そう言いながら警官は私に笑いかけ、ポケットから鍵を取り出して、いちばん南の部屋の扉を開けます。扉が開いたあと、警官は私を中に入れようとして言いました。息子さんとしばらく話をしなさい。おれは一階で帳簿と報告書にサインをしたあと、また呼びに来る。息子さんと一緒に一階に下りて手続きを済ませたら、親子ともども家に帰れるよ。この事件は、それでおしまいだ。

言い終わると、警官は私を部屋の中に入れました。顔には、ずっと笑みが浮かんでいます。その笑顔は、私とせがれへの贈り物のようでした。警官が扉に鍵をかけて立ち去ったあと、私はようやく視線を部屋の中に向けました。

そして、私は驚きました。

どこから見ても監獄ではありません。それは、うちの人と私が大金を払って泊まった洛陽のホテルの部屋のようです。小部屋ではなく、次の間付きの広い部屋でした。表の部屋にはソファー、テーブル、テレビがあります。テーブルの上には、フルーツを盛った皿がありました。中身はリンゴが二つとブドウとバナナです。奥の部屋では――私が仕切りのドアの向こうに視線を走らせたところ、せがれがベッドの脇で荷物の整理をしていました。

せがれは汚れて皺くちゃの服を脱ぎ、私が前回の差し入れで届けた機械織りのハイネックのセーターとデニムのズボンに着替えています。そういうデニムのズボンをあなたたちはジーパンと呼ぶんですよね。せがれは都会から戻ってきたとき、まさにいまの恰好をしていました。せがれの着こなしはカッコよく上品で、町の若者とはまるで違います。町の若者は、襟が薄汚れて黒光りしているジャケットを着たり、どう見ても様《さま》にならない黒やグレーの縞模様の背広を着たりしていました。

背広の袖口には、メーカーの番号札や登録商標が縫い付けてあります。その文字が読み取れるかどうかは、重要ではありません。外国の文字だということが重要なのです。それらの背広は、洛陽の龍門石窟の近くで買ってきたものでした。そこには問屋があり、毎日、私たちの町の市の日を上回る賑わいを見せています。町の人の話によると、どこの国のどんな有名ブランドの背広でも、そこで買えます。しかも、そこの背広は田舎の仕立て屋が作っている服よりも安いのです。ところが、買ったときにピカピカだった背広は、一度着ただけで型が崩れ、服を着たまま数日寝たかのように皺くちゃになってしまうのでした。

町の若者は、大半がこの背広を着ています。

背広を着れば、黒い革靴が必要です。革靴は偽ブランドですが、本物の牛や羊の革を使っているものもありました。お金持ちの家のお嬢さんは、本物の子羊の革の靴を買います。でも、クリームを塗らないので、一か月で靴先が反《そ》り返り、皺だらけになってしまいました。革靴は薄汚れ、皺の間に泥がたまります。そのおかげで、ようやく服と靴の調和がとれて、北方特有の曇り空のような色で統一されました。

うちのドラ息子が服を着ると、なかなか見栄えがします。スニーカー、ジーパン、ハイネックのグレーのセーター。イケメンで、長くもなく短くもない髪はいつも清潔、二日置きに頭を洗っています。洗髪と洗顔のときには、都会から持ち帰ったシャンプーと洗顔クリームを使っていました。洗ったあとは、とてもよい香りがします。この季節にリンゴ畑を通りかかったときと同じ匂いです。

正直言って、せがれは夢の世界に長くいたため、もうこの町の人ではなくなっていました。何と言っても、せがれはもう大都会の人です。事件を起こして警察署に拘留されなければ、町の人はみんなせがれに会ったとたん、喜色満面で挨拶したでしょう。でも、せがれはついに事件を起こし、警察署に拘留されました。いくら立派でも、監禁部屋は悪いことをした人を拘留する場所です。

私は表の部屋から、奥の部屋へ入りました。床がふわふわするので足元を見ると、室内にも青い絨毯《じゅうたん》が敷かれています。私は監禁部屋の絨毯に驚き、杭のように戸口で立ち尽くしました。——笑われるでしょうが、私は生まれて初めて絨毯を踏んだのです。警察署の監禁部屋で絨毯を踏むとは、思いもしませんでした。田舎の草ぶきの家から急に宮殿に足を踏み入れたような驚きです。

奥の部屋にいたせがれは、私を見つめています。

——父さんは来なかったの？

——あの人は土地と家を交換する件で忙しいんだよ。

せがれが小声で質問し、私は気を取り直して答えました。改めて室内を見渡すと、奥の部屋にもテレビがあります。テーブルの半分くらいの大きさで、壁掛け式でした。テレビの下には、赤いペンキが塗られた背の低い戸棚があります。引き出しについている取っ手は、金色でした。さらに奥の鉄格子が取り付けられた窓の下には、ソファーがあります。ソファーの手前は、トイレと洗面所です。近づいてのぞき込むと、洗面所にはシャワーもありました。シャンプーや液体石鹸の大小のボトルも揃っています。

ソファーの向こう側の壁の下には、金色の支柱に白い笠の電気スタンドがあります。ライトのスイッチは足元にあり、円盤形でした。どうやら、電源を入れるのも切るのも、足で踏めばいいようです。ベッドはダブルで、枕元のサイドテーブルにたくさんのスイッチとダイヤルがあります。シーツとベッドカバーは真っ白で、枕カバーの生地は絨毯よりも厚みがありました。

　ベッドの脇の窓に監獄のような鉄格子がなければ、なんぞしてここが監禁部屋だと信じられるでしょう。まるで高級ホテルのスイートルームです。この監禁部屋が星いくつのホテルの部屋に相当するのか、誰にもわかりません。窓から差し込む光は暗いけれど、壁のライト、天井のライト、電気スタンドが全部ついているので、室内は高級ホテルの部屋のように明るく輝いていました。

――すわってくれよ。

――こんな部屋に泊まっていたの？

――警察の人たちが、ここに泊まれって言うから。

――罪を犯したっていうのに、なんぞしてこんな部屋に泊まれるんだい？

――母さんは口を出さないでくれ。

　せがれはそう言うとベッドの縁にすわり、視線を表の部屋に向けました。まなざしの中に何かを隠しているようでもあり、ぼんやり目をどこかに向けているだけで、何も見ていないようでもあります。バイクが出て行ったのか帰ってきたのか、外でエンジンの音が響き、窓辺に止まって室内を見ていたスズメが飛び立ちました。窓に切り取られた空に浮かんでいる雲は、移動しながら集散を繰り返しています。

　廊下を歩く見張りの補助警官の足音が聞こえてきました。戸口まで近づいて、しばらくするとまた北のほうへ遠ざかって行きます。監禁部屋はとても静かです。この世界全体が静まり返っています。室内の静けさは、私たち親子を箱の中に閉じ込めてしまったかのようでした。私はずっと、せがれを見つめていました。まるで久しぶりに出会った親戚を見るかのように。このとき、せがれは肩を揺らし、腕を伸ばして空中を手探りしました。疲れた体をほぐそうとしているのでしょう。

——ここを出たら、古い家も新しい家も売り払って、一家でこの町を離れよう。

せがれは突然、そう言いました。そして私を見ながら腰を伸ばし、つま先立ちしました。

——どこへ行くの？

——どこでもいい。とにかく、死んでももうこの町には住まない。

話を終えると、せがれは視線を戻し、伸ばしていた手をポケットに入れました。その後、またポケットから手を出して胸の前に持っていき、指の関節をポキポキと鳴らします。十本の指の関節を鳴らし終えてからも、片手でもう片方の手を握っていましたが、上下の唇を舌先で湿らせたあと、ようやく口を開きました。——母さんと父さんが行かないなら、一人で出て行く。とにかく、この町にはいたくない。その後、また私を見ながら少し考えて、言葉を続けました。うちのお金を使うのは、これが最後だ。十万八千元を融通してほしい。今度こそ成功を収めたら、母さんと父さんを迎えに来る。

私は目を丸くしました。

——いったい、どこへ行くの？

——ここを出てから決める。

——どこか、あてはあるんでしょう？

——蘇州、杭州、上海、広州、または深圳《しんせん》だ。国外へ移住するかもしれない。まずは日本、韓国、またはシンガポールへ行く。お金がたまったら、イギリスやアメリカへ行き、博士号を取る。そうさ、最終的には博士になるんだ。一生のうちに、何とかしてアメリカのハーバード、あるいはイギリスのケンブリッジで、博士号を取りたい。

私たちは、そのあと黙り込みました。突然、親子の間に語るべきことがないと気づいたのです。

もはや、互いに愛想が尽きてしまいました。私はぼんやりとせがれを見つめ、心の中で思いました。出て行くんなら、その場所で死んでしまえ。二度とこの町にも、この家にも帰ってこなくていい。またせがれの死を願ってしまったので、以前のようにドキドキしてもいいはずですが、今回は少しも驚きません。せがれにご飯をたくさん食べさせたり、少し控えさせたりするみたいに、大したことではないと思われました。むしろ、せがれの死を願ったのに、平気でいる自分に驚きました。どこか感覚がおかしくなっているのかもしれません。私は遠い親戚か隣人を見るかのように、ぼんやりとせがれを見つめていました。

　そのとき、外の廊下で、またコツコツという足音がしました。中年の警官が戻ってきて、扉を開けます。私は振り返り、扉の外を見ました。せがれは扉の外を見たり、ベッドの上の畳んだ服を見たりしています。警官は扉を開けて入ってくると、ニコニコして持っていた布袋をせがれに手渡しました。せがれは急いで服をその袋に入れたあと、洗面所に行って歯磨き粉、歯ブラシ、髭剃りを取ってきます。警官は出て行こうとするせがれを目で制止して、済まなそうに笑って言いました。――お母さんが一階で書類にサインしてから、下りてきてくれ。法律の手続きは、時計のネジみたいに厳格なんでね。それから、警官はせがれに言いました。ここを出たあと、おれが署長の許可を得ずに、おまえたち親子を面会させたことは誰にも言うなよ。

　せがれは、当惑した様子で立ち止まりました。

　私は中年の警官と一緒に監禁部屋を出ました。警官が再び部屋の扉の鍵を閉めます。その音は、冬に冷たい水で洗い物をするとき、食器がぶつかり合うような音でした。でも、いまは秋です。暑くも寒くもありません。綿入れを着ると少し暑く、単衣だと少し寒いという時期です。私は突然、寒気を感じました。ここまで歩いてくるときは汗をかいたのに、いまは背筋がひんやりします。廊下の電灯は、相変わらず薄暗い光を放っていました。見張りの補助警官は笑顔を見せてうなずき、自分の親戚に対するように私を見送ります。でも、私は心の底から寒気が湧き上がってくるのを感じました。私は機械的に頭を下げましたが、自分がどうやって足を上げ下ろししたかも記憶にないのでした。

昇降口の扉を出たとき、空を見上げました。お日様は金輪際《こんりんざい》姿を見せず、布団のように厚い雲が空を覆っています。湖のような形の真っ黒い雲もありました。雨が降りそうですが、降らないのかもしれません。中庭に警官たちがいましたが、雨に濡れるのがいやで、干してあった服や布団や食堂の布巾などを取り込もうとしません。服やシーツが風に揺れ、パタパタと音を立てています。まるで、空から降ってきた雲が踊っているかのようでした。

警官のあとについて階段を下り、「罰」という字の下の応接室に入りました。室内の様子は、すべて熟知しています。戸口の近くに椅子と机、その向かいに長椅子があります。反対側の壁の下には給水機、そして窓台の上に紙コップが置いてありました。こちら側の壁には赤い文字で――警察は人民の後ろ盾――という標語が掲げられています。反対側の壁には――法律に基づき人民の安全を守る――という別の標語がありました。ほかには、足元のタイル、壁に飾られたペナントと賞状、部屋の隅に置かれた鉢植えの豆の木が目につきます。初めてこの応接室に来たとき、当直の警官は、あの大きな葉っぱの植物は豆の木だと言いました。いまが盛りの菊の鉢も、窓の外にあります。

それ以外は、何もありません。

私と身内のように親切な中年の警官がいるだけです。

警官は部屋に入ると、すぐに机の前に行き、引き出しの中から字がたくさん印刷されている数枚の書類を取り出し、そのうちの一枚の右下を指して署名を求めました。字が書けないなら、拇印《ぼいん》を押すだけでいいよ。そう言いながら引き出しから朱肉を取り出し、蓋を開けて差し出しました。私は字が書けます。――そう言って、私は警官の顔を見上げました。警官は私の言葉が信じられない様子で、朱肉を手にしたまま、申し訳なさそうな笑みを浮かべています。私が受け取ったのは、当直の警官に対するアンケートで、ページの半分に文字が書かれ、その下に三行、「不満足」「やや満足」「とても満足」の項目があり、選ぶようになっていました。私は「とても満足」の欄にチェックを入れたあと、右下に署名して拇印を押し、日付を記入します。その紙を渡すと、警官はとてもとても満足した顔を見せました。

——息子さんはここで、快適に過ごしたはずだ。あの特別室は、やむを得ずここで身を隠すことになった町の重要人物のために用意された部屋だからな。

中年の警官は、私にそう言いました。私はその顔を見ながらしばらく考えたあと、ポケットから一万八千元が入った封筒を取り出しました。

——このお金は罰金ですか、それとも滞在費ですか？

警官は封筒を押し戻して言いました。

——向こうの会計室で渡しなさい。何のお金か、説明してくれるはずだ。

私は封筒を引っ込め、再び警官の顔を見ながら考えました。そして、さっきよりも丁重に言いました。長い間、せがれがお世話になりました。このご恩を私たちは一生忘れません。でも、あと一つだけお願いがあります。警官は、にこやかに言いました。警察は人民のために、できるかぎりのお手伝いをするよ。そこで、私は言いました。——警官に笑いかけてから言ったのか、いきなり言ったのかは、覚えていません。警察署は、人間を改造し教育する、すばらしいところです。この町の良い子も悪い子も、この監禁部屋にしばらく泊まれば、みんな立派な青年になります。うちのせがれもここに来た以上、牢屋と同じ監禁部屋に入って、数日を過ごすべきです。本当の囚人のように、ホテルみたいな豪華な部屋ではなく牢屋と同じ監禁部屋に入れてください。そう言うと、私は視線をまた警官の顔に向けました。まるで、テレビドラマの次の場面を期待するかのように。

警官は少し驚いて机の脇に立ち、私が贋金《にせがね》を持っているかのような疑いのまなざしを向けました。

――どういうことだ？

――せがれに本当の教育を受けさせたいんです。

――息子さんには、いろいろと説教したよ。

――うちの人も私も、せがれに本当の監獄がどんなものか、味わわせてやりたいんです。十日でも半月でも、三日でも五日でも、本当の囚人のように。お金が必要なら用意します。

外でまた物音がしました。通りかかった警官が、部屋の中をのぞいて行きます。いまにも雨が降りそうで、室内は暗く静かになりました。秋の寒さが、こっそり忍び込んできます。二人の警官が庭で、干してあった布団と服を取り込んでいるのが見えました。本当に雨が降りそうです。でも、警官たちの動きには慌てた様子がありません。歩きながら振り返り、談笑したり鼻歌を歌ったりしています。


　中年の警官は、ちょっと笑って、これは前例のないケースだからと言いました。そして、最後にもう一度、私を見ました。私の顔に何かを見つけ出そうとするかのように。しかし、失望したようです。見つけようとしたけれども見つからず、仕方なく机の上の物を引き出しにしまいました。

――この件は、署長に報告しないとな。


　警官は出て行って間もなく、署長と一緒に戻ってきました。署長はどこから現れたのでしょう。背は低く、痩せています。警察の制服は着ていますが、帽子はかぶっていません。頭が禿げていて、署長には見えませんが、それでも署長なのでした。五十歳前後でしょうが、五十過ぎに見えます。署長は中年の警官と一緒にやってきて戸口に立ち、しばらく私を見つめていました。――あんたがその、母親かね？　署長は尋ねたあと、私を観察していました。私がうなずくと、息子さんを引き続き警察署に置いておきたいというのはどういう意味かねと重ねて尋ねます。私は、せがれをここで教育してほしいと言いました。

署長はそれを聞いて、笑いながら言いました。それはダメだ。あんたの息子は北京で罪を犯したんだから本来、北京で審判を受けなければならない。でも、身柄を引き渡せば、数日の拘留じゃ済まないぞ。本当の監獄に二年、入ることになるかもしれん。我々は、あんたの息子が人柄も態度もよく、犯罪に巻き込まれただけだと判断して、身柄を預かったんだ。この町では珍しい大学生、大学院生で、町のためになる人材だからこそ、拘留十日で釈放したのさ。

そう言いながら、署長はずっと私を見ていました。私がその話を信じているかどうか、顔から判断しようとしたのでしょう。私は署長の話を信じました。少しも疑っていません。――いいかね、我々はあんたの息子を特別な部屋に入れた。貴重な人材だからこそ、特別な部屋に拘留したんだよ。署長は言いました。いま、あんたは引き続き息子さんをここに置き、監獄のような部屋に入れてほしいと言う。あんたの気持ちはわかるが、我々は処分を軽くして拘留期間も短縮するという報告をもう上げてしまった。県の公安局が承認し、今日はちょうど期限の十日目だ。あんたの息子の拘留期間が一日延びること自体は、大した問題じゃない。しかし、我々からすれば、法規に違反することになるんだ。わかるかい?

わかるかいと言ったとき、署長は奇妙なまなざしを私に向けました。そのまなざしに、微塵も悪意はありません。寒い日に火の温もりを得たかのようでした。――この人の息子さんを連れてきなさい。署長は中年の警官に命じました。警官が出て行くのを確かめてから、署長はまた視線を私に向けました。――いい息子さんじゃないか。勉強を続けたいと言うんだから、あんたたちは家を売ってでも援助するべきだ。

その後、署長が別の質問や話をしているうちに、中年の警官がせがれを二階から連れてきました。せがれは部屋に入るとき、冷たい目で私を見ました。そして、机の上の二枚の書類に署名をし、拇印を押しました。一枚は釈放通知書、もう一枚は社会復帰誓約書です。手続きが終わると、せがれは署長に尋ねました。帰っていいですか？　署長がうなずいたあと、せがれは礼儀正しく、署長と中年の警官に深々とお辞儀をしました。再び私を冷たい目で見て、部屋を出て行きました。

警察署の前庭の正門に向かって歩いて行きます。

しばらくして、せがれは一緒に部屋を出た中年の警官と言葉を交わし、立ち止まって振り返りました。私がついて行くのを待っているのか、それとも再び署長に別れを告げているのか。そのとき、署長が感情をこめて、大声でせがれに懇願しました。――来年以降、大学を受験する警察署の子弟をよろしく頼むぞ！

せがれは誠意あふれる態度で、署長に向かって頭を下げました。

――なんぞして、せがれは監禁部屋を出たのか。

――なんぞして、せがれはこの警察署の監禁部屋で死ななかったのか。

会計室へ支払いに行く途中、こんな呪いの言葉が私の心に浮かびました。支払いを終えて警察署をあとにし、外の大通りに向かうとき、お日様は姿を消していました。雲黒が東から西北のほうへ流れて行きます。カラスの群れが空をゆっくり飛ぶかのようです。

大通りには、急いで警察署の先の病院へ向かう人たちが大勢います。しかも、みんな町のお役人や顔役たちばかりです。急ぎ足で歩く人も、自転車に乗っている人もいます。自家用車を運転してきた人もいて、車を道端に停めると、大きな果物などの見舞いの品を抱えて、病院の門を入って行きました。言うまでもなく、町の重要人物が入院しているのです。そうでなければ、こんなに大勢の人たちが手土産を持って、病院に押しかけるはずがありません。その中には、家電屋の夫婦の姿もありました。大通りを挟んで、あの夫婦は向こう側、私たちはこちら側にいます。私はなんぞのことが起こったのか、誰が入院しているのか、なんぞしてみんなが病院に押しかけているのかを聞こうと思いました。ところが、あの二人は私たち親子を見ても見なかったふりをして、通りの向こう側を通り過ぎて行きました。

あの夫婦は、風に吹かれて転がるゴムまりのように遠ざかって行きます。

私は呆然と立ち尽くし、あの日のことを思い出しました。うちの人は飲料工場に二百八十個のマントーを配達に行き、財布を失くして帰ってきたのです。そして私に、涼皮を買って新しい宅地まで届けてくれと言いました。私が蒸籠や布巾や籠を片付けて店を出ると、街は蒸し暑く、まるで蒸籠の中にいるかのようでした。店を閉めて出かけようとしたとき、あの夫婦が戸口に現れ、行く手をふさいだのです。なんぞして私の店へやってきたのか、わかりません。私は驚いて二人を見つめました。二人は店内をのぞいています。おかみさんが、顔を赤くして尋ねました。旦那さんはいないの？

家に帰りましたよ。私は答えました。なんぞ用事ですか？

別に用事はない。家電屋の店主が言いました。帰ったら、あんたの亭主に伝えてくれ。おれたち夫婦は今後、仲良く暮らすことにした。離婚して財産を分けたら、一億が手元に五千万しか残らなくなる。十億が手元に五億しか残らない。持ち金が半分になっちまうんだ。そこで、おれたちは相談して、別れないことにした。今後は仲良く暮らしていく。帰ったら、あんたの亭主に伝えてくれ。おれたちの家のことは、もう心配しないでいいって。

――なんぞのこと？　私に離婚しろっていう話ですか？

私はそう尋ねながら、マントー屋の戸口で二人を見つめていました。このとき、家電屋のおかみさんはまた顔を赤らめ、笑いながら言いました。すべては笑い話よ。旦那さんは私と同じ胸がふさぐ病気を患っているから、心配してくれた。でも、いまはずいぶんよくなったわ。だから、伝えてちょうだい。今後はもう、私の胸の病気を気にかけてもらわなくてもいいって。言い終わると、おかみさんは家電屋の店主の手を引いて店先から立ち去り、店の中が明るくなりました。私はすぐに外に出て、遠ざかって行く二人を見送りました。手をつないで歩いて行く二人は、風の中を転がる二つの大きなゴムまりのようでした。

　そしていま、大通りの向こう側を歩いて行く二人は、またしてもゴムまりのようです。ろくでなしのせがれが、私の前にいます。せがれは警察署を出たあと、ひと言しか口をきいていません。せがれは私に尋ねました。――母さん、本気でぼくを引き続き警察署に拘留させようと思ったのかい？　私は答えませんでした。でも、返事をしないことは一つの返事になります。せがれは返事がないので私をにらみつけ、フンと鼻を鳴らし、勝手にずんずん歩き出しました。風に押されているみたいに、力強い足取りで私を大きく引き離します。残された私が呼びかけても相手にしません。まるで、私を母親だと思っていないようです。自分の敵だと思っているのでしょう。私は足を速めて、あとを追いながら声をかけました。町を迂回して帰ろうよ。知り合いに会いたくないだろう？しかし、せがれは耳を貸しません。振り向きもせず、大通りに沿って、町のほうへ歩いて行きました。

　私はすがりつくように、せがれのあとを追いました。せがれが足を速めれば、私も足を速めます。せがれは足取りを緩めなかったので、私も緩めませんでした。私たちは、つねに七、八歩の距離を保っていました。道の両側のポプラの木から、枯れ葉がハラハラと落ちてきます。桐の大きくて丸い葉も数日前に枯れて、ざわざわと音を立てて頭上から降り注いできました。

　数年前、道端には店が建ち並びました。――車の修理やタイヤ交換の店、牛肉や羊のスープを売る店です。これらの店のおかげで、この通りは賑わいました。ところが、最近はその賑わいが失われ、町の工場や会社が急激に衰退しています。韓国や日本が投資した郊外の酒工場、飲料工場、製薬工場も、理由はわかりませんが赤字を出し撤退しました。空っぽになった建物だけが残っています。この通りの賑わいも失われ、店舗は次々に閉鎖されました。多くの商店の扉に「売店舗」の文字が見られます。白い紙で扉が封印されている店もありました。店先に落ち葉が積もっていて、うらぶれた様子は人気のない墓場や荒れ寺を連想させます。

私たちはこの寂しい秋の通りを歩き、町の中心に近づきました。警察署からは、さほど遠くありません。水を一杯飲んでいるうちに着いてしまうほどの距離です。前方の経一路と経二路は、賑わいを失ったため、また以前のように表通り、裏通りと呼ばれるようになりました。緯一街と緯二街も、元の呼び名である南北表通りと南北裏通りに戻りました。以前いちばん賑やかだったバスターミナルは、相変わらずバスターミナルと呼ばれていますが、ビルの屋上の看板と停留所の標識は風で倒れました。しかも、倒れたらそのままで、誰も直そうとしません。バスを利用する人は、同じ場所で乗り降りしますが、以前のような混雑は見られなくなりました。

いま、そこには長距離バスが停まっています。下車する人も乗車する人も、急ぐ様子がありません。ろくでなしのせがれはバスのそばに立っていましたが、バスが発車すると歩き出しました。バスははるか遠くの洛陽に向かいます。せがれはその方向をしばらく眺めたあと、大通りを西へ歩いて行きました。私は突然、せがれのあとを追う気をなくしました。せがれは家に帰るに決まっているし、私だって一人で家に帰れないわけじゃありません。せがれが私に愛想が尽きたのなら、こっちだってもうせがれだとは思いません。

中心街まで行くと、やはり人通りが多くなりました。秋とは言え、市の立つ日ですから、通りの両脇の店が道端に並べていた品物をトラックに載せたり、奥の店舗に運び込んだりしています。市の最後の賑わいが、まだ多少なりとも残っているのです。私はせがれが腹を立てて急ぎ足で歩いて行く姿を人に見られたくありません。私が亡霊を追いかけるように、せがれのあとについて行く姿も見られたくありません。誰かに、なんぞしてせがれを追いかけているのかと尋ねられるのも嫌です。せがれが誰かに、そんなに急いでどこへ行くんだ、お袋さんが急いでおまえを追いかけているぞ、と言われるのも嫌です。

そこで、私は足取りを緩めました。

不思議なことに、私が足取りを緩めるとせがれも足取りを緩め、振り向いて私を見ました。そして、二人の距離が開いているのを知り、また急に足取りを速めて街角で姿を消したのです。でも、交差点まで行くと、十数歩先にせがれがいました。せがれは、あの秀髪佳容有限公司という名前だったビルの下に立っています。それから、さっと床屋の中へ入りました。ひそかに人々が売春宿だと噂している床屋に入ったのです。

私は交差点で途方に暮れました。

——ろくでなしのせがれは、またあんなところへ行ってしまった。

私は冷や冷やしながら、あたりを見回しました。せがれが人から唾を吐きかけられる汚らわしい場所に出入りするところを誰かに見られるのを恐れたのです。そのとき、空は曇っていました。大通りの両側のビルは、葬式に参列しているかのようにうなだれています。道端に柴草や枯れ葉、誰かの帽子や靴が落ちていて、この通りは置き去りにされてしまったみたいです。住人はみな、ここを見捨てて出て行こうとしています。

野菜や果物、売れ残りの服などを呼び売りする声が聞こえますが、誰も足を止めず、振り向きもしません。いつの日からか、町に新しいビルや店舗が建つ盛況は見られなくなりました。この町はもう百年、千年の歴史を経て、老い衰えてしまったようです。レンガが剝がれ落ちた塀は、一生治らない凍傷を負った顔みたいになっています。町の賑わいは完全に失われてしまいました。あの輝かしい一ページは、なんぞしてかめくられて、別の物語に組み込まれたのでしょう。

私は床屋のほうへ歩いて行きました。店の前では相変わらずサインポールが回っていますが、回転速度が遅くなり、元気がないようです。モーターの力が衰えたのでしょう。ガラス扉に貼ってあった様々な髪型の若い女の写真は、お日様に照らされて色あせています。それなのに、若い店員たちは新しい写真に貼り替えるほどの意欲もありません。店の前の排水溝のコンクリートの蓋が劣化して、ところどころ老人の歯のように欠けているので、隙間から真っ黒な汚水が見えます。風に巻き上げられた柴草やビニール袋が私の足元を通過し、床屋の入口まで転がって行きました。

店先の角にゴミが山積みになっていました。ゴミの中には、使用済みの女性用ナプキン、使用済みのコンドームもあります。私は床屋の汚らわしさを見た気がしました。せがれが店の中でさらした憎むべき醜態も見た気がしました。家電屋の店主の愛人は、もともとこの店の女です。店主は数百万の手切れ金を払ったと聞きました。死にぞこないのせがれが北京で一緒に暮らしていた相手も、あの店の女、世間で「サービス嬢」と呼ばれているような女なのです。家電屋のおかみさんがそれに気づいて、うちの人に知らせてくれました。

いま、せがれたちには赤ん坊ができました。そして子育てでもめて、喧嘩して別れたのです。せがれは犯罪に加担して北京からこの町に戻り、あの女は赤ん坊を連れて南方の実家に帰りました。赤ん坊は男でしょうか、女でしょうか？　生年月日は？　名前はなんぞいうのでしょう？　うちの人も私も、さっぱり知りません。私たちがさっぱり知らないのに、せがれは連行されました。そして、釈放されるとすぐにまた、このいかがわしい店に入ったのです。――なんぞして、せがれは死んでくれなかったのか。なんぞして、ずっと警察署の監禁部屋にいなかったのか。せがれはこんないかがわしい店に入って、また連行されるのが怖くないのでしょうか？　警察が店に踏み込んで裸の男女を捕まえ、街じゅうを引き回されるのが怖くないのでしょうか？

いま、せがれは警察署から出てすぐにまた、この店に入りました。この店は現在も、売春宿なのでしょうか？　ひそかに、いかがわしい商売をしているのでしょうか？　せがれは、警察署の監禁部屋で死ねばよかったのです。身をかすめて走り過ぎた車に衝突すればよかったのです。せがれは――母さん――母さんと叫んで助けを求め、私が助けに行けばよかったのです。

　市が終わって家に帰る人たちの足音が、身近に聞こえます。

　収穫された農作物の成熟した匂いが、空気中に漂っていました。

　この交差点から、家電屋の店主の家の前の石の獅子が見えます。十字路の北東角で商売をしていた人が露店をたたむとき、片付けた敷物を獅子の頭にかぶせました。道端に停まっている自動車、トラクター、オート三輪、リヤカーなどは、以前のように整然としていません。以前のような秩序も賑わいもありません。以前なら、車は一律にお尻を道端に向け、頭が必ず道の真ん中に向いていました。ところが、いまは町が衰退し、管理する人もいません。市にやってきた人たちは、自分が停めたいように車を停めています。風が木の葉や紙切れを思いのままに吹き飛ばすようなものです。

　私は焦りました。死にぞこないのせがれは床屋に入ったまま、出てきません。警察署で丸坊主にされたので、散髪の必要はまったくないはずです。私は遠くから、じっと床屋の扉を見つめていました。誰も入って行かないし、誰も出てきません。そのとき突然、新しい宅地の隣人、国語の先生が通りの向こうからやってきました。私はその場で待っていました。古びた青い制服を着てメガネをかけた先生は、だんだん近づいてきます。私が床屋の前に立っているのを見ると、先生は奇妙な目つきをして、メガネを手で押し上げました。

――ねえ、先生、中に入って呼んできてくださいな。

――誰を？

――死にぞこないのせがれですよ。さっき、中に入って行きました。

国語の先生は私の前で戸惑い、床屋のほうを見てから、少し青ざめた顔で、声を低くして言いました。女のあんたが入らずに、おれに入れと言うのかい？　これ以上、おれに濡れ衣を着せないでくれ。ここに来たせいで、おれは校長の肩書を取り上げられたんだぞ。話しているうちに声が大きくなります。最後は私に冷ややかな目を向け、東へ歩き出しましたが、また振り返って私を見ました。表情は和《やわ》らいでいます。ゆっくりと向きを変えて、私のところまで戻ってきました。――知ってるか？　町長がさっき、殴られたらしい。張り倒されて、踏みつけられた。町長を殴ったのは覆面の集団で、肋骨を何本か折って逃走したという話だ。先生の顔に得意げな笑みが浮かびました。

――おれの校長の肩書は町長に取り上げられた。今度はその町長がひどい目に遭ったというわけさ。

　そう言うと先生は再び東へ向かい、前方で北へ曲がりました。私は思い出しました。先生はもう校長ではありません。国語を教える仕事もやめ、早期退職してしまったのです。その理由については、病気のためだと言う人もいれば、同僚の密告のせいだと言う人もいます。以前よくこの床屋に通っていて、店のサービス嬢といかがわしい関係を持ったという密告があったのです。私には、よくわかりません。でも確かに、去って行く先生の後ろ姿は少し猫背で、髪も雪のように白くなっていました。もはや、清楚で上品だった国語の先生の面影はありません。

　先生はいくつになったのでしょう？　うちの人より年上でしょうか、年下でしょうか？　せがれが小さいころからお世話になった先生です。それがいま、急に老け込んでしまいました。秋の日の農作物のように、たそがれています。私はじっと後ろ姿を見ていました。ついにその姿が消えたあと、私はためらったあげく、床屋の入口に近づいて行きました。扉を押し開けて中の様子をうかがうと、一人の客が散髪中です。ほかに二人の女の子が壁や椅子に寄りかかり、暇そうにしています。正面の壁には、床屋によくある大きな鏡と怪しげな髪型の妖艶で淫らな女たちの写真が並んでいます。扉が開く音を聞くと、二人の女の子は私に熱い視線を向け、笑顔で尋ねました。洗髪ですか？

――せがれを捜してるんです。

女の子たちは視線を二階に通じる階段に向け、すぐに警戒の表情を浮かべました。

――息子さん？　あの大学生ですか？

「ええ」と答え、私は赤いペンキが塗られた、二階に通じる階段のほうを見ました。

――さっき店に入ってきたけど、お客さんがいるのを見て、すぐに出て行きましたよ。

私は戸口で立ち尽くし、その女の子の顔を見つめました。美人とは言えませんが、なまめかしい色気を感じさせます。しかも、朝のお日様の光をさえぎる霧のように、厚く白粉《おしろい》を塗っていました。もう一人の女の子の口紅は紫色です。私を見ながら話をしたあと、向きを変えて戸棚の扉を開け、腰をかがめて中のヘアクリーム、整髪剤などを片付け始めました。部屋じゅうに香りが漂います。その香りは北風が人をふらつかせるように強烈です。腰をかがめた女の子は、私にお尻を向けています。露出した腰の部分の肌は、新しい家の壁に塗られた漆喰のように真っ白でした。

ナイフの光のような白です。

死んだ人の白眼のような色です。

私はその床屋の店を出ました。階段を上がって二階へ行ってみようという考えは確かにありましたが、それは気持ちだけで、足と靴が私を引き留めました。店を出て扉が閉まったとき、私の頭にまたあの過激な言葉が浮かびました。――せがれはここで死ねばいい。天の神様に見る目があるなら、せがれをここで死なせるはずだ。この店の汚らわしいベッドの上、あの女の子たちの体の上で死なせてほしい。

町が栄えていたころ、よその社長が洛陽のホテルのベッドで死にました。ことの最中に、女の体の上で命を落としたのです。町の人はみな、その出来事を知っています。当時、町では何日も、この話題であれこれ賑やかな議論が続きました。半年が過ぎても町の人たちはなお、この醜聞をしばしば思い出しました。私もそのことを思い出すたびに、せがれがあの店のベッドの上、あるいは女の子の体の上で死んでしまえばいいと考えたのです。せがれを呪ったとき、私に母親としての悔いはありませんでした。私の心は憎しみに取りつかれていたのでしょう。憎しみは鏨《たがね》が刺さるように、私の頭に打ち込まれました。天の神様だって、それを消し去ることはできません。

　私はしきりにせがれの死を願いながら家に向かいました。歩きながら憎しみを募らせ、頭の中が混乱しました。呪いの言葉だけが、はっきりしています。ちょうどいま、秋の霧が山並みを覆い隠す中で、高い山が一つだけ霧の上に姿を見せているような感じです。市から帰る人たちの忙しい足音が、私の近くを通り過ぎて行きます。大通りに残る屋台はもうわずかで、お日様も沈みました。

　私はせがれを呪いながら家に向かう途中、町の東の交差点まで来て、道を間違えたことに気づきました。西に向かうべきだったのに、東に来てしまったのです。家電屋の夫婦はすでに病院に行って町長の見舞いを終え、戻ってきました。私の前を通り過ぎるとき、二人は肩を寄せ合っていました。かつての睦まじさを取り戻し、その後の出来事は忘れてしまったかのようです。お金のこと、暮らしのことを考えて、互いの溝を埋めたのでしょう。飲料工場はなんぞしてか倒産し、家電屋の商売も振るわなくなりました。でも、お金が減ったことで、むしろ夫婦の情は強まったようです。一方、我が家の暮らしは逆で、お金がないために、あれこれと問題が生じて溝が深まりました。

　家電屋の夫婦は、自分たちの家の前に着きました。家電屋の店主は、誰かが石の獅子にかぶせた敷物を剝ぎ取って足元に投げ捨てます。あたりを見回し、何か罵声を発したようです。おかみさんは亭主を引っ張って、門の中に入りました。

　夫婦は門を閉ざし、二人だけの日々を送ります。

　私は引き返し、今度は西に向かいました。

昼下がりの何時だったのかはわかりません。お日様がまだあったとしても、もうすぐ沈むころでしょう。多くの商店がもう店じまいしていました。道端で商品棚の掃除をしていた人が、何かに腹を立てて突然、店先にあったスターのポスターをビリビリに破り、足で踏みにじりました。踏みにじりながら、何か罵声を発しています。そのスターを罵っているのか、当てこすりで別の人を罵っているのかはわかりません。どうやら、そのスターが早死にすることを願っているようです。商売が振るわないのは、そのスターのせいだと思っているようでした。ポスターを踏みにじっていたのは、二十代の若者です。この町の住人であることは確かですが、どの通りに住んでいるか、どの横町に住んでいるのかは知りません。

　通行人たちは、若者がポスターを踏みにじるのを見ていました。ポスターに描かれていたのは年配の外国人です。金髪で鼻が高く、広い額に深い皺が刻まれています。その老スターは背が高く男前で、恰幅《かっぷく》がよく、背中は少しも曲がっていません。若者はスターの顔を引き裂き、口を引き裂き、びんたを食らわせました。口汚い罵り言葉は、便所から出てきたかのようです。びんたを何度も張り、顔をズタズタにしてから、若者は老スターの腹を引き裂き、太腿を踏みつけます。腹や太腿、服や革靴をビリビリと引き裂いたあとは、ライターを取り出し、老スターのポスターを燃やし始めました。

　どうしたんだ？　誰かが尋ねました。

　クソったれ。若者は言いました。一日かけたのに一銭も儲からない。ところが、家賃は一日二百元だ。わかってるのか？　同じ人がまた、驚いた様子で、知識を披瀝《ひれき》しながら言いました。あんたが踏みにじったのは、アメリカの大統領だよ。大統領がどうした？　おれはやつを踏みにじってやった。中国に貿易戦争を仕掛けてきたからな。そのせいで、おれの商売は振るわないんだ。そう言いながら火をつけ、ポスターのスターを燃やしてしまいました。

　私は、そこから西に向かって歩き出しました。倒産して閉鎖されたホテルの前を通り過ぎたあと、私は気づきました。この大通りは、もともときれいに舗装されていたのに、いまは歳月を経て、あちこちボロボロです。縦横に亀裂が入り、その溝にセメントや石が詰めてあります。道端の人が歩かない場所は、亀裂の間にたくさん草が生えていました。草は繁茂することなく、秋になるとすぐに枯れてしまいます。

　大通りの十字路が近づいてきました。

　数年前、信号機は人がいてもいなくても点滅していました。しかしいまは、こちら向きの赤信号のガラスが割れて、目がつぶれた信号機になっています。信号機の柱には、田舎から市にやってきた人たちの車を引く赤毛のラバがつながれていました。ラバは褐色のたてがみを揺らしながら、信号機の下で草を食べています。通りかかった人たちは、必ずラバに目を留めました。私もラバに目を留めながら、信号機の前を通り過ぎました。

　大通りを西へ行くと、隣人の野菜じいさんの店があります。ちょうど——南洋野菜果物店——という看板が下ろされ、新たに——漬物販売所——という看板が掲げられたところでした。町の人たちが作業を手伝っています。誰かが尋ねました。どうして、果物と野菜を売るのをやめたのかね？野菜じいさんは、秘密めかして言いました。——肉や魚をたらふく食える暮らしは終わった。これからは、うちのダイコンや白菜の漬物を食って、つつましく暮らしていくしかないぞ。私はそこも通り過ぎ、急いで横町に入り、我が家に向かいました。あの死にぞこないのせがれの墓地となる井戸に向かったのです。

　せがれは私が家に着いて、だいぶしてからやっと帰ってきました。

　それまで、私はずっとせがれを待っていました。家の中ですわったり、庭に出て立ったり。さらに何度も門の外まで行って、せがれが街のほうから帰ってこないか確かめました。隣人が私を見て言います。奥さん、顔色が悪いよ。何かあったのかい。何もないよ。うちの人が昨日、遠くへ出かけてね、雨が降りそうなのにまだ帰ってこないのさ。隣人は空を見ました。雨が降る心配はないよ。曇っているけど、雨を降らせる雲じゃない。隣人はそう言いながら視線を戻し、私たち夫婦の仲の良さを褒めました。二日帰ってこないだけで、恋しくなったのかい。

　再び庭に戻った私は、頭の中で考えました。せがれはもう、あのいかがわしい床屋から戻ってこない。本当に、あそこで死んでしまえ。本当にベッドの上、女の子の体の上で死んでしまえ。そう呪いながら庭を歩き回り、西の脇部屋に入りました。その部屋は、ずっと変化がありません。屋根は瓦ぶき、壁は日干しレンガで出来ています。扉の内側の壁に穴があけてあり、日常よく使う鉈、金槌、釘、針金、そして半分しか中身が残っていないジクロルボスの瓶が入っていました。

　不思議なことに、私はせがれの死を願っているにもかかわらず、金槌を見ても、せがれの頭を殴ろうと思いません。鉈を見ても、せがれの頭を叩き割ろうと思いません。もともと満杯だったのになんぞしてか中身が半分に減ったジクロルボスの瓶を見ても、それをせがれに飲ませようと思いません。呪いと憎しみで、私の頭はいっぱいでした。でも、せがれの死を願うばかりで、なんぞしてせがれを死なせるかにまで考えが及びません。ただひたすら、もう帰ってくるな、死んでしまえと願っていました。

　そう思いながら、表の部屋の壁の穴の前に呆然と立っているうちに、私はいつの間にか奥の部屋に移動していました。奥の部屋も、せがれが北京へ勉強に行く前と変わりません。土レンガの壁に古新聞を貼り、天井は葦を編んで格子状にした上に、やはり古新聞を貼ってあります。まるで古新聞の部屋です。新聞紙は黄ばんでいて、触れると穴があいてしまいます。その穴から埃が舞いこんできました。

　奥の壁際に、赤いペンキを塗った木製ベッドがあります。赤い色がくすんで古めかしく見えますが、私はせがれのために、そのベッドに新しいシーツを敷いてやりました。布団も真っ赤な枕カバーも新品です。新しい布団は奥のほうに、きちんと折り畳んであります。新しい枕カバーは枕の上に、平らに広げてありました。

せがれの服は以前のようにベッドの上に畳んで置かず、ハンガーに掛けて、壁の釘に吊るしてあります。ハンガーに掛けてあるのは、いずれもせがれのよそ行きの服でした。人前でしか着ない、都会で流行の服です。機械編みのカシミアのセーター、光沢のある赤いシャツ。もう一枚の新しいシャツの襟は、鳥の羽のようにピンと立っています。どんなにもみくちゃにしても、その襟が折れることはないでしょう。このシャツの隣に掛かっているのは、帰ってきてからまだ一度も着ていない淡い紺色のスーツです。臙脂《えんじ》色のネクタイが、スーツの襟元に添えてあります。それは、着てもらえないことに文句を言っているスーツの口のように見えました。

私は部屋の真ん中に立っていました。

室内の明かりは、朝のお日様のようです。ベッドの枕元のテーブルには、きれいな油紙が敷かれ、その上に数冊の本と洗顔用のクリームや化粧品などが置いてありました。この部屋の服と化粧品は、掃き溜めに鶴のような存在です。町のお嬢さんの派手なスカーフが、風に吹かれて野草の上に落ちたようなものでした。舶来品が北方の田舎家の机の上に置かれている感じと言ってもいいでしょう。壁に掛かっているスーツ、ネクタイ、とがった襟の白いシャツを見ているうちに、せがれはもう私の子供ではないということがわかりました。この北方の町の子供ではないし、ましてや、こんな古びた家で育った子供ではありません。

他人の家の子供です。

せがれは別世界の人になってしまいました。

私はそのテーブルに近づき、無意識のうちに引き出しを開けました。引き出しの底には、紙が敷いてあります。その紙の上に、せがれの財布、別世界の通行証、そして男女の秘め事のときに使うコンドームが置いてありました。それは緑色の箱に入っていて、外国語が書いてあります。透明なコンドームと笑っている男女の写真がプリントされていました。私は引き出しを開けた手をさっと引っ込めました。

　私は後ずさり、電気ショックを受けたように、慌てて引き出しを閉めました。そして、せがれの部屋でしばらく呆然としたあと、なにげなく、せがれの枕を持ち上げました。すると、枕の下にも開封されたコンドームの箱があったのです。私はまた床屋のことを思い出しました。家電屋のおかみさんが人に話していたことも思い出されます。――あの人たちの息子のお相手は、秀髪佳容理髪店のサービス嬢なのよ。いま、二人は北京で同棲しているんですって。

　私は持ち上げた枕をまた下に置きました。

　私は突然、喉の渇きを感じました。せがれの部屋の物を見ていると、やみくもに一年分の道を歩き、一年分の話をしたかのようです。私はすわって休みたい、水を飲みたいと思いました。せがれの部屋を出て、台所へ行きましたが、桶の中にも甕の中にも水がありません。敷地の東南の角にあるポンプ式井戸のところまで行き、レバーに手をかけたとき、昨日、手押しポンプの弁が故障したことを思い出しました。ポンプ式井戸の水も、飲むことができません。そこで、私は古井戸まで行って水を担いでこようと考えました。井戸は東へ数十メートルのところにあります。しかし、もう十年あるいは十数年、あの井戸は使われていないのです。町の人は、ほとんどみな水道の水を飲んでいます。水道代を払いたくない人だけが、まだポンプ式井戸を使っていました。なので、古井戸は忘れられています。井戸端の石がぐらついているのに、誰も修理しません。滑車も井戸端の石も、いまにも崩れそうな状態でした。

　二年前、停電で水道が使えなくなり、井戸に近い住人は水を汲みに行きました。そして、一人の娘さんが足を滑らせて井戸に落ち、溺れて死んでしまったのです。まだ十七歳でした。去年は、どこかの家の豚がなんぞしてか井戸に近づき、やはり足を滑らせました。井戸に落ちた豚は引き上げられたとき、風船のようにふくれていたそうです。こうして井戸は見捨てられ、誰も使っていません。だから、その古井戸に水を汲みに行こうと思ったとき、私は背筋が寒くなりました。

それは人が溺れ死んだり、豚が溺れ死んだりしたからだけではありません。自分も水を汲みに行けば、井戸に落ちるかもしれないと思ったからです。せがれが水を汲みに行けば、石と一緒に井戸に落ちるのではないかと思ったからです。せがれは、あの娘さんと同じように、井戸に落ちて叫んでも誰一人気づくことがないでしょう。あの井戸は深くて、少なくとも三丈か四丈〔一丈は約三・三メートル〕あります。しかも、細長い路地の奥にあって人目につきません。横町の長さは数十メートルで、両側の家はみな町の中心へ引っ越しています。ガランとして人気のない袋小路なのでした。人や動物が井戸に落ちれば、確実に死んでしまいます。自分が落ちるかもしれない、せがれが水を汲みに行けば足を滑らせるかもしれないと考えると、私は頭が痺《しび》れ、耳鳴りがしました。

庭の井戸の前に呆然と立ち、ポンプのレバーに手をかけていた私は、あの古井戸の滑車に手をかけている気分でした。

私は完全に体が硬直していました。

全身に冷や汗をかき、背中が濡れてきたのがわかります。

ちょうどこのとき、せがれが帰ってきたのです。町の市に出かけて買い物でもしてきたかのように、帰ってきました。家の前で、知り合いと話をしています。明るくて品のよい話し方で、清朝の私塾の先生みたいです。せがれは警察署から持ち帰った白い布袋を手にして門を入るとすぐ、私が井戸端に立ってじっと見つめているのに気づいて、まずいという表情を浮かべました。そしてためらいがちに、普段と違う声で話しかけてきました。それは、せがれが帰り道でずっと、数十回も百回も考えた言葉なのでしょう。唇がただれるほど、繰り返しそらんじたに違いありません。それでも、私を見たとたんに度忘れし、何とか思い出して口にしたのでした。

――新しい宅地が売れたよ。

私はせがれの顔を見つめました。耳鳴りの音が、まだ聞こえています。

――なんぞのものを売ったって？

――向こうの宅地さ。

その後、私は口を閉ざしました。せがれの顔は、雲白が漂っているかのように蒼白です。私の視線を避けるため、目を母屋のほうに向けています。――父さんはまだ帰ってこないの？ 私に尋ねたような、目の前にある空気に尋ねたような、言い方です。せがれは私の返事を待たずに、自分の部屋のほうへ向かいます。部屋に入ると扉を閉めましたが、扉はまたすぐに開きました。

一日じゅう外をぶらついたニワトリたちが帰ってきました。先頭はオンドリで、さっと門の敷居を飛び越えて、庭に入ってきます。痩せたメンドリも、そのあとに続きました。うちでは、合わせて七羽のニワトリを飼っています。二羽が帰っただけで、残りの五羽はどこへ行ってしまったのでしょう。私は振り向いて、門の外を見ました。残りの五羽が続いて帰ってくる気配はありません。私は井戸のそばを離れましたが、外へニワトリを捜しに行くことはしませんでした。せがれの部屋の戸口まで行き、立ち止まりました。背後で、二羽のニワトリがほかのニワトリたちを呼ぶ声が聞こえます。ほかのニワトリたちがいないことに初めて気づいて、慌てているのでしょう。五羽のニワトリは去年、この二羽がつがいとなってタマゴを産み、タマゴを温めて孵《ふ》化《か》したヒヨコが大きくなったのです。もうみんなタマゴを産むことができるようになりました。もともと家族なのに、いまはバラバラになっています。オンドリとメンドリは庭をぐるぐる駆け回っても家族が見つからず、私の目の前まで来て、コッコッコッと鳴いていました。

私はずっと、西の脇部屋の戸口に立っていました。せがれが出てきたら、改めて話をするつもりでした。いろいろと聞きたいことがあります。貨物を運ぶトラックが家の外を通り過ぎました。轟音がして、私の足元が揺れます。轟音が私の足をつかんで揺らしているような気がしました。その後は家の外も中も、ひっそりと静まり返っています。風がなく、落ち葉の音も人の足音も聞こえません。耳鳴りがずっと続いているのは、この静けさのせいではないでしょうか。それは錐《きり》を耳の穴から入れて、頭に到達させようとするような音で、私は頭をどこかにぶつけたい気持ちになりました。

私は突然、せがれの部屋に駆け込んで、せがれの胸にぶつかって行きたいと思いました。

――出てきてちょうだい。

果たして、せがれが出てきて、戸口に立ちました。相変わらず、青白い顔をしています。

――向こうの宅地を売ったの？

せがれは下を向き、「うん」と言いました。

――誰に？

――理髪店の社長だよ。

――あの秀髪佳容理髪店とかいう床屋の店主かい？

せがれは、また「うん」と言って顔を上げました。

――宅地を売るのは違法じゃないの？

――みんな、こっそり売り買いしてるよ。社長はコネを使って、あの土地の証書の名義を自分のものにするって言ってた。

――あんたに言っただろう。父さんは昨日、あの宅地を他人の家と交換するための相談に出かけたんだよ。

せがれは自分の頬に手を当てて、憂慮を示しました。そのお金が必要なんだよ。せがれは私をじっと見つめ、手を下ろしました。憂慮から抜け出し、覚悟を決めたようです。せがれは太い声で、きっぱりと言いました。――母さん、こんな息子はいなかったと思ってくれ。父さん母さんに親孝行できなくて済まない。あの宅地を売ったお金を持って、ここを出て行かなくちゃならないんだ。そうでないと、ぼくは本当に父さんと母さんに大変な迷惑をかけることになる。本当の親不孝者になってしまう。

――どこへ行くの？

――どこでもいい。行き先は、ここを出てから考える。

――警察署で言われたことのほかに、何か問題を起こしてないかい？

せがれは真剣な目つきをして、背筋を伸ばしました。視線をまた私の頭の先に向けています。

――法を犯すようなことは何もしていないよ。ぼくは教育を受けたかっただけだ。立派な人間になって、この町を出て行こうと思った。遠い遠い世界へ行きたかった。知り合いが誰もいない場所に行きたかった。

その後、せがれは口を閉ざしました。視線はずっと私の頭の先に向けられたままです。私は振り返り、せがれが目を向けている壁を見ました。私が視線を戻したとき、せがれは部屋の奥に戻ろうとしていました。さっき言った、遠い遠い世界へ行こうとするかのように。

――持ち帰った服を洗わないの？

せがれは足を止めました。

――着替えた服を洗ってあげるよ。

せがれは部屋に入り、警察署で着替えた服を全部、持ってきました。秋物の上着とズボン、シャツ、靴下などです。私に手渡そうとしたとき、せがれは洗濯物の中からパンツを抜き出しました。

自分の下着を洗わせないというのは、都会で覚えてきた礼儀作法なのでしょう。――よこしな。私が全部、まとめて洗うから。――やっぱり、自分で洗うよ。せがれは笑みを浮かべながら言います。それで私は、ますますあのことを思い出してしまいました。せがれが秀髪佳容の店でやったことです。

　私はせがれの服を抱えて行って、母屋の戸口に置いてあった盥の中に入れました。そして、盥をポンプ式井戸のところまで運びます。ゆっくりと盥をポンプの水の注ぎ口の下に置き、レバーの端を握りました。レバーを何度も力いっぱい動かしましたが、水は一滴も出てきません。そこで、私はポンプのピストンのネジを外し、シリンダーの中のピストンと弁を取り出しました。それを見ながら、振り返って西の脇部屋に声をかけたのです。

――ポンプが壊れたから、井戸まで行って水を汲んできておくれ。

――明日、洗えばいいじゃないか。

――あとで、ご飯を作るときも水がいるんだよ。

　せがれは部屋から出てきて、台所から桶を二つ持ってくると、軒下に吊るされていた天秤棒を下ろしました。そして、桶を担いで外の井戸へと向かいます。外に出るせがれの後ろ姿は、うちの人の若いころにそっくりです。敷居をまたぐとき、せがれは頭を低くして、門の上部にぶつからないようにしました。私はずっと後ろから見ていました。私があらかじめ考えた計画が、一歩ずつ実現に近づいて行きます。せがれは片足を門の外側に踏み出し、片足は内側に残した状態で、振り返って言いました。――母さん、土地の証書はぼくの名前になっているけど、相手は万一に備えて、父さんと母さんにも拇印を押してくれと言ったんだ。父さんが帰ってきたら、証書に拇印を押してくれるかい？

　せがれは、そう言いながら私を見ています。私が自分の母親で、自分が私の子供であることを思い出したかのようです。――とにかく、水を汲んできてちょうだい。――私は頭を上げて言いました。父さんは、もうすぐ帰ってくるよ。せがれは門の内側に残っていた足をさっと上げて、軽々と桶を担いで東の古井戸に向かいました。

　せがれが出かけたあと、私は何をすればいいのか、わからなくなりました。頭の中は真っ白で、霧に覆われています。一面に乳白色の霧が立ち込めているだけで、何もない空っぽの状態です。せがれは水を汲みに行きました。きっと井戸に落ちるでしょう。ドボンと井戸に落ちたら、せがれは大声で叫ぶはずです。井戸は三丈の深さがあり、横町は八丈から十丈の長さがあります。井戸の底をのぞき込むと、水は青く、冷たい月光のように輝いていました。まだ秋ですから、水はそれほど冷たくはないでしょう。でも、もしかすると、骨身に染みるほど冷たいのかもしれません。

　せがれは桶を提げて井戸端まで行き、足を滑らせて鋭い叫び声を上げ、井戸の中へ落ちて行くはずです。井戸の中から空気が湧き上がる一方、せがれは叫びながら落ちて行きます。このとき、ちょうど誰かが通りかかり、せがれが井戸に落ちるところを目撃し、せがれの叫び声を聞きました。その人も叫びながら、井戸端に駆け寄ります。そして、滑車のロープをすぐに下ろし、せがれにつかまるように言ってから、引き上げようとしました。さらに、振り向いて路地を歩いている人たちに呼びかけます。――井戸に人が落ちたぞ――井戸に人が落ちたぞ。通行人は飛んできて、せがれを一緒に井戸から救い出しました。

　こうして、せがれは命拾いします。

ただ驚いただけで、何も起こりませんでした。

しかし、せがれが井戸に落ちて叫んだとき、横町は静まり返っていて、人通りがないかもしれません。あそこは、人通りがないことが多いのです。立て続けに数人が通りかかることもありますが、ずっと誰一人通らないこともあります。数年前、この町が繁栄していたときに、この横町の住人は賑わいを求めて、引っ越してしまいました。いまは人気がなく、荒涼としています。だったら、せがれは荒野に落下した石ころみたいなものでしょう。ふわふわと井戸の底に落ちて行って、しばらくしてからドボンという大きな水の音がしました。白い水しぶきが、井戸の壁面に当たります。でも、井戸が深いので、水の音は隠されてしまいました。水しぶきも隠されてしまいました。井戸の壁面には、じめじめとした苔が生えています。深いところへ行くほど、苔の緑色が濃いのです。さらに下は、暗くてよく見えません。

　せがれは落下して水の中に沈み、しばらくしてから浮き上がります。井戸の壁面に手をついて、悲しそうに空を仰ぎ見ました。丸く見える空は、高くて遠いところにあります。井戸の中も横町も静かです。せがれは、自分が井戸端のぐらついていた石に乗って足を滑らせ、落下したことに気づきます。うっかりして井戸に落ちたのですから、誰を責めるわけにもいきません。壁面に片手をつき、もう片方の手で壁面を叩きながら、空に向かって叫びました。――助けてくれ――助けてくれ。

　その声はちょうど、誰かの耳に入ったかもしれません。でも、そのときはちょうど、誰も通りかからなかったのかもしれません。せがれの声は、だんだん小さくなり、かすれてウーウーとなるだけになります。もう母親には会えない、父親にも会えない、自分の世界にも家にも帰れないと思いました。死ぬ前に自分の人生を振り返り、両親に顔向けできないことをたくさんしたのを悔やむでしょう。あれこれ反省して、せがれは泣きました。涙が井戸の水のように流れます。でも、後悔しても遅いのです。大きな泣き声は小さなつぶやきに変わり、最後は壁に手をつく力もなくなります。そしてついに、体が水の中に沈みました。

　再び浮き上がったときには、息が絶えています。もう壁に手をついて叫ぶことはできません。

　これが、せがれの最期でした。

これが、せがれの運命、決められていた人生だったのです。

ほんのちょっとの時間が過ぎたのか、山ほどの時間が過ぎたのか、わかりません。せがれが桶を担いで出かけたあと、私はずっと庭に立って家の外を見ていました。誰かが売れ残りのサトウキビを荷車に半分積んで、通り過ぎて行きました。それは、うちのマントー屋の向かいでサトウキビを売っている同じ横町の男でしょうか？　皋田鎮《ガオティエンジエン》の栄光の時代は終わりました。大手の会社や大口の商売は、もう見られません。そんな話題すら、聞かなくなりました。

賑わいが失われたあと生き残ったのは、ちっぽけな商売だけです。青菜、モヤシ、涼皮、油条などが販売されています。また、家畜の市場が活気を取り戻しました。ニワトリ、アヒル、豚や牛の取引が増えています。一方、広州、上海、深圳、さらには韓国、日本、シンガポール、アメリカ、イギリス、フランスから輸入した本物や偽物のスーツ、革靴、化粧品は一夜にして、この町から姿を消しました。かつての栄光は夢のようです。秋雨のあとは、夜の寒さが身に染みます。

町の南にはまだ、イタリアの靴を専門に販売するローマ屋という店があるようです。町の人はみな、ローマという名前を知っています。ローマという地名は中国で、イタリアという国名よりも有名です。「すべての道はローマに通ず」という諺《ことわざ》を知らない人はいません。店の名前はローマ屋ですが、誰もが知っているように、そこで売っている靴はすべて洛陽の郊外のどこかで作られています。みんな偽物です。本物を誰が買うでしょう。誰が買えるでしょう。

サトウキビを売る男は、偽物を売ったことがありません。男はうちの前を通り過ぎるとき、庭をのぞき込み、手を振って私に挨拶したようです。でも、私はボーッとしていて、挨拶を返しませんでした。私は少し後悔しました。済まないという気持ちが、せがれが井戸に落ちて跳ね上がったしぶきのように湧いてきます。私はずっと庭に立ち、門の外を見ていました。通り過ぎたサトウキビ売りの男は誰でしょう？　この横町には、リンゴとサトウキビを売っている家が三軒あります。

　本当に黄昏が近づいていました。ちょうど、お日様が西の脇部屋の向こうに沈むころかもしれません。いつもなら、横町は薄い赤色に包まれ、人影が縄のように長く伸びるときでしょう。でも、いまは雲が垂れ込め、雨が降りそうです。雲は風に流され、東の空と西の空に分かれて、汚い雑巾のように見えました。秋の日暮れの薄暗さが横町にも、家の内外にも迫っています。それでも、私の頭上を飛んで行ったスズメが落とした羽の大きさや色を確かめることはできました。

　白っぽい灰色のふわふわした羽の重みも、確かめることができました。

　私はずっとずっと、庭に立っていました。

　このとき、桶を担いだせがれは近所の家の前を歩いていたはずです。うちのニワトリたちが、コッコッコッと鳴きながら帰ってきました。最初に門を入ったのはどのニワトリなのかわかりませんが、続々と門の敷居を越えてきます。全部で七羽でした。あのオンドリとメンドリが、もう一度出かけて行って、どこかで子供たちを見つけてきたのです。家族が揃い、七羽のニワトリはコッコッコッと鳴きながら帰ってきました。私は窓台に置いてあった茶碗の中のトウキビをつかんで、何度も庭に撒いてやりました。

　このとき、せがれは横町の井戸に着いたはずです。せがれが担いでいた鉄製の桶は、ずっと背中でギーギーと音を立てていたことでしょう。せがれはもう何年も、井戸に水を汲みに行ったことがありません。天秤棒を担ぐことができるでしょうか。また、鋤や鍬《くわ》を使うことができるでしょうか。小さいころから勉強のかたわら、日曜日には村人と一緒に田畑に出ていました。うちにポンプ式井戸がなかったころ、私は横町の井戸まで行って洗濯をしました。せがれはいつも私についてきて、水かけっこをしていたのです。井戸の滑車が回る音がすると、せがれは顔を赤くして笑いました。

　いま、せがれは横町の井戸端にいるのでしょう。子供のころ、水かけっこをして遊んでいたことを思い出しているはずです。

井戸と滑車が、せがれの目の前にあります。せがれの顔に笑みが浮かびました。私がトウキビの最後のひとつかみを地面に撒くと、ニワトリたちは先を争って食べながら、頭を傾けて周囲を観察します。庭に撒かれた餌がすっかりなくなったのを見て、ニワトリたちはようやく満足し、コッコッコッと鳴きながら小屋に戻って行きました。小屋は母屋の東側の窓の下にあります。入口にレンガが置かれていました。ニワトリたちはそれを飛び越えて、中に入って行きます。私は当初、レンガで入口をふさぐつもりでした。でも、そのとき私は小屋の入口を見ただけで、母屋の戸口へと向かいました。

私はぼんやりと、母屋の戸口の敷居にすわっていました。力のないまなざしは、門の外に向けられています。すわったとき、私の体と敷居がぶつかる音が聞こえた気がしました。門の外を誰かが東から西へ、また西から東へと通り過ぎて行きます。東へ向かう人は特に歩みが速く、前足が地面に着く前に、後ろ足が上がっている感じでした。その人は飛ぶようにして、せがれを助けるために井戸端に駆けつけるところなのでしょう。その人が助けに行ってくれたので、私は安心しました。時間はぴったりです。せがれが井戸に落ちてすぐ、その人はうちの前を飛んで行きました。

井戸のある横町は、石畳の道です。石板はところどころ剝がれていて、残った石板のくぼみに風が運んできた土と草花が詰まっています。石畳の道のくぼみや隙間に、ヨモギ、チガヤ、エノコログサが生えていました。秋になると、最初に枯れるのがエノコログサ、そのあとがヨモギとチガヤです。一部のくぼみや隙間の草は、もう枯れていました。水を運ぶ人が少しでもこぼして行けば、草は緑を保つことができます。せがれは空の桶を担ぎ、くぼみを選んで歩いて行きました。足元はふかふかで、町のホテルに敷かれていた絨毯のようです。せがれが泊まっていた特別な監禁部屋の絨毯のようでもあります。せがれは古井戸までの石畳の道を歩き通しました。そして、せがれを助けに行く近所の人が、うちの前を走って通り過ぎたのです。

すべてが好都合でした。すべてが天の神様の思し召しだったのでしょう。

せがれは井戸端に近づきました。

その人は二軒の家の前を走り過ぎました。

せがれが周囲を見回している間に、その人はさらに一軒の家の前を走り過ぎました。

井戸端から井戸の口までは、一丈あるかないかです。せがれは数歩で近づきました。桶を下ろし、天秤棒を井戸の近くの誰も住んでいない家の塀に立てかけ、戻ってきます。一つの桶を井戸の脇に移動させ、もう一つの桶を提げて井戸にいちばん近い石板に足を乗せました。ぐらついているのは、まさにこの石板です。まるでシーソーのようでした。


滑車の縄の先端には鉄の鉤《かぎ》がついています。水を汲む人はこの鉤を下に垂らし、あの石板の上で足を踏ん張って引き上げるのです。鉤を桶の持ち手に引っ掛け、前に半歩移動し、空の桶を井戸の中に垂らします。慎重な人はこのとき、石が安定しているかどうか確かめます。あるいは、両足を開いて石板の両端に体重をかけ、ゆっくりと縄を垂らし、ゆっくりと水の入った桶を引き上げるのです。でも、せがれは賢いとは言え、井戸のことに詳しくありません。私もせがれに、石がぐらつくから桶を引き上げるときは慎重にしなさい、足元が安定しているか確かめなさいとは伝えませんでした。

せがれはもう、桶を引き上げるため、足を石板に乗せました。

せがれは足を上げ手を伸ばして、井戸の口に垂れている縄の先の鉤をつかもうとしました。左手が鉤をつかんだとき、せがれの右足はあの石板を踏んだのです。ぐらついている石板は布巾よりも大きく、長方形で、一端は井戸の口にはみ出し、一端は井戸端にあります。井戸端の部分を踏めば、危険はありません。真ん中を踏んでも、危険はありません。危ないのは、うっかりして石板の先のほう、井戸にはみ出している部分を踏むことです。せがれは教養があり、行動はいつも慎重なので、その部分を踏むはずはないでしょう。せがれは石板の真ん中を踏みます。でも、腰を曲げ前のめりになって、縄の先の鉤をつかもうとしたとき、体の重心が前に移りました。石板は井戸の口のほうに傾きます。せがれの足も一緒に、井戸の口のほうに滑って行きました。せがれは驚いたでしょう。驚き慌てて、縄の先の鉤をつかんだ手を放しました。せがれは石ころのように、真っ逆さまに井戸の中へと落ちて行ったのです。

鋭い叫び声は、まるで稲妻のようでした。

せがれの黒い影は、井戸の口に一瞬ちらついたあと、見えなくなりました。

せがれは井戸の中に落下しながら、激しく叫びました。体は落下しますが、声は湧き上がってきます。すべては一瞬の出来事でした。このとき、あの飛ぶように走る人がちょうど井戸のある横町に現れたのです。せがれの鋭い叫び声を聞いて、その人はさっと向きを変え、人影が井戸の中に消えるのを目撃しました。その人は突然、横町の入口で足を止めました。

――人が井戸に飛び込んだぞ！　人が井戸に飛び込んだぞ！

その人は叫びながら、横町を走り回ります。叫び声を聞いて、すぐに井戸端に駆けつける人もいました。足音が、あたりに響きます。叫び声も、あたりを震わせます。私は家の敷居から立ち上がりました。井戸端に駆けつけるべきでしょうか。それとも、誰かがせがれを助けてくれるのを家で待つべきでしょうか。助けに行った人は、うちのせがれだと気づいて、私の家まで知らせに来てくれるかもしれません。あんたの息子が井戸に落ちたよ。急いで様子を見に行きなさい。私は誰かが知らせに来てから、慌てたふりをして外へ駆け出すのがよいと考えました。いま走り出せば、なんぞして自分の息子が井戸に落ちたのを知ったのかと人に聞かれるでしょう。

私は立ったまま、じっと門の外を見ていました。

開いている門は、棺桶を縦にしたかのようです。とても大きな秋の夕暮れの雲が、東から西に流れて行きます。あたりは夕闇に包まれました。雨が降りそうな気配もあります。また、誰かが家の前を通り過ぎました。慌てず騒がず、何事も起こらなかったかのようです。私は耳をそばだてました。知らせを届けに来る人の足音を待っていたのです。聞こえるのは、井戸端の叫び声と騒ぎの音でした。つむじ風が耳の穴に吹き込んだような気がします。錐が耳の穴に突き刺さったような気もしました。

私は本当に、井戸のある横町から知らせをもたらす人の足音を聞きました。家の前の道は最近、亀裂が目立つ舗装道路です。町が栄えていたとき、政府は資金を出して、表通りも裏通りも舗装しました。しかし、あっという間に歳月は流れ、路面のあちこちに砕けたコンクリートの塊が落ちています。走ってくる足音の後ろに、土埃と砂や石の粒が舞い上がりました。

私は、せがれが井戸に落ちて泣き叫ぶ声を聞きました。井戸の壁面、レンガの隙間には黒っぽい苔が生えています。せがれは何度も水面から顔を上げますが、壁面をつかむことができず、そのたびにまた水中に沈むのでした。井戸の周りに多くの人が集まり、慌てて縄を下ろしています。その縄にしがみついているのは井戸の底に下り、せがれを助けに行こうとする男です。

私は少し安心しました。

西から東へ走る足音は、どんどん近づいてきます。走ってくるのは若い人で、革靴を履いていました。黒い豚革なのか、黒い牛革なのか、わかりません。靴の底が路面にぶつかって、木槌で石を叩くような音がします。私は門のほうへ向かいました。飛んで知らせを伝えに来る人を迎えようと思ったのです。その人が門の前に着いて、あっという声を発したら、私は話を聞く前に、門の外まで飛び出して行くでしょう。私は四十を過ぎたばかりの中年女ですが、ほんのちょっとの病気もしたことがありません。せがれが井戸に落ちたと聞いたら、知らせをもたらした若者よりも速い足取りで、井戸端へ行くはずです。私は青白い顔で叫びます。――ああ――天の神様。天が崩れてきたかのように、大声を上げるでしょう。

　そうでなければ、母親とは言えません。

　そうやって叫ばなければ、私がせがれを殺そうとしたことを誰かが見抜くはずです。

　私は門のほうへ向かい、知らせをもたらす若者の足音を迎えようとしました。門に近づく足音は、しだいに大きくなりました。心臓がドキドキします。ところが、飛ぶような足音は、うちの前で止まりません。その人は、うちの門を入ろうとせず、こちらに目を向けることもありませんでした。声を上げることはなく、ひと言も口をききません。休むことを知らない馬のように、通り過ぎました。確かに若者で、黒い革靴を履いていました。私の家の前を飛ぶように通過したあと、前方の村の入口で立ち止まり、誰かと話しています。そして南に向きを変え、通りに出るのにいちばん近い横町に入りました。足音は、半分しか鳴らない爆竹のように寂しく響きます。

　私は慌てて家を飛び出しました。村の入口に立っていた暇人たちは、走り去った若者のことについて話しています。若者のお嫁さんが誰かの家の自動車に便乗して、実家に帰るか、どこかへ行くかしてしまったのです。若者はその自動車を追いかけています。お嫁さんを追いかけて、お嫁さんが持っている家の鍵を取り戻そうとしていました。鍵がなければ、家に入れません。鍵が閉まっていたら、若者は自分の家に帰れないのです。

　せがれは、家があるのに家がいらないと言います。家を離れて遠くへ行きたいのです。遠ければ遠いほどよくて、誰もいない場所がいいらしい。せがれはいま、井戸に落ちたのでしょうか？　井戸の底で叫んでいるのでしょうか？――助けてくれ――助けてくれ。それとも、すでに井戸の底で息が止まって、叫ぶこともできないのでしょうか？　村の入口にいる暇人たちに、井戸端へ行ってせがれを助けてほしい。でも、なんぞして声をかければいいのか、わかりません。

私は村の入口のほうをじっと見つめながら、東へ向かいました。

足取りは速く、処刑取りやめの命令を急いで刑場に伝えに行く人みたいです。刀はもう、せがれの首の上にあります。皇帝の処刑命令を示す札を裏返しにして見せるか、首切り役人の前に投げるかすれば、鋭利な刃がせがれの首に落ちるでしょう。水風船を割ったように、血が空に向かって飛び散ります。せがれは、バタッと倒れました。

私は井戸端へ駆けつけるべきだと思いましたが、なんぞして走っているのかと人に聞かれるのが心配でした。そこで走ることはせず、急ぎ足で歩きました。さっき、うちの前を通り過ぎた人のように、前足が着地する前に後ろ足が上がる感じです。空は相変わらず曇っていて、ほんの少しだけ風が吹いていました。陰暦の十月を過ぎると霜降《そうこう》〔二十四節気の一つ〕で、そのあとは冬至です。急ぎ足で隣の家の門の前を過ぎ、二軒目の家の門の前を過ぎました。私が「ねえさん」と呼んでいる女の人が家の前に立っていて、こう尋ねました。——どうしたの、そんなに急いで——せがれに言うのを忘れたんですよ。井戸端の石がぐらつくってことを。急いで歩きながら、私は「ねえさん」のほうを向いて言いました。せがれは水を汲みに行きました。井戸に落ちたんじゃないかと心配でね。

——あんたの家のポンプ式井戸は壊れてるの?

私は「ええ」と答えました。

——だったら、うちの井戸を使わせてあげたのに。

私は感謝し、その家の前を通り過ぎます。「ねえさん」は、私が死ぬほど急いで井戸端へ向から のを見ていました。誰かがシャベルを担いで前を歩いています。私が追いつくと、その男は驚き、慌てて道を譲りました。何かあったのか？　男が尋ねました。何もありませんよ。私はそう答えながら、そそくさと男を追い越して行きました。

さらに、二軒の家の前を通過します。

さらに、道端の二本の楡の木を通り過ぎました。

誰かが正面からやってきます。知り合いのようです。近所の人かもしれません。その人は私に道を譲り、何か質問したようでした。私も何か答えたのでしょう。あるいは、何も答えなかったのかもしれません。私はその人の脇をすり抜け、古井戸のある横町に近づきました。前方に、横町の入口が見えます。道端の半開きの門のようでもあり、蓋の開いた棺桶のようでもありました。

私は駆け出すべきだと思いました。

私は本当に、飛ぶように走り出しました。

横町の入口は目の前です。胸の鼓動は金槌を打つように激しくなります。体に力が入らず、気を抜いたら倒れそうでした。新たな不安に襲われたからです。横町に着いたとき、そこがガランとしていて、うちの桶と天秤棒だけがポツンと井戸端と近くの家の塀の下に置いてあったらどうしよう。人影がなく、井戸端が死んだような静けさに包まれていたらどうしよう。想像するだけでも、恐ろしいことです。私は急いで井戸端に向かって走りました。でも、その横町の入口で、突然、まぶたに痛みを感じました。まるで誰かに激しく殴られたかのようです。ところが、それでかえって、ぼんやりしていた視界がはっきりしました。

せがれが桶の水を担ぎ、井戸のほうから歩いてきました。天秤棒の摩擦でセーターが傷むのを避けるため、せがれはセーターを脱いで、天秤棒の前のほうに掛けています。せがれはもう何年も、野良仕事をしていません。なんぞの荷物も担いだことがありません。二つの桶は前と後ろで揺れ、せがれの歩みとバランスが取れていないようでした。せがれは体をまっすぐに保つことができません。それでも何とか持ちこたえ、桶が傾かないようにしています。ただし、桶の水を少し撒き散らしていました。せがれは顔を真っ赤にしています。桶の水を担ぐこともできないのが恥ずかしいのでしょう。桶の水の重さに耐えかねて、顔が赤くなっているのかもしれません。井戸のほうからやってきて私を見ると、せがれは唖然《あぜん》として足を止めました。不思議そうに、視線を私の顔に向けています。

実際のところ、私がせがれに気づいてから、せがれは私に気づいたのです。でも私は、せがれが先に私に気づき、異変を察知したように感じました。

――水を汲んでくる必要はないよ。捨ててしまいなさい。

せがれは足を止め、怪訝そうに私を見つめています。

――思い出したんだ。先月、豚が井戸に落ちて、数日後にようやく引き上げられた。あの井戸の水は汚れているよ。

せがれは立ち尽くし、黙っています。まなざしには、私に対する恨みが感じられました。なんぞして早く言ってくれなかったのかと思っているのでしょう。私たちはしばらく向き合っていました。せがれは何も言わずに桶を下に置き、天秤棒からセーターを取って肩に掛けます。そして桶を持ち上げ、道端の排水溝にザーッと水を流しました。一つ目の桶の水を流したあとは、二つ目の桶です。しかし、二つ目の桶の水を流すとき、せがれは途中で手を止め、ゆっくりと顔を上げました。私に疑いの目を向け、胸が痛む質問をしたのです。

――母さん、井戸端の石がぐらつくことを知っていたのかい？

――ぐらつく？

――あやうく井戸に落ちるところだった。

――まさか、そんな話は聞いてなかったよ。うちは半年以上、あの井戸に水を汲みに行ってないから。

そう言いながら、私は視線をせがれの頭越しに、井戸と滑車のほうへ向けました。――だったら、誰かに修理してもらわないとね。この言葉は、せがれに対して言ったようでもあり、秋の夕暮れに対して言ったようでもありました。父さんが、もうすぐ帰ってくるよ。食事の支度をしなくちゃならない。おまえは近所の人の家に行って、ポンプ井戸の水を汲ませてもらいなさい。

そう言い残し、私は歩き出しました。

向きを変えて歩き出したとき、私はこの井戸でドキドキするような騒ぎが起こればいいのにと思いました。ちょっとばかりの騒ぎも起こらなければ、農作物の植え付けに失敗して収穫が得られなかったときと同じ気持ちになります。そんなことを考えていると、また急に背筋が冷たくなりました。背中に薄氷が貼り付いているみたいです。来るときは慌てていて、背中にたくさん汗をかきましたが、いまは汗が引いて、背中がひんやりしてきました。それにつれて、心までもが凍り付いてしまった気がします。秋の落葉の季節ですから、寒いのは当たり前のことでしょう。空は曇っていて、まだ黄昏どきではないのに、黄昏のようでした。


うちの人は、雨が降り出す前に帰ってきました。

いかにもうれしそうな顔をして、まるで女の人といいことをしたあとみたいです。疲れてはいるけれど機嫌がよいので、顔の埃も輝いて見えました。そのとき、せがれも近所の家のポンプ式井戸から水を汲んで帰ってきたのです。水を担いで家の前に立ったとき、うちの人も門を入ったばかりでした。帰ってきたのか？　うちの人はせがれを見て、うれしそうに尋ねました。そのとき、せがれがなんぞ答えたかは、記憶にありません。でも、せがれが父親を見て、一瞬だけ喜びの表情を見せたあと、困惑した顔に変わったのは覚えています。せがれは、宅地を売ってしまったことを思い出したのでしょう。土地の権利を譲る契約書には、父親と母親の署名と拇印が必要だということを思い出したのです。

家族三人は庭に立ち、しばらく再会を喜んでいました。うちの人はずっと歩き通しで、喉が渇いていたのでしょう。せがれが担いできた桶に覆いかぶさり、ごくごくと水を飲んでから、ポンプ式井戸を見て言いました。壊れたのか。うちの人が洗面器に水を注ぎ、急いで顔を洗ったあと、一家三人は母屋のほうへ向かいました。

　母屋の様子は十数年前、数十年前と変わりません。レンガ敷きの土間に、腰掛けが置いてあります。レンガはひび割れていましたが、欠けているところはありません。正面の壁の下に長机があり、その上に祖先の肖像画が並んでいます。壁には、せがれが学校からもらった賞状や証書が掲げられていました。証書や賞状は埃をかぶり、歳月の重みを感じさせます。

　この部屋で、うちの人は言いました。だいたい話はついた。あの宅地と交換で、田舎の新しい三間の瓦ぶきの家が手に入る。すると、せがれが言いました。あのまだ家が建っていない宅地は、理髪店の社長に売ったよ。契約書に、父さんと母さんの署名と拇印が必要だ。室内の空気が一瞬にして固まりました。一家三人の呼吸が止まり、透明な氷の世界にいるみたいです。お互いに顔は見えていますが、口が凍ってしまって、誰も話をすることができません。空は灰色で、間もなく雨が降りそうです。

　門が閉まっていて、敷地内は物音一つしません。家族三人が大きな問題を話し合うために、世界じゅうが死んだように静まり返っています。黄昏がこの町を包むころでしょう。通りはひっそりしています。市にやってきた人たちは、とっくに町をあとにして、急いで家に帰りました。まだ帰宅途中の人は、急ぎ足で郊外の道を歩いています。門の外が静かなので、チャンチンの木から落ちた黄色い葉が空中をゆっくりと舞い、庭に着地するときの音が、やけに大きく聞こえました。うちの人が顔を洗った洗面器は、門の内側の台の上に置いてあります。三人は亀裂のある高い腰掛けを囲んですわりました。腰掛けに塗られていたペンキは剥げ、くすんだ木の色は、この日の天気のようです。

腰掛けの上に、せがれと理髪店の社長が署名して拇印を押した宅地の売買契約書が置いてありました。全部で二ページですが、二ページ目には数行しか文字がありません。その下は、うちの人と私が署名して拇印を押すために、空白になっているのです。せがれは言いました。理髪店の社長は、よそから来た新しい人に変わったんだ。その人は、子供をこの町の小学校に入れようとしてる。町の住人になりたいけど、いま規制が厳しくて以前ほど容易に宅地が手に入らなくなった。だから、うちの土地を買いたいのさ。あそこに家を建てて、この町で暮らす権利を得ようというわけだ。いま、父さんと母さんが署名して拇印を押してくれれば、明日かあさってには、向こうはお金を届けてくれる。あるいは、ぼくの銀行口座に振り込んでくれる。

腰掛けの上に置かれた契約書は、清明節〔四月五日ごろ、中国では墓参りをする風習がある〕に土饅頭《どまんじゅう》の上に置く紙のようでした。

門の外で、ダダダとバイクの音がします。だんだん大きくなったあと、だんだん小さくなって、東のほうへ遠ざかりました。

宅地を売った金で、何をするつもりだ？　うちの人がついに頭を上げ、低い声で尋ねました。

ここを出て行く。せがれが答えます。

どこへ行く？　うちの人が、また尋ねました。

どこでもいい。せがれは言いました。とにかく、死んでもこの町にはいたくない。

行き先だけは教えろ。うちの人は、鋭い視線をせがれの顔に向けました。

お金を受け取ってチケットを買うまで、行き先はわからない。買ったチケットの行き先に行くんだ。せがれはそう言いながら、うちの人の視線を避け、助けを求めるように私を見ました。そこで、私はうちの人の顔を見ました。その顔は、土壁のような色をしています。せがれの顔を見ると、凍り付いた黒っぽい石のようで、こわばっていました。

うちの人は、急に老け込んでしまったようです。四十五を過ぎたばかりなのに、前のめりになって腰が曲がっています。四十五年を生きただけですが、百年も千年も苦労を続けてきたみたいです。せがれはまだ若く、大通りの境界を示す石のように背筋が伸びています。外を見ると、落ち葉が庭で渦を巻いていました。

空に雲が集まって、もう雨が落ちてきました。雨は粟粒ほどの大きさで、黄昏のささやきのような音を立てて、地面にはじけています。しばらく沈黙したあと、私はさっきと同じ質問をうちの人の前で、せがれにしました。

――おまえは、嫁さんを捜しに行くのかい？

――嫁さん？　ぼくは一生、嫁さんをもらうつもりはないよ。

――父さんと母さんに、本当のことを言っておくれ。おまえとあの娘の間に出来たのは男の子かい、女の子かい？

――誰との間に子供ができたって？

――あの床屋で働いていた南方の女の子だよ。おまえは北京で勉強しているとき、あの女とずっと一緒にいたらしいじゃないか。二人の間に赤ん坊が生まれて、もめごとが起こったんだろう？せがれはさっと立ち上がり、体を回転させ、何かをつかんで地べたに叩きつける、あるいは父親と母親に投げつけるような動きを見せました。しかし、体を回転させたあと、何かを思い出したようです。しばらくしてから向き直って、吼《ほ》えるみたいに言いました。――みんな、何を言ってるんだ！　せがれは部屋の中をぐるぐる回ります。いったい、何を言ってるんだ！

おまえは本当に、床屋の女と一緒じゃなかったのか？　うちの人が尋ねます。せがれは無理に笑顔を作って言いました。ぼくは北京で必死に勉強していたよ。嫁さんとか子供とか、とんでもない。

室内は、また急に静かになりました。

その静けさは、盗掘に遭ったお墓のようです。うちの人と私は、せがれの顔を見つめました。せがれの顔は青くなったり、白くなったりしています。最後は、青と白の入り交じった色になりました。——ぼくには嫁さんも子供もいない。せがれは、小さいけれど鋭い声で言いました。父さん母さんが、この契約書に署名してくれるかどうかを聞きたいんだ。署名してくれれば親だけど、署名してくれないなら親とは思わないよ！

私たちは顔を上げて、せがれを見つめました。

——署名してくれたら、ぼくの命は救われる。署名してくれなかったら、ぼくはこの町で死んでしまうだろう。

せがれは率直に、事実をさらけ出しました。私はうちの人と顔を見合わせ、これでもうおしまいだと思いました。これまで全力で前に進んできた一家三人が崖っぷちにたどり着いたことに、突然、気づいたのです。あの宅地を売らないと、本当にダメなのか？　うちの人が尋ねました。売らなかったら、ぼくは死ぬよ！　せがれは言いました。なんぞして死ぬんだい？　私はせがれの顔を見つめました。土地を売らなければ、せがれが崖から飛び降りることを確かめるかのように。

せがれは視線を父親から私に移したあと、また私の頭越しにどこかへ向けました。——農薬を飲むか、首を吊るかすれば、近所の人たちに知られるだろう。知られたら、事件になるよ。せがれはそう言ったあと、私を見ながら語りかけました。——母さんは事件になるのを避けるため、ぼくを水を汲みに行かせ、井戸に落ちるように仕向けたんじゃないの？　事件になったら、父さんと母さんに迷惑をかけてしまう。警察署に連れて行かれるよ。

せがれは突然、笑ってから、切々と訴えました。ぼくは死んだあと、父さん母さんに迷惑をかけたくない。そう言いながら涙を流し、視線をまた私、うちの人、この部屋に向けました。——新しい宅地には穴がある。父さんが石灰を溶くために掘ったんだろう？　せがれは父親にそう尋ね、前かがみになりました。——あの穴は、まるで墓穴だ。ぼくを埋めるために掘ったんじゃないの？　いま、ぼくはあそこへ行って横になる。父さん母さんは日が暮れたあと、こっそりやってきて、ぼくを生き埋めにしてくれよ。

話を終えると、せがれは目や顔をこすり、じっと私たちを見つめました。せがれがこういう話をしたのは、涙と死で脅かして契約書への署名を迫るためでしょう。ところが、うちの人は話を聞いて、雷に打たれたように青ざめました。青白い顔の口元が震えています。うちの人は顔を上げて、私を見ました。私の顔に答えが書いてあるかのように。せがれが死ぬと言っているのに、うちの人はお手上げで、すべてを私に任せようとしているみたいです。

せがれも、私をじっと見つめています。そのまなざしには、次にどうしたらいいのかという躊躇と焦りが感じられました。せがれは手を胸元に置き、十本の指の関節をポキポキと鳴らしています。その音の中で、せがれもうちの人も、私を見つめているのです。そのとき、うちの人の顔は、秋の霜が降りたような白さがなくなり、いつもの表情に戻りつつありました。——おれは、おまえの母さんの意見に従う。うちの人は平然として言いました。おまえの母さんがあの宅地を売ることに賛成なら、おれは署名して拇印を押す。おまえの母さんが反対なら、おれが賛成しても意味がない。

このあと、一家三人はまた死んだような沈黙に陥りました。門の外で落ち葉が舞っている音が、雷のように聞こえてきます。

母さん——しばらくして、せがれは私に声をかけました。すがるような目つきで、契約書を見ています。

あの宅地を売るのは、祖先の墓を売るのと同じことだよ。——私もせがれの顔を見ながら言いました。私と父さんが本当に契約書に署名しなかったら、どうするの？　せがれは私たちを見てから部屋を見渡し、しばらく唇を噛んでいましたが、何も言わずに外へ出て行きました。私たちの前を通り過ぎるとき、冷たい風が起こります。敷居をまたぎ、中庭に出たあと立ち止まり、せがれは振り向いて言いました。ぼくはあの宅地に行って穴の中で横になるから、父さん母さんは生き埋めにしに来てくれよ。そう言うと立ったまま、返事を待っています。私は答えませんでした。どう答えればいいのでしょう。

　空から雨が落ちてきました。粟粒くらいだった雨が、しだいに米粒や小麦の粒くらいの大きさに変わります。中庭の土の上に落ちて、そこらじゅうに、あばたのような穴が出来ました。舞い上がった土の新鮮な匂いは、春の柳が芽吹いたときのようです。私はずっとせがれを見つめていました。せがれも振り返って、私を見ています。最後に、私がすわったまま動かないのを見て、せがれは自分の部屋に入りました。そのあと、またすぐに姿を現し、覚悟を決めた様子で門の外へ出て行ったのです。

　門が開く音は、枯れた木を割れ目から引き裂いたかのようです。せがれは、大きく開いた門の向こうに姿を消しました。雨の音が、速い足音をかき消してしまいます。黄昏がやってきて、せがれの姿は布で巻かれた遺体のように、ぼんやりとしてしまいました。

　せがれが出て行ったあと、私たちはすわったまま、振り返って中庭と通りのほうを見ました。通行人は雨を避けるため、金槌で叩くような足音を響かせて走っています。黄色くなったチャンチンの葉が、はらはらと中庭に落ちてきました。木の葉と雨粒の音の中、うちの人は私に尋ねました。あいつは本当に、向こうの宅地へ行ったんだろうか？　私は言いました。晩ご飯の支度をしなくちゃ。もう日が暮れるよ。うちの人は立ち上がり、室内をひと回りしました。そのあと庭に出て立っていましたが、体が雨に濡れたので、軒先に入りました。

――あいつを連れ戻しに行けよ。

――死ねばいいのよ。あの子が本当に死ぬと思う？

私は母屋を出て、食事の支度をするため、台所へ向かいました。中庭を歩いて行くと、雨で舞い上がった土埃の温もりを感じます。夕闇はまだそれほど深くなく、見上げた空から白い絹のような雨が降ってくるのが見えました。空もまた、水をいっぱい含んだ一枚の絹布のようです。雨はその布から漏れて、降ってきます。中庭にあった桶の水を台所に運び、石炭の火をかき立て、鍋を置いて米をとぎました。夜はお粥にするつもりでした。うちの人はこの二日間、外出してバスに揺られ、おなかにやさしいものを食べたくなっているはずです。取り立てのホウレン草があるので、タマゴと一緒に炒めることができます。さらに、小麦粉をこねて、ネギの入ったお焼きを作ってもいいでしょう。

私は台所で忙しく動き回りました。雨は屋根と庭に落ち、パラパラと音を立てています。その規則正しい音は、麦の脱穀をしているかのようです。このとき、台所の戸口の外から傘が差し出されました。——あいつを連れ戻してこい。うちの人が私に言いました。死なせればいいでしょう。私はそう言いながら、米をとぎホウレン草を洗いました。そのあとは沈黙が続きます。雨の粒が大きくなり、銅銭が空から降ってくるかのようでした。うちの人は台所の戸口に立ち、外の光をさえぎっています。私は壁の隅の電灯のスイッチを入れました。

——様子だけでも見てきてくれ。

——子供まで生まれて、しかも相手はあの床屋の南方の娘なのよ。

——本気であいつの死を望んでいるとしても、後始末はしてやらんとな。

その通りです。万一せがれが死んだら、私は母親として、埋葬してやらなくてはなりません。

しばらくして、私は様子を見に出かけました。食事の準備の続きをうちの人に任せて、私はこう言いました。晩ご飯は、油を練り込んだお焼きにしましょう。思い悩んでいるときこそ、精のつくものを食べなくちゃね。おなかが満たされてこそ、困難に向き合えるのよ。

　日が暮れて、雨が激しくなりました。この町の街路はすべて、雨に濡れています。幸い、町の外に通じる街道や昔からの環状道路は舗装されているので、靴が泥だらけになることはありません。環状道路の道端にあった水路は改修され、「堀河」に姿を変えています。この水路はコンクリート板で蓋をされ、河沿いには移住してきた商売人たちが建てた二階家や三階家が並んでいました。しかし、いまは町の衰退につれて、それらの家は老朽化して、レンガや瓦やタイルが剝がれています。雨に濡れた姿は、まるで廃屋のようでした。移住してきた商売人たちは、あとから来た商売敵に追い落とされ、町を出てどこかへ行ってしまいました。残された家と庭はガランとして、門の前には木や草が茂って荒れ放題です。以前は河辺に多くの車が整然と並んでいましたが、いまはほんの数台しか停まっていません。しかも、雑然と並んでいて、中古車センターか修理工場のようです。

　私は環状道路を通って、うちの宅地のほうへ向かいました。雨の中、蓋をした水路から、雨水と各家庭が出した汚水のひどい悪臭が漂ってきます。

　この水路と町を貫通している運河はつながっています。町の運河は水が涸《か》れて、ちょろちょろと汚水が流れているだけです。その水も流れるうちに消えてしまって、黒い泥と悪臭だけが残っています。なんぞしてか、上流のダムの水が干上がって、この町の運河も水が涸れてしまいました。河底に古びた靴やズボン、割れた食器、ふくらんだ白いビニール袋などが散乱しています。背の高いヨモギ、腕くらいの太さの野生のチャンチンや楡の木が生えていました。いまは、それらの木や草が黄ばんで、この季節らしい景色となっています。若い人はときどき、この汚い運河の秋の写真を撮って、スマホで発信するのです。

　河底には悪臭が満ちていますが、発信された写真は美しいものでした。

悪臭と雨の環状道路を曲がって、私は横町に入りました。雨の横町には、人っ子一人いません。

野菜じいさんの家の門は全開になっていて、門の屋根の下に腰掛けが置いてあります。マージャン卓とマージャン牌も、片付けられずに放置されていました。しかし、マージャンをしていた人は、夕方の雨を避けて家に入ってしまったのでしょう。

　野菜じいさんの家の角を曲がるとすぐ、国語の先生の家が見えます。先生は早めに校長をやめ、先生もやめました。塀の代わりに植えられている竹とモチノキは、この晩秋の季節を迎えて、寒さを防ぐことができません。落ち葉が竹とモチノキの下に、厚く積もっていました。家の中の様子が容易に見て取れます。敷地内に人影はありません。晩ご飯を作っている炊煙が一階から立ち昇り、またすぐに雨に打たれて消えました。

　うちの宅地に着きました。

　なんぞしてか、塀の一部が崩れています。年月に押しつぶされたのでしょう。野菜じいさんの家の裏にある門は、間に合わせに古い板を張ったものでした。いまは板が二枚剥がれ、前歯が欠けているかのようです。門は開いていたので、中に入らなくても、何本かのポプラの木が太くなっているのがわかります。降り敷いた黄色い葉が雨に打たれて、パチパチという音を立てていました。

　せがれは本当に、木の近くの穴の中にいました。ただし、横たわっているのではなく、体を縮めて片隅にすわっています。曲げた両膝の上にあごをのせていました。曲げている首と頭は雨に濡れ、黄昏の光を浴びて、ぼんやりと光って見えます。水の上に漂う汚れたヒョウタンのようでした。足元にあるのは、せがれが家から持ち出したジクロルボスの瓶です。

　私は穴に近づいて行きます。

　せがれは頭を上げました。

　私は尋ねました。本当に死ぬ気かい？

　せがれは言いました。死ねば、この町から逃げ出せる。どこにでも自由に行ける。

私は宅地をあちこち見回しました。うちの人が以前、町の工事現場から拾ってきたレンガ、木材、鉄筋、そして生い茂った草のほかには何もありません。鋤もシャベルもないので、穴の横に積まれた掘ったときに出た土を埋め戻す方法がないのです。しかも、土の山にも雑草が生えて、柔らかかった土が固くなっています。私は土の山を見つめました。土の山から流れ落ちた雨が、せがれの首と肩に注いでいます。その後、せがれの体を伝って墓穴の中に落ちました。墓穴にはすでに、かなりの水がたまって、せがれのお尻と足首を浸しています。

ジクロルボスの瓶は、ゆっくりと水の中に浮き上がり、漂っていました。

――本当に、未練はないの？

――未練なんてないさ。

――それなら、一度戻ってスコップを持ってくるよ。

私はそこを離れました。スコップを持ってこなければなりません。スコップがなければ、なんぞしてせがれを埋められますか？　カンテラも持ってこなければなりません。もうすぐ日が暮れて、宵闇が迫ってきます。私は闇の中で、せがれを埋めなければなりません。せがれのそばを離れるとき、私は最後に墓穴の中の水かさを見ました。

雨はすっかり本降りになり、空も暗くなりました。足元の雨水が光っていなかったら、道がどこにあるかもわからなかったでしょう。野菜じいさんの家の裏の壁は、崖のように目の前にそびえ立っています。――スコップを取りに帰るの？　水たまりの中を探り足で歩き出した私の背後から、せがれの声が聞こえました。母さん――ぼくは待てないよ。野菜じいさんの家で、スコップを借りてきなよ。その声は雨の音と一緒になって、この世界に、この秋の夕暮れに、ジクロルボスの甘い香りとともに漂っていました。

この秋の夕暮れの冷たい大雨の中で、私は突然、思い出しました。せがれのそばを離れるとき、傘を渡すのを忘れたのです。そこで私は泥水の中、傘を持って引き返しました。

第四章

彼女は朝、食事を済ませると、うちに来て自分と息子の話を語った。話が終わったときには、太陽がもう半空まで昇っていた。私は県都の兄の家に行かなければならない。急用があり、昼までには到着する必要があった。

兄の家で三日を過ごし、用事を済ませたあとは、県都からそのまま洛陽、鄭州へ行き、会議に参加した。河南省作家協会と鄭州大学の文学イベントと講座があったのだ。こうして十日が過ぎるうちに、年に一度の全国大学統一入試の季節がやってきた。私は北京に戻り、給料をもらっている大学のために、学生募集に関する仕事を片付けなければならなかった。そこで、その日は慌ただしく鄭州から町に帰った。真っ先にしようと思ったのは、例の大学生の家へ行くことだ。母親は自分と息子のことを語ったあと、やはりその話に対する謝礼の額を息子と相談してくれと言った。あらかじめ、大学生とは電話とメールで連絡を取り、私が帰ったら会いに行き、具体的な金額を相談することになっていた。私も、細かい点についての疑問を彼に尋ねたり、両親に尋ねたりしなければならない。例えば、父親が書いて家電屋の女房が署名したという「生まれた日は違っても、同じ日に死ぬことを願います」という誓約書を見てみたかった。もし時間があれば、家電屋の夫婦、近所の野菜じいさん、退職した国語の先生にも会うべきだろう。町の秀髪佳容《シウファージアロン》理髪店や警察署にも行ってみたい。時間がなかったら、電話で問い合わせてもいい。

私はあらゆるプランを考えた。もし大学生がやはり海外留学、あるいは国内での大学院進学を望むなら、全力で援助してあげよう。費用はすべて私が出す。もし留学も大学院進学も望まないなら、家を建てることはもちろん、息子に相手を紹介して結婚させることにおいても、私はできる限りの出資をして、彼らの手助けをするつもりだった。

しかし、私がバタバタしていて帰りが遅くなったため、町に着いてすぐ彼らの古い家へ行ったとき、大学生はもういなかった。彼の両親も、そこにいなかった。彼らは一家で突然、引っ越してしまったのだ。古い家は、工事を請け負った建設会社が取り壊しを始めていた。古い瓦、垂木、桁を若い作業員たちが地面に投げ落としている。土煙が舞い上がった。メリメリという音と壁が倒されるズシンという音が響く。一つの世界が地下にめり込んで行くかのようだ。見物人はその土埃を避けて遠くに立ち、あれこれ噂している。作業員たちは、壁の上と家の中庭に立っていた。マスクをしているが、ずり落ちて鼻が出ている。

折れた木材が地面に突き刺さり、白っぽい腕が中空に浮いているかのように見えた。

私はその家の前で、呆然と立ち尽くしていた。

昼の太陽が私の頭上から照りつけ、黄色い光と熱が土埃を金色に輝かせている。取り壊し中の家は、レンガや瓦を焼いて出荷する窯《かま》のように見えた。その窯の奥に、新しい二階家が建てられようとしている。私が見知らぬ作業員に尋ねると、彼らは言った。この家の持ち主は、この古い家と町はずれの新しい宅地を合わせて、山向こうの立派な屋敷と交換した。三日前に引っ越して行ったよ。新しい持ち主は商売のことで手いっぱいで、取り壊しの作業も、新築の作業も彼らに任せっきりだ。本人はいま、金を稼ぐために広州へ行っている。

私は知り合いの隣人たちにも尋ねてみた。彼らの話によると、大学生の家族は、家を交換して引っ越すことを何年も前から計画していた。合意に達したかと思うと破談になり、破談になったかと思うと、また合意に達した。家を交換した相手は、耙耬山中に住む人だ。そのあたりは辺鄙でさびれているため、政府は村落を合併して新しい農村を建設しようとしている。山間部の小さな村落の住人は、一律に繁華な町や街道沿いに移住させられた。しかし、その人は村に立派な屋敷を建てたばかりだったので、移住を拒否してきた。それでも数年後、一軒だけでは生活が成り立たなくなり、意を決して屋敷を手放し、町の新旧二軒分の宅地と交換することにしたのだ。一方、大学生とその両親の家族三人は三日前、家の交換を即断し、町を離れて山奥へ引っ越して行った。

落ち葉が、この町から風とともに消え去るように。

伝説が、語り継がれるうちに忘れられてしまうように。

私は最後に電話で大学生と話をしたときのことを思い出した。あの物語とその値段、そして家族の未来に言及すると、彼はメールでこう返事をした。「あなたがお帰りになってから、改めて話しましょう。そのときには、すべてが解決し、もう相談の必要がなくなっているかもしれませんが」

　私は驚きと落胆を感じながら、取り壊しが終わろうとしている家の前にしばらく立っていた。その後、土埃に包まれた古い家の前を離れ、郊外へ向かおうとした。大学生に電話をしたが、つながらない。見物していた隣人たちに尋ねると、彼らはこう言った。あんたは、この町を離れて長いからな。大学生の一家がどんなに不思議な人たちかを知らないんだ。先祖代々ここで暮らしてきたのに、あっという間に引っ越してしまうなんて。別の場所にどんなにすばらしい家があったとしても、先祖から受け継いできた土地を捨てて行くなんてあり得ない。一家が引っ越す前、警察署の署長は警官と一緒に手土産を持って訪ねてきた。大学生に何か頼みごとがあったらしい。署長と警官に頼みごとをされるような人が、なんで家を売り払って町を出て行くのか。

彼らは推測した。大学生はこの数年、きっと口にできない多くのことをやってきたのだろう。そうでなければ、先祖から受け継いできた家を捨てて見知らぬ土地へ行くはずがない。しかも、その土地には立派な屋敷があるだけで、人はおろか家畜さえもいないんだ。

太陽はすでに空のてっぺんにあった。

黄色くて熱い光が、頭上から降り注いでいる。黄色くて熱い泥水を頭からかぶっているような気分だった。頭の中が混乱し、めまいがして熱っぽかった。目の前のものがすべて、ゆらゆらと揺れて現実感がない。村道、樹木、市に向かう人たち、私の家に通じる環状道路、そして道端の水路、自動車、遊んでいる子供たち。私は出会う人全員に挨拶をして、言葉を交わした。誰とどんな話をしたのかは覚えていない。大学生とその両親から聞いた話が、ルービックキューブのように頭の中でぐるぐる回っていた。

私はまず、野菜じいさんと国語の先生の家に行って話を聞こうと思った。どちらも私の家から近い。村道と横町を一本隔てているだけだ。その後、この町から北京に戻る前に、バスターミナルの近くにある家電屋の店主の家にも寄って、夫婦の話を聞こう。ほんの少しのやり取りだけでもいい。こういう計画を立てたものの、私は心配だった。彼らが異口同音に、大学生とその両親が語ったことは全部嘘だと言ったらどうしよう。もちろん、事実であれば好都合だが、彼らが異口同音に、こう言ったらもっと心配だ。「確かに本当のことさ。笑われるだろうが、我々中原の町には、こういう奇妙なことがあるんだ」私は自分が何を心配しているのか、わからなかった。だが、心の中で何かを恐れていた。何かが消えてなくなるのを恐れるのと同時に、何かが依然として存在することを恐れていた。春になれば秋の到来を心配し、秋になれば冬の到来を心配するようなものだ。私は困惑しながら、家に向かった。

私が家に着いたとき、母と姉たちは中庭のテーブルに、昼ご飯の用意を整えていた。北京に戻るためには、洛陽龍門の駅まで行って高速鉄道に乗らなければならない。午後三時半の列車なので、三時までには駅に着く必要があり、二時には家を出て洛陽に向かうことになる。そのときはもう、午後の一時に近かった。門を入ると、家族全員が私に文句を言った。出かけたきり十日も帰ってこないで、帰ってきたと思ったら、また慌ただしく出発だ。そこで、私に早く昼ご飯を食べ、急いで荷造りをするように促した。

　私は中庭の椅子にすわって食事をした。姉と甥や姪たちが私のために、北京に持ち帰る春雨、落花生、山菜などを梱包し、スーツケースに詰め込んでいる。私が食事を終えたとき、荷造りはすっかり整っていた。兄夫婦が県都から車を運転してきて、私を洛陽まで送ってくれるという。まるで、ビルが倒壊するような大騒ぎだった。

　まるで、倒壊したビルを急いで再建しようとするような大騒ぎだった。

　誰もがしきりに自分の腕時計や携帯の時間表示を見ていた。誰かが「まだ早いから、慌てなくても大丈夫」と言うと、また誰かが「もうこんな時間よ、高速鉄道に間に合わなくなる」と言った。意見が錯綜して、まるで家を壊す職人と家を建てる職人が混在しているかのようだ。そんな中で、私は母や家族、隣人や屋敷に別れを告げた。兄の車に乗り込み、この町を離れて洛陽へ向かうのだ。別れ際には、みんなが手を振っていた。母は涙を流し、今度はいつ帰ってくるのと尋ねた。だが、いよいよ出発というとき、母は急に何かを思い出したようで、車の窓に近づいて情報を提供してくれた。大学生の一家は、この町から耙耬山の向こうへ引っ越して行った。出発前、大学生が別れを告げにきて、母に私あての伝言を残したという。彼らは一家で新しい暮らしを始めることになった。いまは何も足りないものはない。何も欲しいものはない。彼と両親が私に語ったことに対して、謝礼をもらう必要もなくなった。

　私は呆然として、母と見送りの親戚、隣人たちを見ていた。

「あの人たちには向こうでの暮らしがある。おまえはあの人たちから何かもらったのなら、ちゃんとお金を払わなくちゃいけないよ」

これが母からの最後のひと言だった。

こうして私は町に別れを告げた。

車が大通りに出たとき、野菜じいさんの漬物屋の向かい側の壁に、誰かがスローガンを貼り出していた。何年も前の「改革開放は宝だ、支持する者は豊かになれる」という色あせたスローガンは剝がされ、その上に「わが町の復興、中原の復興、中華の復興」という人の心を奮い立たせる真っ赤な文字が掲げられた。私たちは、その真っ赤な文字の前を通り過ぎ、中心街を抜け、郊外の高速道路を走った。町と田野、道路脇の山と樹木が、車の後方へ飛び去って行く。昼すぎの陽光が車の窓から差し込んできた。ガラス窓は火に包まれたように熱かった。

私は助手席にすわっていた。兄が運転しながら言った。おまえは帰省中の十数日の間、ずっと忙しくしていた。疲れただろうから、しばらく目を閉じて休めよ。兄の言葉を聞いて、私は目を閉じて背もたれに寄りかかった。ところが目を閉じると、大学生とその両親の語った話が交錯して、目の前に浮かんできた。細部までもが月や星のように、くっきりと見えている。それらの話について考えようとした私は突然、気づいた。大学生は黄昏どきに太陽が昇ったばかりのころの話を、彼の父親は夜遅くに昼前後の話を、そして彼の母親は太陽が昇って間もないころに日暮れどきの話を語ってくれた。なんと私たちが把握している時間は、必ず別の時間とつながっているのだ。同じ時点で、日の出を見ている人もいれば、日没を見ている人もいる。のんびり黄昏どきを過ごしている人もいれば、起床して服を着て新しい一日を始めようとしている人もいる。

私は目を細めて、視線を窓の外に向けた。ガラス窓に映った昼の日差しのきらめきと同時に、時間の流れが現れてはまた消えて行くのを見たような気がする。それで、私は思いついた。いま、この昼という時点にいる私が、どこかの家族の深夜の出来事を目にすることはできないだろうか？人々が寝静まっている深夜に、どこかの家族は不眠不休で頑張っているのではないか？

私はそっと、まぶたを閉じた。

すると、夏の昼どきに身を置いているにもかかわらず、ある家族の冬の夜の出来事が見えてきた——。

夜が訪れ、世界はその屋敷の部屋の中に凝縮された。真冬の闇夜は深い淵のように暗い。わずかな光でもなければ、一歩前へ進むたびに足を踏み外すのではないかと心配になるだろう。光と温もりのありがたさが、ようやくわかった。

一家はこの一大事を成し遂げるために、必死の努力を重ね、一生の運を使い果たした。その結果、ついに先祖から受け継いだ家と新しい宅地を引き換えにして、隣県の耙耬山脈の山間に、新築の四合院〔中庭を囲んで四方に建物がある伝統的な屋敷〕を手に入れた。母屋は二階建て、屋根は瓦ぶきで、軒先の垂木には金泥が塗られ、花鳥、樹木、虫草が描かれている。東西の脇部屋も瓦ぶき、窓が開いているので明るかった。窓格子に掛かっているビロードのカーテンは、雲から顔を出した太陽の光で深紅に染まっていた。

脇部屋の一つは台所と食堂で、もう一つは息子の寝室と来客用の部屋だった。大きな母屋には、いくつもの家具とストーブがある。さらに、両親の寝室には衣装箱とベッド、皋田《ガオティエン》の町から持ってきたこの部屋には釣り合わない高さの異なる腰掛けと椅子があった。これによって、この四合院の母屋は、骨董品が並んだ新しい宮殿のように見えた。

家族は三人なのに、立派な部屋が十二もある。実際、部屋は多すぎたし、広すぎた。どの部屋に入っても、ガランとして講堂か広場のような感じがする。壁はすべて、新しく焼いた古代風のレンガで築かれていた。屋内にも中庭にも、新しく焼いた明清時代を模したレンガが敷き詰められている。表門および家屋の扉は松の木に赤いペンキを塗ったもので、銅製の鋲が打ち付けられていた。赤いペンキの中の銅製の鋲は、黄金のように光っている。中庭には縁起のいい太い梧桐の木があり、その下に陶器の甕が置いてあった。甕には半分ほど水が入っている。夏は緑のハスの葉が浮かんでいるが、いまは冬なのでハスの葉は寒さを避けて眠っていた。

この屋敷は北京の故宮や頤和園《いわえん》〔西太后が再建した離宮〕の中にある王族の宮殿のようだ。どこもかしこも完璧で、調和がとれている。何年も前に、政府は辺鄙な山奥の集落を山のふもとに移動させた。交通の不便な小さい村々を合併し、道沿いの賑やかな場所に集めた。そこで、耙耧山脈の山間のこの村の人たちは散り散りになって、山のふもとの数十里あるいは百里内にある繁華な町に引っ越した。

この桃源郷でいちばんの金持ちは、立派な屋敷を建てたばかりだったので、移住を拒んで居残った。だが、残って数年後、通じていた電気が絶たれた。井戸のポンプも使えなくなった。さらに数年後には、数十里内の学校も移転してしまった。村に通じる道は、歳月とともに荒れ放題になった。これでは生活が成り立たない。最後に、屋敷の持ち主は、この一家と巡り会った。あっという間に話がまとまって、町の古い家と新しい宅地を譲り受け、更地にして家を建てることにした。一方、家族三人は思いがけず、宮殿のような四合院を手に入れることができた。

どういうわけか、彼らはその日のうちに、このはるか彼方の山間に引っ越してきた。わずか数日で、ベッドやテーブルなどの家具をしつらえ、この山奥の荒村に一家を構えた。何年も前に、この村の家々は取り壊された。家の敷地に残っているのは、崩れかけた壁だけだ。扉や窓は持ち去られ、歯が抜けたように穴があいている。扉の枠には、鳥が巣を作り、キノコが生えていた。崩れかけた壁の下の野草は冬に枯れ、そのまま横倒しになっている。

この家に近づこうとすると、かつての牛小屋や馬小屋に隠れて冬を越している野ウサギが、こちらをにらみつける。なおも近づこうとすると、水が半分入っている甕の中から、スズメが一斉に飛び出すかもしれない。クモの巣はどこにでもあるし、ヒワはどこにでもいる。この一面廃墟となった村の最西端、葉を落としたチャンチンの枝の中には、北方で越冬できるレンジャクもいた。

彼らは、こうして荒れ地で暮らし始めた。台所、中庭、家屋、テーブルの埃を拭い、扉や窓のクモの巣を払った。すべてが片付いたあと、その夜は宮殿のような屋敷を手に入れたことを祝うため、母親が多くの料理を作り、父親が町から持ってきた酒を取り出した。息子は火鉢を母屋の中央に置いた。炎が一尺あまりの高さまで燃え上がる。屋内は暑く、みんなやむを得ず綿入れの上着とセーターを脱いだ。

電気がないので、ロウソクを灯し、空き瓶で石油ランプを作った。水道もポンプ式井戸も使えないので、父親が甕を用意した。そして、村はずれの井戸の滑車と縄と井戸端の敷石を修理した。さらに、どこからかヒョウタンを半分に割って作ったひしゃくを見つけてきて、甕の横に置いた。

食卓は彼らが古い家で数十年使ってきたものだ。茶碗や皿も、引っ越しのときに運んできた。家族三人が、その四角い食卓を囲む。石油ランプは長机の上に置かれていた。長机の上には、祖父と祖母、曾祖父と曾祖母の遺影と位牌も並んでいる。七品から八品の料理と二種類のスープ、そして盃の代わりの大きなコップが食卓を埋め尽くしていた。

一家は夕方から飲み食いを始め、あれこれと雑談を交わした。料理が足りなくなれば追加し、スープが冷めれば温め直した。こうして夜が更け、いつもなら寝るべき時間になった。しかし、普段は酒を飲まない母親でさえ何杯も飲んだため、三人ともまったく眠気を感じなかった。そこで、火鉢の薪を新しいものに交換し、また酒をなみなみと注いで、コップを中空でぶつけ合った。それぞれが少し口に含むと、コップを置いて互いに顔を見合わせた。それから振り向いて、宮殿のような家と電気がないのにもかかわらず頭上にぶら下がっている九弁のハスの花を模したシャンデリアを見た。母親が言った。この家は本当にすばらしいわね。父親は顔を輝かせ、凱旋した兵士のように笑みを浮かべながら周囲を見ている。最後に視線を息子の顔に向けた。この家に対して息子が改めて評価を下すのを待つかのように。

　息子は両親の顔を見つめ、何か言おうとしたが、また目をそらして部屋の中を見回した。真っ白な壁、部屋じゅうに漂う炎と影、扉の陰には小さい戸棚と家主が残してくれた新品同様の衣装掛けがある。最後に視線を落としたのは、長机の上の壁に貼られた古い絵の複製だった。その絵はムシロ半枚分の大きさで、母屋の中央に貼られ、戸口に面していた。戸口の扉は固く閉ざされている。火鉢の熱が日差しのように、部屋全体に広がっていた。

　なんと、この家の主は信者だったのだ。絵は宗教画である。引っ越してきたとき、息子は父親に尋ねた。この絵は引き剥がそうか？　父親は言った。この絵はまだ新しいから、残しておこう。息子は母親に尋ねた。この絵は気に入った？　母親は言った。剥がしたら、うちには何も飾るものがないよ。こうして、この絵はカーテン代わりに壁に残されることになった。

　誰もが知っている宗教物語を描いた絵だった。内容は上下二つに分かれている。上半分は十字架に釘付けされた仏陀の受難図だ。下半分は信仰を裏切り密告した使徒が、後悔して首を吊る姿を描いている。両方を合わせて、「仏陀の十字架」と呼ばれていた。絵の両側には、わかりやすい対句が掲げられている。上の句は仏陀、釘、十字架、下の句は裏切り者、樹木、首吊りだった。絵の上の題辞は大地の象徴——土、草、道の三文字である。絵はとても厚い光沢紙にプリントされたもので、表面を母親が拭いたため、埃一つ付いていなかった。

　上半分の絵の右上にある十字架は、人の手のひらのような細かい木目まで、はっきりと描かれている。十字架に流れる血は、三月の桃の花のように色鮮やかだった。磔《はりつけ》になっている仏陀は、肩をわずかに十字架から離し、視線を下に向けている。そのまなざしは悲しみ、哀れみ、そして言い尽くせない愛に満ちていた。何か申し訳ないことをしてしまったかのようだ。相手に対する愛だけではなく、一種のやましさを感じさせた。

一方、下半分の絵の左寄りには、とても大きな菩提樹が描かれている。密告した裏切り者の使徒は、その菩提樹のいちばん太い枝で首を吊った。うなだれているその男のまなざしは虚ろで、後悔しているようだ。どこを見るというわけでもなく、ただ生前最後の視線を足元の草地と、どこへ続くのかわからない道に向けている。

息子はキリストとユダの話を両親に語った。話を聞いたあと、両親は壁の「仏陀の十字架」を見上げた。母親が尋ねた。どうして、キリストが仏陀に変わってるの？ それは誰にもわからない。彼らは互いに顔を見合わせ、沈黙するしかなかった。この世の中、何もかもが狂ってる。しばらくして、父親が独り言のように言った。いまなら、おまえたちも信じるだろう。正方形の穴が勝手に長方形の穴に変わったっていうことを。神や仏の世界が狂ってるんだから、人間の世界はなおさらだ。

その後、彼らは再び壁の絵を見た。ランプの炎が、その絵や壁の上に映って躍っている。水の上に広がる波紋のようだ。屋内は急に、また静かになった。至るところに光があふれていた。コップや皿から卓上にこぼれた酒や油の青色、薄紅色まではっきり見分けられる。十分明るいのに、母親はランプの芯をつついて、炎を大きくした。そして、ランプを食卓から運んできて、長机の中央すなわち絵の真下に置いた。これによって、部屋は日の出のころのように明るくなった。

冬の夜、絵の図柄はますます鮮明になる。仏陀の腕の傷口から流れる血も、裏切り者の使徒が首を吊った木の下の枯草も、はっきり見えた。

そうだ。息子は視線をその絵から両親のほうへ向けて言った。まだ寝ないなら、ゲームをしよう。

——上の絵に描かれた仏陀、十字架、手足に刺さった釘は、苦難と寛恕《かんじょ》を表している。——寛恕とは何か。それは過去のことを水に流し、恨みに思わない、気にしないということだ。下の絵に描かれた裏切り者の使徒、菩提樹、首吊りのための縄は、罪悪と懺悔《ざんげ》を表している。イチジクの木の下の野草、土埃、小道は、平凡な生活を表している。ぼくが籤《くじ》を九枚作るよ。それぞれの紙に、仏陀、十字架、釘、裏切り者、首吊りの縄、首を吊った木、野草、土埃、小道と書く。三人で籤引きをして、誰かが仏陀、十字架、釘のうちのどれかを引いたら、その人は受難の仏陀だから肉料理とタマゴ料理を食べられる。誰かが裏切り者、首吊りの縄、首を吊った木のうちのどれかを引いたら、罰として酒を飲まなければならない。誰かが野草、土埃、小道のうちのどれかを引いたら、その人は大地、審判、監督になる。

家族三人はゲームを始めた。

息子は紙を一枚、見つけてきて、九等分にちぎり、それぞれに仏陀、釘、十字架、裏切り者、首吊りの木、首吊りの縄、野草、土埃、小道と書いた。そして、九枚の紙を何度も折り畳み、出来上がった籤を大皿の中に入れると、かき混ぜて父親の前に差し出した。父親は微笑みながら、大皿の中から籤を引いた。母親も微笑みながら、大皿の中から籤を引いた。息子も微笑みながら、籤を引いた。その後、彼らはランプの明かりの下で、籤を広げてみた。父親の籤には「小道」、息子の籤には「土埃」、母親の籤には「野草」と書かれていた。

肉料理とタマゴ料理を食べられる人はいない。罰として酒を飲むべき人もいない。そこで、三人は顔を見合わせて大笑いした。続いて、広げた籤をもう一度折り畳み、大皿に入れてかき混ぜ、改めて籤引きを始めた。父親は裏切り者の籤を引き、罰として酒を飲んだ。母親は仏陀の籤を引き、箸を持って肉をつまむと、息子の前に置いて言った。キリストは、実は死なずに復活した。キリストも仏陀も、永遠に命が尽きない。だからこそ、神となった。私たち人間は神の言いつけに従わなければならない。いま、私は神に命じられて、この肉を息子に食べさせるのよ。すると息子は、その肉を食べた。さらに、籤引きは続いた。父親は首吊りの縄を引き、また酒を飲んだ。それで家族は再び大笑いしてから、改めて籤引きを始めた。父親は、またしても首吊りの木の籤を引いた。息子と母親は笑いが止まらなくなった。

その後、父親は三杯目の酒を飲もうとしたとき、急にコップを持ち上げた手を止め、息子と女房を見ながら真面目に言った。裏切り者の罰は甘すぎる。もっと厳しいゲームにしよう。おれは縄で輪を作る。誰かが裏切り者、首吊りの縄、首吊りの木を引いたら、首をその輪の中に入れるんだ。誰かが土埃、野草、小道を引いたら、花結びになっている縄の先端を思い切り引っ張る。誰かが仏陀、釘、十字架を引いたら、聖者の特権で、自殺しようとする人とそれに手を貸そうとする人を見て、救うか救わないかを決めることができる。

父親は提案したあと、息子と女房を見た。その真面目で厳しい顔は、鉋《かんな》をかけたばかりの木材のように、輝きと興奮をみなぎらせていた。

息子と母親は、顔を父親のほうに向けた。

父親も二人を見つめていた。

彼らの近くで火鉢の炎が発する音は、絹の帯が風に揺れる音のようだ。薪の白い灰が舞い上がり、テーブルや皿の上に落ちる。息子は手を伸ばし、青菜炒めの皿の上に落ちた灰を箸でつまんだ。箸についた灰を手で拭おうとしたとき、母親が奇妙な笑みを顔に浮かべて言った。――試してみましょう。私も裏切り者の籤を引けるかもしれないから。

父親は視線を息子の顔に向けた。

いいよ。息子は箸をテーブルに置いて言った。仏陀の籤ばかり引くことはあり得ないはずだ。

父親は手にしていた酒をゴクンと飲み干し、立ち上がって首吊りの縄を探しに行った。腰掛けから立ち上がるとき、体が少しふらついた。飲み過ぎたのだろう。しかし、体はすぐにしゃんとして、普通に歩けるようになった。父親はベッドの下から、指ほどの太さの麻縄を取り出した。麦の収穫のために買った新品だ。麻糸の白さが目立った。

この母屋は二階建てで、天井には縄をつなぐ場所がない。最終的に父親は、その麻縄を客間から西側の部屋に通じる扉の上の隙間に引っ掛け、慣れた手つきで、ちょうど頭が入る首吊り用の輪を作った。そして、縄の先端の方向を調整したあと、引き下がって元の腰掛けにすわった。三つのコップに再びなみなみと酒が注がれ、籤の入った大皿は息子の前から父親の前に移動した。数えてみると、やはり九枚の籤がある。きちんと畳まれていない二枚の籤を畳み直してから、父親は繰り返した。裏切り者の籤を引いたら、首を吊る。土埃の籤を引いたら、首吊りの縄を引っ張る。仏陀、釘、十字架の籤を引いたら、この世の聖者だ。首を吊ろうとしている人を助けるかどうかは、聖者のひと言で決まる。

その後、三人はまた籤引きを始めた。

父親は籤の入っている大皿を揺り動かしながら、テーブルの上の料理の真ん中に置いた。誰が先に引く？　そう尋ねて、部屋の中を見回した。答えを待たずに、父親は言葉を続けた。実際、誰が先でも同じことだ。そう言って、自ら手を伸ばし、大皿の中から籤を引いた。母親もすぐに指先を伸ばしたが、これにしようか、あれにしようかと迷っていた。いずれかの籤を引き当てることを恐れると同時に、引き当てないことを恐れている様子だった。

どの籤を引きたいの？　息子は母親に尋ねた。

私は裏切り者の籤がいいわ。母親は笑いながら言った。首吊り自殺ってどんな感じか、体験してみたいのよ。

その後、母親は手の動きを止め、両目でじっと大皿の中の籤を見つめた。すると、息子が籤を一枚選んで、母親に渡した。——これはきっと首吊りの縄か木のどちらかだよ。裏切り者の籤は、もう父さんが引いてしまったかもしれない。母親は息子が差し出した籤を受け取り、笑いながら言った。おまえは土埃の籤を引いて、縄を引っ張って母さんの願いをかなえてちょうだい。

最後に息子が籤を引くことになった。首を吊りたいのか、縄を引っ張りたいのか、それとも聖者になって人を助けたいのか、自分でもわからない。しばらく籤の入った大皿を眺めていると、待ちきれなくなった父親が言った。早くしろ。そこで、ようやく息子は大皿から開きかけた籤を選んだ。

父親、母親、息子の手の中には、それぞれ籤がある。視線を交わしたあと、三人は同時に下を向き、籤の紙を広げた。そのとき、三人の指は震えていた。同時に籤を広げたあとは、誰もがそれをテーブルの上に置いて見せようとしなかった。自分で確かめただけで、手をテーブルの下に入れたまま、顔を上げてお互いを見た。三人の顔には、微笑と失望が浮かんでいた。しばらく沈黙したあと、三人は籤を取り出し、ランプの明かりの下に置いた。

母親は土埃、父親は野草、息子は小道だった。誰かが裏切り者を引き当てて、頭を首吊りの輪に入れる必要はない。誰かが懲罰のために、首吊りの縄を引っ張る必要もなかった。みんなが通りすがりの平凡な一般庶民で、その日の暮らしに追われているのだ。そこで、三人は戸枠からぶら下がっている縄を見た。籤をまた折り畳み、大皿の中に投げ入れ、改めて籤引きを始めた。父親は十字架、母親は仏陀、息子は釘を引き当てた。一家三人はみな聖者になり、顔を見合わせて静かに微笑んだ。

最後にもう一回、籤を引いた。改めて九枚の籤を折り畳み、大皿の中に入れて揺り動かした。三人は目をつぶって籤を引いた。息子が最初に目を開けて籤を見ると、思わず笑い出した。母親も目を開けたあと、ゆっくりと顔に笑みを浮かべた。父親も笑っていた。みんなが満足し、籤をテーブルの上で広げた。息子が手にしていたのは裏切り者、母親が手にしていたのは首吊りの木、そして父親が手にしていたのは首吊りの縄だった。家族三人は、みんな裏切り者の使徒になった。みんな首を吊らなければならない。父親、母親、息子はお互いを見るだけで、何も言わなかった。三人の目に、同時に涙があふれた。

涙は彼らの顔を伝って、ゆっくりと流れ落ちた。

すでに夜は更けて、酒も料理も尽きた。そろそろ眠ろうと思ったが、三人とも体がふらふらして、酔いが回っている。唇を噛んで、何とか酔いを抑えようとした。このとき、母親が体をふらつかせながら、母屋の出入口の戸を開けた。冷たい風が、さっと吹き込んできた。あらまあ――母親が思わず声を上げた。大雪が降ってるわ。息子と父親は振り向いて屋外を見た。果たして、白く輝く雪が西から東へ斜めに舞い落ちていた。

息子は腰掛けの上に置いてあったセーターを持って、中庭へ出て行った。雪はすでに足首のあたりまで積もっている。ふわふわで、まるで綿を踏んでいるかのようだった。父親と母親も服を着て外に出て、庭の真ん中に立った。顔を空に向け、手を伸ばして降ってくる雪をつかもうとしている。空はどこまでも白くて明るい。雪はその白い光の中を落ちてくる。地面に近づくにつれて、白い光は銀色に変わった。月は出ていないが、どこかに隠れているような気がする。軽やかに舞う青白い雪を見ていると、これが何年何月の冬の夜なのかわからなくなった。世界は巨大な玉石に姿を変えていた。

父親は屋敷の門のほうへ歩き出した。

母親が尋ねた。何をするつもり？

父親は言った。春になったら畑仕事が始まる。村はずれの畑に忘れてきた鋤や鍬を拾ってこないとな。雪に埋もれて錆びちまう。母親は中庭で一瞬戸惑っていたが、室内に戻りカンテラを持ってきた。カンテラの光は、神に供える巨大な線香のようだった。父親が前を歩き、母親があとに続いた。息子は中庭で、しばらくためらったあと、やはり母親のあとを追った。
一家三人が雪を踏む音は、均等に冬の夜に響いた。もうすぐ夜が明けるのだろうか。東の空に、夜明け前の青白い光がはっきりと見えている。雪の青白さを透かして、ずっと遠くに見える、ずっと明るい青白い光だった。息子は、本当に酒を飲み過ぎたと思った。雪道を歩いていると、上半身よりも頭が重く、足よりも上半身が重かった。息子はふらつきながら、母親について行った。母親はカンテラを提げて、父親について行った。父親の姿は、青白い空間を移動する冬枯れの木のようだ。あんた、酔っぱらってるんじゃないの？　母親は追いかけながら、冬枯れの木に声をかけた。酔っぱらってるのは、おまえのほうだ。冬枯れの木は、振り向いて言った。しかし、その体は相変わらず揺れている。その後、立ち止まり、あとから来る女房と息子に言った。

　春になったら、畑で何を作ろうか？

　この声を聞いて、母親は足を止め、振り向いて息子を見た。息子が父親の問いに答えるのを待っている。息子は足取りを速め、雪を蹴り飛ばす音が大きくなった。その後、顔を上げて、大声で前方に向かって叫んだ。――近いうちに南方へ行って、嫁さんと娘を連れてくるよ。嫁さんの話によると、娘は大きくなって、もう幼稚園に入るらしい。前方の二つの人影は、これを聞いて動きを止めた。まるで釘付けにされたかのように。

　息子は母親に追いつき、母親と一緒に父親に追いついた。三人はカンテラの明かりを頼りに、ふらふら歩きながら手を取り合って、嫁と孫娘を迎えに行く話をした。深い雪の中を歩いて、村を出ようとした。この村には、彼ら一家しか住んでいない。この家族が一つの村だった。そして、この村が一つの世界だった。彼らはもうすぐ、この世界の境界線にたどり着く。その境界線は彼らの目の前に迫っていた。彼らは雪原に投げ捨てられている鋤と鍬を目にした。ほかにも、誰かが放置した鋤と鍬がある。縦になったり、横になったりしながら、雪原に転がっていた。それは、この世とあの世の境界線に散在する道しるべのようだった。

その境界線の向こうは、あの世だ。だが、彼らはまだこの世の白き大地に留まっている。今宵はどの年のどの日なのか、一家の誰もが知らない。ここでの時間は、一日の中に存在する朝と夜、四季であり、一日の中に存在する歳月、過去と未来である。そのほかの時間は、すべて消えてしまった。彼らにはこの瞬間、あの瞬間という短い時間しかなく、過去と未来のような長い時間は存在しない。

思えば、時間も雪も同じだ。降りしきる雪は、四季や昼夜の移り変わりをすべて包み込んでしまう。

訳者あとがき

『中国のはなし』の原題は『中国故事』、この作品は当初、『中原』というタイトルで『花城』二〇二一年第二期に発表された。単行本の出版は国内では実現せず、二〇二一年十月、台湾の麦田出版から刊行。本来のタイトルである『中国故事』に戻された。後述するように、大陸版（雑誌）と台湾版（単行本）の間には多少の異同がある。翻訳は作者から提供された電子版に拠っている。台湾版と電子版は、繁体字と簡体字の違いだけで、内容は変わらない。

かつて「中原」と呼ばれた河南省の田舎町に帰省した閻連科が、ある一家の息子、父親、母親の三人から打ち明け話を聞くという形のメタ小説（閻連科自身の叙述の部分は字体を変えて、三人の語りの部分と区別されている）。息子は父親に殺意を抱き、父親は母親に殺意を抱き、母親は息子に殺意を抱いていた。田舎町の家族をめぐる話は、拝金主義が横行し、モラルが低下した中国社会の縮図と言える。中国政府は近年、国内外に向けてプロパガンダ性の強い「すばらしい中国のはなしを語る（講好中国故事）」という大規模なプロジェクトを展開している。閻連科はこれを逆手にとり、敢えて「中国のはなし（中国故事）」という大げさなタイトルをつけたのだろう。

王徳威《ワン・ドーウェイ》（ハーバード大学教授）は台湾版『中国故事』の序文で、このタイトルのことも含めて、以下のように述べている。

これまで数年にわたって「すばらしい中国のはなしを語る」ことが全国的な政治キャンペーンとなり、いまも続いている。閻連科の『中国のはなし』は、「すばらしい」中国のはなしを語っているだろうか？　政府の基準に当てはめるなら、彼の物語は「信頼できる、愛すべき、敬うべき」中国の形象を作り出していない。しかし、私は彼の物語が単に社会を批判し、異を唱えるものだとは思わなかった。現代のメディアやネットの情報は微に入り細を穿《うが》っており、社会の暗部を暴露する速度と徹底ぶりは、はるかに文学をしのいでいる。『中国のはなし』のような常軌を逸した物語を通じて、むしろ閻連科は下層民たちの精神構造を描き、小説や文学に依然として存在意義があることを示そうとしたのだ。

中原の大地は茫漠として、そこに生きる人々は粗野で卑俗、暴力的で憂いに満ちている。彼らは生命力とあこがれを持っているが、自分たちの世界から逃れることができない。大物文化人が「すばらしい中国」のはなしを語ることに忙しいとき、小説家は中国のはなしを「しっかり語る」ことに力を尽くす。それは、どのような物語だろう？「天上に深淵を見、一切の眼中に無所有を見、希望なきところに救済を得る」（魯迅「墓碑銘」、『野草』）小説家は語り続けることさえできれば、生命の弁証、すなわち善と悪、損傷と恥辱、正義と誤謬《ごびゅう》の是非を明らかにすることが再び可能になると信じている。

王徳威は、「すばらしい中国」のはなしを語る（講「好中国」故事）のではなく、中国のはなしを「しっかり」語る（「講好」中国故事）ところに、閻連科の魯迅に通じる作家としての姿勢を見ているのだ。「墓碑銘」からの引用は、理想であるはずの天上世界に対しても安易な幻想を抱かず、目に映るものすべてを虚無と見なすにもかかわらず、まったく希望がないからこそ、その先に救いがあるかもしれないという魯迅の屈折した思想を表す言葉である。同じく『野草』の一篇「希望」にある有名な一句「絶望が虚妄《きょもう》であるのは、まさに希望と同じだ」を言い換えたものだろう。

　中国国内では単行本の刊行が見送られたこともあって、この作品に対する言及は極めて少ない。わずかに以下の論考は、作品理解の参考になりそうである。

> 　まさに方言の重要性を意識しているがゆえに、作家である閻連科は、すでに絶滅の危機に瀕している方言を基礎として、自分の想像による虚構も交え、『中原』という小説のテクストの中で創造的に方言を使用している。根本的に言うと、閻連科がこのような努力をしたのは、二つの芸術的目標に到達するためである。一つ目は方言の力を借りて特定の地域の日常生活のあり方を如実に再現すること、二つ目はこれによって一種の文化的対立を作り上げることだ。
> （中略）
> 　信じがたいことに、もともと仲睦《なかむつ》まじいはずの家族三人は見るに堪えない「相互殺害」の状態に陥る。これが、まさに欲望と金銭（あるいは資本）を熱狂的に追求した結果だということは認めざるを得ない。最終的に上述の耐えがたい事実が形成されたのは、それが原因だった。本論文の標題に掲げた農村の道徳倫理の崩壊が具体的に指し示すものも、ここに存在する。こうして見ると、『中原』の根本的な思想価値は、農村社会における道徳倫理の崩壊状態の暴露的な描写によって、その背後にある欲望と金銭（あるいは資本）に鋭い批判を浴びせることにあるのだろう。
> （王春林《ワン・チュンリン》「方言使用と農村の道徳倫理の崩壊——閻連科の長篇小説『中原』について」、『揚子江文学評論』二〇二一年第六期）

王春林は、方言の使用という技法と農村の道徳倫理の崩壊というテーマに、この作品の特色を見出している。方言の使用は「創造的」だ。いくつかの単語を意図的に方言に置き換えているが、全体としてはさほど極端な農民言葉にはなっていない。それは、この家族が田舎町の中では比較的教養のある人物として設定されていることと一致する。息子は曲がりなりにも大学生だし、母親はかつて知識人を輩出したことで有名な隣村「九儒村」の出身である。こうした事情を考慮し、翻訳も露骨な方言使用を避けた。

道徳倫理の崩壊は、前述したように中国社会全体の縮図であろう。だから、この作品は「中原のはなし（中原的故事）」ではなく、「中国のはなし（中国故事）」なのだ。さらに普遍的な人間の欲望、心理状態を描いているとすれば、これまでの閻連科作品につながる。次の論考は、その点を指摘している。

> 閻連科は『炸裂志』『愉楽』などの作品において、経済発展や経済政策のもとで人間が商品と化すという尋常でない事態を描いた。人間の疎外状態を描く姿勢は『中原』も変わらないが、前述の作品が「事件性」を重視する手法をとっていたのに対して、『中原』は日常の暮らしや家族関係の中の人間の疎外状態を強調している。つまり、子が子でなく、夫が夫でなく、母が母でない日常の中に身を置いていると、人間の疎外状態はますます深刻になるのだ。（中略）『中原』において閻連科は工夫を凝らし、中原を体現するテクストの中で、古典的な意味での桃源郷の隠喩を用いた。それは「ポスト経済発展の時代」のユートピアに対する一種の隠喩だろう。特に、中国文学が壮大な叙述を求められている状況下においては、その隠喩が際立つ。この論文では冒頭から、閻連科の『心経』以降の温和な叙述への転換について述べた。それは、

閻連科の現下の中国の現実に対する、ある種の期待を反映しているのかもしれない。

（趙帝凱《ジャオ・ティーカイ》、莫冉《モー・ラン》「桃源郷の救済――閻連科『中原』の人間環境を論ず」、『揚子江文学評論』二〇二一年第六期）

人間の疎外状態の深刻さということで言えば、『炸裂志』『愉楽』だけでなく、最近日本でも翻訳が出た『太陽が死んだ日』や『四書』にも共通するテーマだった。また、中国現代史におけるユートピア幻想に対する強い批判は、『愉楽』や『四書』に反映されている。

閻連科は近年の作品で、現状への憂慮や危惧を描く一方で、魂の救済を求め、宗教に接近する姿勢が見られる。本作でも、第四章のユートピア的な世界への到達ないし逃避をどう解釈するかはなかなか難しい。現実社会においては、「ポスト経済発展の時代」のユートピアの実現はまったく見通せない状況にある。閻連科の絶望は、ますます強まっているのではないか。宗教の力を単純に信じているとも思えない。希望があるとすれば、それはやはり絶望が虚妄だというのに等しい意味においてだろう。

最後に、本作品の大陸版と台湾版の差異について確認しておきたい。それによって、中国の現状と作者の立場について、何らかのヒントが得られるかもしれない。

大陸版は息子の留学希望先の「アメリカ」を「外国」とぼかしたり、社会問題についての記述を簡素化したり、政府の関与を疑わせる表現を削除したりしている。比較的大きな修正は、第一章の終盤、スローガンが書いてあった古いレンガに父親が鏝を当てて「祖国」の二文字を削り取る場面だ。「祖国」を傷つける行為はさすがにまずいらしく、「人人」の二文字に置き換えられている。ただし、これらの修正は徹底していない。ところどころで見落としがある。

第四章の「仏陀の十字架」が「キリストの十字架」に修正されているのは、問題回避ではなく、読者が理解しやすいようにという配慮だろう。これに類する修正や削除も、いくつか見られた。

最大の違いは、第四章のラストシーンである。最後の一文が削除された上で、閻連科の叙述に戻って後日談が展開するのだ。北京に帰った閻連科は数日間、頭がボーッとした状態に陥った。目を閉じると、また一人で書斎にいると、目の前に故郷の町の親子の姿が浮かんでくる。一家三人が語った話、彼らの仕草や表情がはっきりとよみがえった。その間に、閻連科は求めに応じて、あるイベントのために『世界よりも大きな村』という講演原稿を執筆しようとするが、ひと文字も書けない。妻と息子に「どうしたの？」と尋ねられ、閻連科は故郷の町の親子の話と出来事、そして一家が山奥に引っ越してからの様子を見たことを語った。それを聞いた息子に「それは父さんが作った小説でしょう？」と言われ、閻連科は沈黙する。さらに、妻はこう言った。「あなた、また創作に行き詰まって、おかしくなったのね。病院に行って診てもらいなさいよ」

このようなオチがつけば、この小説はすべて閻連科の妄想ということになる。農村の荒廃も、中国の混乱も、人間の疎外状態も、見たくないものは見ないで済む。閻連科は、虚構性の強調に疑いを抱いてくれる読者を期待して、このような修正に踏み切ったのだろうか。

なお、『世界よりも大きな村』は二〇二一年、閻連科が紐曼（ニューマン）華語文学賞（アメリカのオクラホマ大学米中関係研究所が二〇〇八年に設立）を受賞した際の記念講演のタイトルである。

二〇二三年八月

飯塚　容

著者略歴

閻連科（えん・れんか、Yan Lianke）

1958年中国河南省の貧しい農村に生まれる。高校中退で就労後、20歳のときに人民解放軍に入隊し、創作学習班に参加する。80年代から小説を発表。軍人の赤裸々な欲望を描いた中篇『夏日落』（92）は発禁処分となる。その後も中篇『年月日』（97）など精力的に作品を執筆し、中国で「狂想現実主義」と称される長篇『愉楽』（2003）は、05年に老舎文学賞を受賞した。一方、長篇『人民に奉仕する』（05）は二度目の発禁処分となる。さらに「エイズ村」を扱った長篇『丁庄の夢』（06）は一時販売中止処分。大飢饉の内幕を暴露した長篇『四書』は大陸で出版できず、11年に台湾から出版された。09年にはエッセイ『父を想う』がベストセラーとなる。ほかに、長篇『硬きこと水のごとし』（01）、『炸裂志』（13）、『太陽が死んだ日』（18）、『心経』（20）など。また邦訳短篇集に『黒い豚の毛、白い豚の毛』がある。13年・16年国際ブッカー賞最終候補、14年にはフランツ・カフカ賞受賞。近年はノーベル文学賞の候補としても名前が挙がっている。

訳者略歴

飯塚容（いいづか・ゆとり）

1954年生まれ。中央大学文学部教授。専門は中国現代文学および演劇。訳書に、高行健『霊山』『ある男の聖書』『母』（いずれも集英社）、閻連科『父を想う』『心経』、余華『ほんとうの中国の話をしよう』『中国では書けない中国の話』『死者たちの七日間』『血を売る男』（いずれも河出書房新社）、余華『雨に呼ぶ声』（アストラハウス）、余華『活きる』、鉄凝『大浴女』（中央公論新社）、余華『世事は煙の如し』（岩波書店）、蘇童『河・岸』、畢飛宇『ブラインド・マッサージ』（ともに白水社）、方方『武漢日記』（共訳、河出書房新社）など。

中国のはなし――田舎町で聞いたこと

2023年11月20日　初版印刷
2023年11月30日　初版発行

著　者　閻連科
訳　者　飯塚容
装　丁　木庭貴信（Octave）
発行者　小野寺優
発行所　株式会社河出書房新社
〒151-0051　東京都渋谷区千駄ヶ谷2-32-2
電話　（03）3404-1201〔営業〕（03）3404-8611〔編集〕
https://www.kawade.co.jp/
組　版　株式会社創都
印　刷　モリモト印刷株式会社
製　本　小泉製本株式会社

Printed in Japan
ISBN978-4-309-20894-7

河出書房新社の海外文芸書

心経

閻連科　飯塚容訳

五大宗教研修センターで学ぶ純真無垢な若い尼僧が、恋やお金に翻弄されながら世の真実を知る。老子や菩薩も登場するまったく新しい宗教小説。ノーベル賞候補と目される発禁作家の新境地。

太陽が死んだ日

閻連科　泉京鹿・谷川毅訳

ある日突然、村人たちに夢遊病が流行する。欲望をさらけだし、略奪や殺人を犯す人々。14歳の少年の目に映る白日夢の世界。『1984』『白の闇』と並び称される最高傑作。紅楼夢賞受賞。

愉楽

閻連科　谷川毅訳

うだるような夏の暑い日、大雪が降り始める。レーニンの遺体を買い取って記念館を建設するため、村では超絶技巧の見世物団が結成される。笑いと涙の魔術的リアリズム巨編。カフカ賞受賞。

黒い豚の毛、白い豚の毛

閻連科　谷川毅訳

役人の身代わりになる男の滑稽譚、偉人の肖像画をめぐる老婆の悲哀など、叙情とユーモア溢れる物語。破格の想像力で信じがたい現実を描く自選短篇集。